KB077808

魔法書生

마법서생

장담 퓨전 新무협 판타지 소설

마법서생 5

장담 퓨전 신무협 소설

초판 1쇄 찍은 날 § 2007년 3월 15일
초판 1쇄 펴낸 날 § 2007년 3월 25일

지은이 § 장담
펴낸이 § 서경석

편집장 § 문혜영
편집책임 § 서지현
편집 § 심재영

펴낸곳 § 도서출판 청어람
등록번호 § 제1081-1-89호
등록일자 § 1999. 5. 31
어람번호 § 제2-1154호

주소 § 경기도 부천시 원미구 심곡1동 350-1 남성B/D 3F (우) 420-011
전화 § 032-656-4452 팩스 § 032-656-4453
http://www.chungeoram.com
E-mail § eoram99@chollian.net

ISBN 978-89-251-0604-5 04810
ISBN 89-251-0437-7 (세트)

魔法書生

Fusion Fantastic Story

5

마법서생

장담 퓨전 新무협 판타지 소설

패도마도 [覇道魔道]

청어람

목차

다섯 번째 서(序)

얼마나 지났을까?

상당한 시일이 흐른 것 같은데 동굴 속에만 있다 보니 세월을 느낄 수가 없다.

구석에 고인 물만 먹으면서 지냈는 데도 배고픈 줄을 모르겠다.

머릿속에서는 수많은 생각들이 넘실거리고, 손발은 자신이 배우지 않은 것들을 자연스레 펼치고 있다. 마치 오래전부터 알고 있었다는 듯이.

더구나 전신 곳곳에서 기어나오는 상상을 불허할 가공할 힘은 또 뭐란 말인가. 손이 움직이고, 발이 움직일 때마다 동굴이 진저리를 치며 깎이고 있지를 않는가!

제기랄! 진짜 괴물이 된 것인가?

몸도, 정신도 내 것이 아닌 것 같다.

안 되는데… 이래선 안 되는데…….

대체 나는 어디로 간 것일까?

이곳에 있는 게 나일까? 아니면 다른 사람일까?

어느 순간, 그의 눈빛이 거세게 흔들렸다.

"너는 대체 누구야!"

두렵다. 밖에 나가면 피를 갈구할지도 모르는 내 자신이 무섭다.

피를 생각하고, 죽음을 생각할 때마다 전신이 짜릿하게 느껴지지지 않는가 말이다.

젠장! 제엔장!

'휴우, 나도 모르겠다. 어차피 이곳에서 죽을 때까지 살 수도 없는 일. 일단 나가고 보자!'

그는 천장을 멍하니 바라보다가 갑자기 몸을 돌렸다.

붉은색 장포가 마치 살아 있기라도 한 것마냥 저절로 날아와 그의 벌거벗은 몸을 덮었다.

그리고 붉은 폭풍이 휘몰아친다 느껴진 순간, 동굴 안에서 그의 신형이 사라져 버렸다.

　　　　　*　　　　　*　　　　　*

　어두운 밤이었다. 유난히 붉어 보이는 달빛이 한중의 밤거리에 쏟아졌다.

　그가 입은 혈포는 붉은 달빛에 더욱 붉고 찬란한 광채를 발했다. 보는 이들이 감탄을 아끼지 않을 정도였다.

　그가 한중의 밤거리를 지배하는 흑성문의 총단 앞을 지나갈 때였다. 거들먹거리며 정문을 나서던 무사 하나가 다가오더니 그의 아래위를 둘러보고는 말을 걸었다.

　"이봐! 당신 장포 멋진데? 그거 어디서 산 거야? 한 번 벗어봐. 이 어르신이 입어보게."

　속에 아무것도 입고 있지 않은 그로선 절대 벗어주고 싶은 마음이 없었다.

　"안. 돼."

　단순히 그 말만 했다.

　그런데 놈이 느닷없이 칼을 빼 들더니 목에 가져다 대는 것이 아닌가!

　"벗어봐, 임마. 목 떨어지기 싫으면. 덩치 좀 크다고 개기겠다는 거냐, 지금?"

　옷을 벗기도 싫었고, 칼에 목이 떨어지기도 싫었다.

　그때, 그의 내면에서 무언가가 속삭였다.

　'저런 놈은 죽여도 돼! 죽여! 어서 죽여! 죽여서 감히 너를

무시한 죗값을 받아내란 말이야!'

　동시에 그의 눈에서 붉은 기운이 넘실대기 시작했다.

　그것은 결코 평범한 사람이 마주칠 수 있는 기운이 아니었다.

　일순간 목에 칼을 대고 있던 놈의 안색이 새파랗게 굳어졌다. 부들부들 떠는 것이 금방 오줌이라도 지릴 것만 같았다.

　그 모습을 보자 그는 눈앞에 있는 놈을 죽이고 싶어졌다.

　힘없는 사람에게는 서슴없이 칼을 들이대는 놈!

　힘있는 사람 앞에선 벌벌 떠는 놈!

　'버러지 같은 놈이야! 죽여, 죽여 버려!'

　속에 있는 놈이 또 소리친다. 그가 손을 뻗었다.

　퍽!

　나아간 손이 미처 그의 머리에 닿지 않았는데도 놈의 머리가 터져 버렸다.

　머리가 터져 없어진 놈이 피분수를 뿜어내며 쓰러지고, 목에서 뿜어진 피분수가 그의 얼굴을 적시는 데도 그는 가만히 서 있었다.

　가슴속에서는 붉은 광기가 광란하며 치솟더니 그의 머리를 지배하기 시작했다.

　피! 피를 보고 싶다. 보다 더 많은 피를! 피로 연못을 만들고 싶다!

　그때 흑성문이라 쓰인 현판 아래 서서 낄낄거리며 구경하던 놈들이 주춤 뒤로 물러서더니 갑자기 소리를 질러대기 시작했다.

"살인이다! 저놈이 부당주님을 죽였다!"

그가 고개를 돌렸다. 그리고 사라졌다.

붉은 핏빛 기운이 장원의 하늘을 뒤덮은 것은 그때부터였다.

한중의 밤하늘에 악마의 광소가 울려 퍼진 것도 그때부터였다.

사람들은 놀라 문을 걸어 잠그고, 개새끼들조차 겁에 질려 머리를 구석에 처박고 꼬리를 만 채 몸을 떨었다.

공포와 광기에 찬 비명은 정확히 한 시진 동안 이어졌다. 그리고 그 한 시진 새, 한중의 밤을 휘어잡고 거들먹거리던 흑도방파 흑성문의 총단이 핏구덩이로 변해 버렸다.

하지만 한중의 밤은 비명이 그친 이후로도 동이 틀 때까지 숨을 멈추었다.

다음날 동이 트자마자 사람들은 소리의 근원지로 달려갔다. 그리고 비명을 지르며 도망쳐 나왔다.

흑성문 총단의 연무장이 마치 거대한 폭발을 일으키기라도 한 것마냥 움푹 파여 있었는데, 전신이 뭉개진 수백 무사의 몸에서 흘러나온 피가 그곳에 고여 혈소(血沼)를 이루고 있었던 것이다.

그날 이후 한중 사람들은 오랜 옛날 감숙 일대를 공포의 도가니로 몰아넣었던 피의 전설을 떠올리고는 몸을 떨어야만 했다.

하지만 아무도 몰랐다. 어둠 속 깊은 곳에서 환희에 떠는 사람들이 있다는 사실을.

연못에 피가 가득 차는 날이 오리니,
혈신(血神)이 재림(再臨)하리라!

第一章

또 하나의 인연

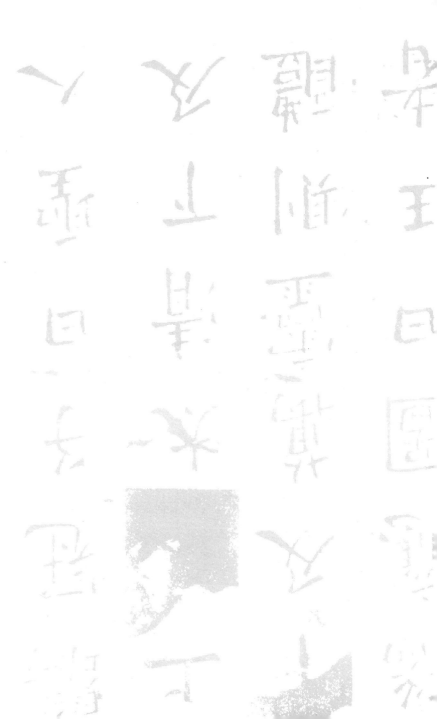

1

제갈운문은 보고서에서 눈을 떼지 않고 물었다.

"무슨 일인가?"

밀은전 휘하 순무당을 책임지고 있는 황보진이 가늘게 떨리는 목소리로 입을 열었다.

"외곽에서 엄청난 격돌의 흔적이 발견되었습니다만, 아쉽게도 누가 싸웠는지 아무런 증거도 찾지 못했습니다."

"자네가 그리 말할 정도면 대단한 싸움이었나 보군."

"그게…… 적어도 수십 명의 일류고수가 싸운 흔적인 듯합니다, 전주."

제갈운문은 보고 있던 보고서를 탁자 위에 내려놓고 눈을 반쯤 감았다. 그가 화가 났을 때 전형적으로 나타나는 표정이었다.

"근처에서 그러한 싸움이 있었는데도 아무도 아는 사람이 없다니, 그게 말이 되는가? 부상자가 있었을 것이 아닌가? 아니면 시신이라도 남아 있던가."

황보진의 고개가 힘없이 숙여졌다.

"아무것도… 며칠이 되었는지 확실치 않은지라… 세밀히 조사하고는 있습니다만……."

반쯤 눈을 감고 있던 제갈운문이 무엇 때문인지 갑작스레 번쩍 눈을 떴다.

"며칠? 열흘이 넘지는 않았겠지?"

"그 정도는 되지 않은 듯합니다만……. 감잡히는 일이라도 있으신지요?"

제갈운문의 눈매가 가늘어졌다.

'그들이 정무관에 들어온 것이 칠 일 전이던가?'

그는 황보진을 바라보며 가볍게 손짓을 했다.

"나가서 더 자세한 것을 조사해 보게. 실오라기 하나 빠뜨리지 말고."

"알겠습니다, 전주. 하온데……."

얼떨결에 답하는 황보진을 향해 제갈운문이 머리를 들이밀었다.

"명심하게. 혹시라도 발견된 것이 있거든, 절대 다른 사람에게 알려서는 안 되네. 알았나? 어쩌면 자네의 목이 걸린 일일 수도 있으니까 말이야."

"예? 예, 명심하겠습니다."

"그만 가보게."

황보진이 긴장한 얼굴로 방을 나가자 제갈운문의 눈에서 가느다란 신광이 번뜩였다.

'근처에서 그러한 일을 벌일 만한 사람들은 두 무리뿐이다. 하나는 천제성의 고수들, 그리고 다른 하나는… 정무관의 그들. 흠, 누가 되었든 변수로는 충분해.'

그의 입가로 잔잔한 미소가 피어났다. 하지만 그것도 잠시뿐 입가의 미소는 씻은 듯이 사라지고 이마에 주름살이 대신 그어졌다.

'그럼 상대는 누구지? 누가 감히 무맹의 근처에서 그들을 공격한 거지?

그는 이마를 누르며 다시 탁자 위의 보고서에 눈을 두었다. 머리가 지끈거렸다. 자꾸 일이 터지는 게 아무래도 수상하다.

과연 저 보고서는 또 어떤 파장을 몰고 올까?

그는 탁자 위에 놓인 몇 장의 보고서를 바라보더니 천천히 고개를 흔들었다.

"아무래도 맹주께 보고를 올리고 대책을 논의해야겠어. 어차피 천제성에 대한 것도 말씀드려야 하니……."

2

하늘에 반쪽 달이 걸려 있는 그날 저녁, 한 사람이 하늘에서 뚝 떨어진 것마냥 갑자기 나타나 진용과 유태청이 있는 방을 찾았다.

때마침 뒷간을 가기 위해 자신의 방을 나서던 비류명이 그와 마주쳤다.

그는 난감한 표정으로 비류명을 직시했다.

비류명은 눈이 마주치는 순간 한기가 스며드는 기분에 몸이 절로 긴장되었다.

'강한 자다!'

비류명은 긴장한 표정으로 걸음을 옮겨 진용과 유대청이 있는 방문을 가로막았다. 그리고 물었다.

"무슨 일로 오셨습니까?"

딱딱한 물음에 초로인은 눈살을 찌푸렸다.

'그놈 되게 딱딱하군. 유 노사의 일행인가?'

하지만 곧 표정을 풀고 조용히 웃음을 지었다.

"유 노사께 뵙잔다고 전해주게나."

보면 볼수록 강함이 절로 느껴지는 자다. 다행히 적의는 없어 보인다. 방 안의 두 분이라면 이미 상황을 느끼고 있을 터.

비류명은 다시 물었다.

"뉘신지요?"

잠시 망설이던 그는 하는 수 없다는 듯 이름을 밝혔다.

"석장진이라 하네."

석장진? 잠시 의아해하던 비류명의 눈매가 가늘게 요동쳤다.

"낙일객(落日客) 석장진?"

비류명은 놀람이 역력한 눈으로 석장진을 바라보았다.

석장진의 눈매가 가늘게 좁혀졌다.

"조용히 온 데는 그만한 이유가 있음이니⋯⋯."

그때 열린 문 사이로 비류명의 목소리가 들리자 서문조양도 급히 밖으로 나섰다. 그는 낙일객이라는 별호를 듣고 해연히 놀란 눈으로 석장진을 바라보았다.

"정녕 낙일객 석장진 대협이시란 말이오?"

그 말이 끝나기도 전에 정광과 사도굉이 있던 문도, 운아영이 있던 문도 동시에 열렸다.

석장진의 이마에 밭고랑 같은 주름살이 한꺼번에 십여 개나 만들어졌다.

'조용히 방문하려 했는데, 이거야 원.'

하지만 그는 몰랐다. 열린 문은 모두 진용 일행의 방문뿐이란 것을. 제갈민의 배려로 화정관의 구석에는 그들만 있다는 것을.

"정말 그군."

사도굉이 석장진을 알아보고 고개를 끄덕였다. 그러자 정광이 석장진의 위아래를 훑어보았다.

"저 사람, 유명한 사람이오?"

"형주평야에서 잔혼삼마를 일 검에 석양고혼으로 만든 사람이지."

"사도 선배보다 강하오?"

"조금."

"그럼 나보다는?"

"조금."

"그래요? 언제 한 번 붙어봐야겠군."

"죽고 싶으면 맘대로 하게. 낙일객의 검은 인정사정이 없으니까."

석장진은 두 사람의 말을 듣다 보니 어이가 없었다. 자신이 이곳에 온 목적조차 잊을 지경이었다. 그런데 한 사람의 안면이 익다. 언젠가 한 번 스치듯 보았던 사람.

"월조옹 사도 선배?"

"어? 나를 아나? 나를 만나러 왔나?"

그제야 자신이 무엇 하러 이곳에 왔는지 생각났다. 지끈거리는 머리를 한숨으로 가라앉힌 석장진은 신형을 돌렸다.

"후우, 다음에 와야겠군."

그때였다.

"안으로 들어오게나."

석장진은 잠시 머뭇거리다 주위를 둘러보았다. 다섯 사람의 눈이 자신을 향하고 있었다. 다행히 그들 외에 다른 사람은 보이지 않았다.

어차피 여기까지 온 마당에 다시 돌아가기도 그런 상황.

"험, 그럼 들어가겠습니다."

우르르…….

당연히, 모두 따라 들어가려 했다. 언제나 그랬으니까. 녹초가 되어서 세상모르게 자고 있는 두충만 빼고.

심지어 비류명과 서문조양까지 얼떨결에 정광의 뒤를 따라 들어가려 했다.

하지만 진용의 이어진 말이 그들의 진입을 막았다.

"가서들 쉬세요. 조용히 이야기 나눌 것이 있어 오신 것 같군요."

진용의 말을 거역할 사람은 아무도 없었다. 조금 실망한 표정을 짓기는 했지만.

우르르…….

다시 모두 몰려 나갔다.

어이가 없는지 석장진은 멍한 표정으로 방문을 바라보았다. 모두 방을 나가기는 했지만 다른 방의 방문이 여닫히는 소리는 들리지 않았다. 아무도 자신들의 방에 들어가지 않았다는 말. 아마도 방문 밖에 모두 모여서 귀를 기울이고 있을 터였다.

이래서야 무슨 비밀 이야기를 나눌 수 있겠는가.

"걱정 마세요. 그들은 우리의 이야기를 들을 수 없을 겁니다."

석장진은 천천히 고개를 돌려 탁자가 있는 쪽을 바라보았다.

두 사람이 앉아 있었다.

한 명의 노인과 젊은 청년.

노인은 십절검존 유태청이었다. 삼십수 년 전에 보았던 그 모습보다 주름이 더 많아지고, 검은 머리가 흰 머리가 되었지만 석장진은 잊을 수가 없었다.

북풍의 눈보라 속에서 한 자루 검으로 혈궁신마를 베던 그 모습. 어찌 잊으랴!

"유 노사를 뵈오이다."

"오랜만에 보는구먼. 이제는 진정한 산이 되었군. 허허허."

석장진의 얼굴에 가벼운 홍조가 서렸다.

삼십여 년 전의 어느 날, 남궁창훈과 함께 혈궁을 치던 탕마단에 있을 당시였다. 그는 우연한 기회에 유태청이 혈궁신마를 눕히는 모습을 발치에서 볼 수 있었다.

순간 뇌리가 하얗게 비는 충격이 그의 전신을 꿰뚫었다.

부끄러웠다. 같잖은 실력으로 우쭐하고 다녔던 자신이 초라하게 느껴졌다. 그래서 스물두 살 젊은 석장진은 유태청 앞에서 소리쳤었다.

"하늘에는 선배님이 계시니 저는 산이라도 될 겁니다!"

"부끄럽습니다."

"부끄럽긴, 천하를 짊어진 사람이 못하는 말이 없군. 허허 허허. 그래 무슨 일로 오셨는가?"

유태청의 기분 좋은 웃음소리를 들으며 석장진은 정색을 했다. 그리고 진용을 바라보았다.

'고가장의 주인이라 했던가?'

정확한 것은 알려져 있지 않았다. 다만 들어온 정보에 의하면 유태청조차 가볍게 대하지 않는다 했다. 하지만 과연 자신과 유태청의 밀담을 들어도 좋은 사람인지에 대해선 자신을 할 수가 없었다.

그의 마음을 눈치 챘는지 유태청이 말했다.

"고가장의 장주네. 그는 자네와 나와 이야기를 들을 자격이 충분히 있네."

석장진의 눈이 커졌다. 유태청이 저리 인정하는 사람이 몇이나 될까. 그것도 아직 약관에 불과한 청년을 말이다.

문득 조금 전에 한 진용의 말이 뇌리를 스쳤다.

"그들은 우리의 이야기를 들을 수 없을 겁니다."

'혹시?'

그는 의구심을 가지고 방문 쪽으로 슬쩍 기운을 흘려보내 봤다.

흘러가던 기운이 무언가에 가로막혀 더 이상 나아가지 않는다. 둥근 원형막과 같은 정체를 알 수 없는 그 무엇이 자신의 기운을 막는다.

놀란 그는 유태청을 바라보았다. 여전히 고요한 표정이다.

'유 노사가 아니다.'

그럼 누구?

방 안에서 자신과 유태청을 제외하면 한 사람뿐이다.

그의 놀란 눈이 진용을 향했다. 진기로 일정 지역을 고립시켜 음파를 차단하는 정도는 자신도 할 수 있다. 문제는 그가 자신도 모르게 그 일을 했다는 것.

"미처 기인을 몰라봤던 것 같군."

"남들이 모르는 약간의 잔재주가 있을 뿐입니다."

과연 그럴까? 낙일객의 감각을 속인 것이 잔재주라고?

"일단 자네의 이야기를 들어보고 싶군."

어색한 상황이 계속되자 유태청이 입을 열었다.

석장진도 더 이상 쓸데없는 시간을 허비하고 싶지 않았다. 진용에 대한 조사는 나중에 해도 될 일.

"맹주께서 유 노사를 뵙고 싶어하십니다."

"남궁 맹주가?"

"요즘 골머리 아픈 일이 좀 있습니다. 그래서……"

석장진이 말을 흐렸다. 그럼에도 유태청의 미간에 가늘게 주름이 잡혔다.

"천혈교의 일 때문인가?"

"죄송합니다. 워낙 신중을 기해야 할 일이라서 이곳에서 다 말씀드리기는⋯⋯."

"구파가 볶아대는가 보군."

유태청의 말에 석장진의 입가로 스치듯 씁쓸한 웃음이 비쳤다.

"맹주를 도와주셨으면 합니다. 강호에 흘릴 피를 줄이기 위해서라도 말입니다."

삼십여 년 전 그날, 석장진이 물었다.

"왜 선배님께선 그와 일 대 일로 싸움을 벌인 겁니까?"

그러자 유태청이 답했다.

"다수로 그를 죽였다면 혈궁은 승복을 하지 않고 끝까지 저항했을 것이다."

"피를 덜 흘리기 위해서다 그런 말씀이십니까?"

"그것도 하나의 이유지. 그러나 보다 큰 이유는 내 검을 알고 싶었기 때문이다."

그때의 일이 생각나는지 유태청의 입가에 희미한 웃음이 걸렸다.

"자네는 말솜씨도 많이 는 것 같군."

유태청이 풀썩 헛웃음을 웃으며 고개를 끄덕였다.

"좋네. 일단 만나보는 것은 상관없겠지. 언제 만났으면 싶은가?"

석장진이 안도의 숨을 몰아쉬며 고개를 숙였다.

"감사합니다, 유 노사. 날짜는 추후 전하겠습니다."

유태청이 조용히 웃으며 말했다.

"굳이 직접 여기까지 올 필요는 없네. 부관주인 제갈민이란 아이에게 전하게나."

"제갈민? 아! 정무관을 만들었다는 제갈가의 그 아이 말입니까?"

"그 아이 덕분에 편하게 지내고 있네. 믿을 만한 아이야."

유태청이 그렇다면 그런 것이다. 석장진은 고개를 끄덕이고 일어섰다. 그리고 깊숙이 허리를 숙이고 방을 나섰다.

방문을 열자 사람들이 후다닥 물러섰다.

그들은 뚱한 표정으로 방 안과 석장진을 번갈아 보았다. 상황을 깨달은 정광이 볼멘소리를 내뱉었다.

"잉? 끝났나? 쳇, 들어가자고. 쩨쩨하게 말도 못 듣게 하다니……."

석장진이 방을 나가고, 사람들이 각자의 방으로 들어가자 화령관이 다시 조용해졌다. 그제야 유태청이 입을 떼었다.

"자네 말대로인 것 같군. 어떻게 알았나?"

"맹주의 오른팔이 저희를 찾아올 일이 뭐가 있겠습니까? 유 노선배님이 목적이 아니라면 말입니다."

"구파 때문인 것은……?"

"훗, 노선배님이 그러셨잖습니까? 맹주와 원로들 간에 불화가 있다고요."

"흠, 내가 그랬던가? 한데 왜 나더러 승낙하라고 했나?"

"힘이 한쪽으로 몰리면 부조화가 생기잖습니까. 조금 도와주는 것도 나쁘지는 않을 것 같았거든요."

그래도 의문이 있다는 듯 유태청이 눈을 가늘게 떴다.

"꼭 그것만은 아니지 싶은데……?"

진용이 빙그레 웃었다.

"손발이 좀 필요해서요."

유태청이 아연한 표정으로 웃음을 흘렸다.

"헐헐헐……. 맹주나 원로들이 들으면 복장 터질 말이구먼."

"뭐, 정당한 대가를 지불하면 되는 거 아니겠습니까?"

태연히 말하는 진용이 괴물처럼 보이는 유태청이었다.

그러고 보니 한 가지 의문이 생긴다.

"그런데 왜 자네의 능력을 그에게 보여준 것인가?"

나서지 않으려 해놓고 음파 차단을 직접한 이유가 뭘까?

유태청이 궁금한 아이처럼 눈을 빛내며 쳐다보자 진용의 입가에 웃음이 짙어졌다.

"그는 저를 대단하게 생각하지 않겠지만, 조금 전의 일도 잊지는 않을 겁니다. 잊어서도 안 되고요. 저는, 무시당하면서까지 남을 돕고 싶지 않거든요."

3

다음날 임진태를 찾아갔다. 정천무맹에 들어가면 무슨 일이 있을지 모르는 일, 그간의 사정을 공손각에게 전하기 위해서였다.

그리고 아버지의 행방에 대한 정보가 들어왔는지도 알아보고, 초연향에게 서신 한 통을 더 보내기 위함이기도 했다.

진용이 볼일을 다 보고 막 임진태의 기게를 니설 즈음이었다. 다섯 필의 말이 요란한 말발굽 소리와 함께 정천무맹의 외곽으로 들어서고 있었다.

"하! 이랴!"

두두두두!

말 등에는 세 명의 청년과 두 명의 아름다운 여인이 타고 있었다. 특히 두 여인의 아름다움은 지나가는 사람들이 모두 탄성을 지르며 주시할 정도였다.

그들은 대로에 들어서자 속도를 늦추고, 마치 그러한 상황을 즐기기라도 하는 사람들처럼 느긋하니 말을 몰았다.

그런데 뭐가 그리도 마음에 들지 않는지, 두 여인 중 백색

경장에 백옥잠을 꽂은 여인이 살짝 아미를 찡그리며 입을 열었다.

"이곳은 본래 이렇게 어수선한 가요?"

"하하하! 그건 여 매가 잘 몰라서 그런 것이오. 이곳은 외곽이어서 삼류문파의 무사들이 어슬렁거리는 것이오. 안으로 가면 진짜 정천무맹의 위용을 볼 수 있을 겁니다."

"남궁 형은 전에 와본 것처럼 말하는구려. 누가 들으면 이곳에서 살았던 사람으로 알겠소."

"하하, 제갈 형도 원. 꼭 봐야만 아오? 하도 들어서 딱지가 앉을 지경인데."

"호호호호. 수 오라버니야 워낙 철저하셔서 본 것만 믿는 분이시잖아요."

"아! 내가 깜박했구려."

"소소야, 너 너무 그러는 거 아니다. 아무리 남궁 형이 좋다고 해도 오라비를 그렇게 깎아 내리다니."

"오라버니!"

하하하! 호호호호!

맑은 웃음을 울리며 말을 모는 다섯 사람은 남궁가의 형제인 남궁현과 남궁도, 제갈가의 남매인 제갈수와 제갈소소, 그리고 비록 오대세가에는 끼지 못하지만 그 못지않게 세력이 큰 목은산장의 은성여였다.

다섯 필의 말은 거침없이 대로를 일직선으로 나아갔다.

비록 천천히 몬다고 해도 말의 걸음은 사람의 것보다는 빨랐다.

그들이 외곽의 빈촌을 지나 제법 번듯한 집들이 들어선 중심부에 다다랐을 때였다.

그들 앞에 한 사람이 사방을 두리번거리며 느긋이 걸음을 옮기고 있었다. 말이 다가오는지도 모르는 듯 태평한 걸음걸이였다.

뒷모습만 봐서는 알 수 없지만, 입고 있는 옷이 허름한 청의인데다 등에는 아무런 장식도 없는 폭이 좁은 칼 한 자루가 매인 것이 그저 그런 삼류무사인 듯했다.

남궁도가 눈살을 찌푸리며 입을 열었다.

"비켜주겠소?"

그제야 청의인이 어깨를 펴고 고개를 돌렸다.

생각보다 키가 크고 덩치도 좋은 자였다. 게다가 나이도 자신보다 서너 살은 많아 보였다. 한데 둥글둥글 인상 좋은 그의 얼굴에 '왜?'라는 의문이 담겨 있다.

"대로 한가운데를 걷다 다치는 수가 있소. 이곳은 말이 많이 다니는 곳이 아니오?"

딴에는 생각해 주는 듯한 말투였다. 그러나 속마음은 절대 그 뜻이 아니었다.

조심하지 않으면 죽어. 한쪽으로 꺼져!

청의인은 물끄러미 남궁도를 바라보더니, 태연히 돌아서

서 조금 옆으로 비켜 걸어갔다.

충분히 비켜갈 수 있는 넓이였다. 하지만 남궁도는 그의 태도가 마음에 들지 않았다.

감히 자신들의 앞을 막고도 머리 한 번 수그리지 않다니.

"내 말이 말 같잖다는 거요?"

그때 옆에서 아름다운 목소리가 들려왔다.

"남궁 공자, 그냥 가요."

고개를 돌리지 않아도 누군지 알 수 있었다. 아름다운 목소리, 은성여였다. 그녀를 마음에 두고 있는 남궁도로선 그녀의 말을 듣지 않을 수가 없었다.

"험, 알겠습니다. 은 낭자가 그리 말씀하시는데……."

남궁도의 기운을 눈치 채고 어찌할까 고민하고 있던 청의인도 의외라는 듯 고개를 돌려 여인을 바라보았다.

'얼굴만 예쁜 줄 알았더니, 마음 씀씀이도 쓸 만하군.'

기분이 조금 풀린 청의인은 한 걸음 더 옆으로 비켜섰다.

그러자 다섯 필의 말이 옆을 지나간다. 한데 청의인이 자신을 바라보는 것을 안 은성여가 다시 싸늘한 어투로 입을 열었다.

"삼류무사하고 다퉈봐야 손만 더러워지는데 뭐 하러 다퉈요?"

청의인이 멍한 표정을 지었다. 여인은 자신을 위해서 말한 것이 아니었다. 한마디로 더러운 것을 왜 만지냐는 뜻이었다.

어이가 없어 웃음이 나온다.

'강호는 확실히 재미있는 곳이야.'

그는 한 가지를 깨우쳤다. 자신이 살던 곳에서는 절대 배울 수 없는 진리를.

여인이 아름다운 것하고 마음씨하고는 아.무.런. 상관이 없다!

그는 진리를 깨우친 기분으로 한 소리 했다.

"얼굴만 예쁜 여자였군."

한데 옆에서 구경하던 누군가가 들릴 듯 말 듯 중얼거린다.

"눈이 삐었군."

자신에게 한 말일까, 여인에게 한 말일까?

그때다. 청의인의 말을 들었는지 저만치 앞서가던 말들이 걸음을 멈추는가 싶더니, 은성여가 고개를 돌리고는 싸늘한 목소리로 말했다.

"방금 뭐라고 했죠?"

청의인이 어깨를 한 번 으쓱 들어 올리고는 다시 걸음을 옮겼다. 더 이상 상대하고 싶지 않다는 표정이다. 하지만 그의 마음과 은성여의 마음이 절대 같을 리가 없었다.

"흥! 겁먹었나요? 왜 말을 못하죠?"

청의인이 말했다.

"앉아서 오줌 싸는 사람들하고 싸우면 남는 게 없다고 들었거든."

은성여의 싸늘한 얼굴에 홍조가 어렸다. 차마 들을 수 없는 말을 들었다는 듯 그녀의 깨물린 입술이 새파랗게 변했다.

그러자 이때라는 듯 남궁도가 말 머리를 잡아 돌렸다.

"감히! 어디서 함부로 주둥이를 놀리는 것이냐?"

남궁도는 청의인을 용서할 수 없다는 듯 노호성을 내지르며 말 등에서 몸을 날렸다.

누가 말릴 틈도 없었다. 말리는 사람도 없었다. 은성여를 비롯해서 남궁현과 제갈 남매도 그저 지켜보기만 할 뿐이다.

단 세 걸음 만에 청의인의 앞에 당도한 그는 도저히 용서할 수 없다는 표정을 지으며 주먹을 내질렀다. 빠르고도 머뭇거림이 없는 깨끗한 움직임이었다.

하지만 일은 그의 뜻대로만 흘러가지 않았다.

청의인은 남궁도의 주먹이 날아오는 것을 빤히 바라보더니 가볍게 고개를 젖히는 것만으로 위험을 해소시켰다.

단순하면서도 시기적절한 동작.

아무나 할 수 있는 동작이 아니었다. 흔들림없는 눈동자는 그가 운이 좋아서 피한 것이 아님을 말해주고 있었다.

"이놈이!"

일 권을 허공에 날린 남궁도가 다시 공격을 가하자 청의인의 입가에 비웃음이 걸렸다.

순간 그걸 본 남궁현이 다급히 소리쳤다.

"도야! 멈춰라!"

막 두 번째 공격을 가해가려던 남궁도는 남궁현의 목소리에 잠깐 멈칫거렸다. 그렇다고 멈추지는 않았다. 오히려 이를 악물고 주먹을 날렸다.

'제길! 형이 왜 나서는 거요?'

한 번도 형을 이겨보지 못한 남궁도였다. 무공이든 뭐든.

여인들의 눈이 형만 쳐다볼 때는 공연히 화가 나기도 했다. 그래도 참았다. 참지 않고는 도리가 없으니까. 그러나 은성여만큼은 놓치고 싶지가 않았다.

'은성여는 내가 지킨단 말이오!'

퍽!

잠깐 정신이 흐트러진 사이 둔탁한 타격음이 고막을 울렸다.

처음에는 자신의 주먹이 상대의 얼굴에 꽂혀서 나는 소린 줄 알았다. 하지만 아니었다.

창자가 끊어질 듯한 통증. 맞은 사람은 자신이었다.

자신도 모르게 세 걸음이나 물러서 있다.

"이익!"

이를 악물고 앞을 바라보았다. 무심한 표정의 청의인이 자신을 바라보고 있다.

비웃는 건가? 나 남궁도를?

남궁도는 빠르게 손을 등 뒤로 가져갔다. 그때다.

"빼면 다쳐."

청의인의 입술 사이로 무심한 목소리가 흘러나왔다. 형의 목소리도 들린다.

"물러서라!"

핏기가 가신 얼굴로 이를 악물었다.

이게 무슨 꼴인가! 놈을 눕히기는커녕 오히려 당하다니!

챙! 검을 빼 들었다.

'가만 두지 않겠다!'

하지만 남궁도는 검을 휘두를 기회가 없었다.

"물러서라 하지 않더냐!"

마상에서 신형을 날린 남궁현이 자신의 앞으로 내려서서 굳은 목소리로 소리치고 있었다. 자신은 보지도 않은 채.

"형님!"

"네 상대가 아니다."

내 상대가 아니라고? 내가 누군데?!

미처 불만을 표할 사이도 없이 제갈수도 남궁현의 옆으로 내려섰다.

"남궁 아우, 잠시만 물러서게."

남궁도는 일그러진 얼굴로 두 사람의 등을 바라보다가 고개를 돌려 말 위에 앉아 있는 은성여를 쳐다보았다.

왠지 모르게 비웃는 듯이 느껴진다.

젠장! 제엔장!

"나는 남궁현이라 하오. 당신은 누구요?"

그의 마음은 아랑곳하지 않고 남궁현이 나직이 깔린 목소리로 물었다.

두 사람 사이에 강한, 그러면서도 겉으로 드러나지 않는 바람이 일었다. 두 사람의 옷자락이 가늘게 흔들린다.

보이지 않는 기세의 충돌!

순간 청의인의 둥근 얼굴에 이채가 떠올랐다.

'흠! 남궁세가의 창룡, 남궁현이 바로 이자인가? 제법인데?'

청의인이 대답은 하지 않고 고개를 돌렸다. 그러자 제갈수도 자신의 이름을 밝혔다.

"나는 제갈수라 하오."

'지룡, 제갈수까지? 오늘은 운이 좋군.'

"뉘신지 물었소만."

남궁현이 대답을 재촉했다. 암중의 격돌로 그는 눈앞의 인물이 결코 자신들보다 못하지 않은 자임을 느낄 수 있었다.

아니, 그 이상이다. 절로 주먹이 쥐일 정도다.

청의인이 천천히 입을 열었다.

"한구양이라 하오."

처음 듣는 이름이었다. 남궁현의 눈매가 가늘게 좁혀졌다.

"사문을 알 수 있겠소? 대단한 솜씨를 지닌 것 같은데."

"사문이라고 할 것까진 없고, 그냥 집에서 배웠을 뿐이오. 아! 우리 집은 오죽장이라 하오."

조금은 비틀린 대답. 한데 오죽장(烏竹莊)?

역시 처음 듣는 이름이다. 이자의 말은 사실일까?

"믿기 싫으면 믿지 않아도 되오. 그렇다고 우리 집 이름이 바뀌지는 않으니까."

남궁현은 청의인을 뚫어지게 바라보더니 고개를 끄덕였다.

"정천무맹의 코앞이니 오늘은 그냥 보내 드리겠소. 하나, 오늘 일을 결코 잊어서는 안 될 것이오."

"훗! 창룡과 지룡을 만난 날이거늘, 내 어찌 잊겠소? 뭐 그 동생이야 좀 그렇지만."

도발적인 말투에 남궁도가 반응했다.

"아직 끝나지 않았다! 내 검은 네 놈의 머리를 잘라 버릴 때까지 멈추지 않을 것이다!"

"도야!"

남궁현이 싸늘한 목소리로 소리쳤다. 여전히 눈은 청의인에게 둔 채. 마치 청의인을 나무라기라도 하는 것처럼.

"형님! 저는……."

분함을 참지 못하고 남궁도가 반발했다. 그러나 남궁현은 그런 남궁도를 처다보지도 않고 말했다.

"내 말을 듣지 않으면, 다음부터는 세가를 나올 수 없을 것이다. 그래도 좋으냐?"

"형님!"

그때 제갈수가 나섰다.

"도 아우, 일단 형님께 맡기고 물러서게."

남궁도는 불길이 이는 눈으로 청의인을 바라보고는 홱 고개를 돌려 버렸다.

이미 상황은 자신의 손을 완전히 떠나 버렸다. 치욕을 만회할 기회도 주지 않고.

'한구양이라 했나? 언제고 기회가 되면 죽일 것이다! 무슨 수를 써서라도!'

청의인은 그런 남궁도를 비릿한 눈빛으로 바라보았다.

하지만 그도 잠시 뿐. 그는 곧바로 남궁현에게 고개를 돌려 버렸다.

"더 물을 것이 없다면 나는 가겠소."

그러고는 대답도 듣지 않고 걸음을 옮겼다.

남궁현은 그가 가도록 그대로 놔두었다. 남궁도의 불타는 눈이 남궁현을 향했다.

"감히 본 가의 위엄을 해친 자를 그냥 놔둘 겁니까, 형님?"

입술을 짓씹으며 말을 내뱉는 남궁도의 질문에 제갈수가 답했다.

"그는 강하네, 남궁 아우. 자네 형님이 힘들어할 정도로."

"예?"

"제갈 형의 말이 맞다. 그는… 강하다."

나직이 말하는 남궁현의 눈이 크게 흔들리고 있었다.

그는 움켜쥔 주먹을 천천히 펴며 고개를 숙였다. 손바닥에 땀이 배어 있었다. 어찌나 세게 움켜쥐었는지 손가락 자국이 시퍼렇게 남아 있었다.

'어쩌면 나보다도 더……. 대체 누구지?

창룡의 자존심이 상했다. 그래도 어쩔 수 없었다. 정면대결은 피를 부를 것이고, 만약에라도 자신이 패배한다면 그것은 곧 정천무맹의 맹주이신 아버님의 위신과도 직결되는 것이다.

'지금은 그냥 보낸다. 그러나…….'

이를 지그시 깨문 남궁현은 아무런 일도 없었다는 것처럼 말에 올라탔다.

언뜻 약초 가게 앞에 서 있는 몇 사람이 보였다. 노인과 청년, 도인, 키가 큰 여인. 각양각색의 사람들이었다.

결코 평범한 사람들이 아닌 듯 보였지만 남궁현은 그들에게 쏟을 정신이 없었다. 한구양 하나만으로도 그의 머리는 꽉 차버린 것이다.

"가자, 시간이 너무 지체되었다."

언제 시비가 붙었냐는 듯 태연히 걸어가는 한구양의 입가로 어느 순간 가느다란 웃음이 그어졌다.

귓가에 전해지는 음성 때문이었다.

"나는 은성여라고 해요. 기회가 있으면 또 봐요."

강한 남자를 좋아하는 여자. 한구양이 생각하기에 그녀는 그런 여자 같았다.

'미안하지만, 나는 양다리 걸치는 여자는 싫어.'

그럼 어떤 여자가 좋지?

자신에게 물었다. 피식 웃음이 나온다.

그때 옆에서 조금 전에 한 번 들어본 목소리가 들렸다.

"여자란 추가 달리지 않아서 이해하기 어려운 동물이지."

고개를 돌리자 텁수룩한 수염을 한 중년 도인이 약초 가게 앞에 서 있는 것이 보였다.

정광이었다. 그는 한구양에게 한마디 하고 찡긋 웃었다.

하지만 뒤통수를 향해 날아오는 운아영의 얼음꼬챙이 같은 말투에 급히 고개를 돌려야만 했다.

"흥! 누가 도장님더러 이해해 달라고나 했어요? 웃겨, 정말! 품속에 이상한 책이나 넣어 가지고 다니면서……."

"원래 그런 양반이야. 이제 알았어?"

"너도 똑같아!"

이때라는 듯 나섰다가 정광과 똑같은 사람이 되어버린 두충은 찔끔했다.

'설마 내 보따리 속을 본 것은 아니겠지?'

한편, 진용은 힐끔 자신들을 바라보고 지나가는 한구양을 무심한 눈으로 바라보았다.

약재상을 나서는 길에 뜻밖의 인물들이 대치하고 있는 것이 보였다.

사도쾡이 눈을 동그랗게 뜨고 말했다.

"어? 저 꼬마들, 창룡 남궁현하고 지룡 제갈수잖아?"

'저들이 오대세가의 후계자라는 오룡 중 두 사람?'

"기세 싸움하고 있는 놈은 누구지? 제법인데? 오룡을 상대로 조금도 꿀리지 않다니. 흠!"

대치는 예상과 달리 두어 번 주먹이 오가고 나서 싱겁게 몇 마디 말로 끝나 버렸다. 하지만 진용의 눈에는 결코 간단하게 보이지가 않았다.

주먹다짐은 그리 문제될 것이 없었다.

문제는 그 다음에 이어진 기세의 격돌!

주위의 대기가 일순간에 오그라들었다.

창룡과 겨루고서도 결코 밀리지 않는다. 밀리기는커녕 오히려 조금 득을 본 것 같다. 저 청의인은 누구란 말인가?

제법 큰 덩치에 둥근 얼굴은 순박해 보일 정도다. 그러나 그의 몸속에 갈무리된 기운만큼은 결코 그렇지가 않았다.

"누군지 모르나 대단하군."

유태청이 진정으로 감탄할 만한 자.

그가 남궁현을 눌러서가 아니다. 그의 진실 된 힘을 알기에 그러는 것이다.

진용은 한구양의 뒷모습을 바라보다 사도쾡에게 물었다.

"오죽장이라는 곳에 대해 들어봤나요?"

조금 전부터 이마를 찌푸리고 있던 사도굉이 고개를 저었다. 자신이 모르는 곳이 있다는 게 못마땅하다는 표정으로.

 "어디서 들어본 것 같기도 하고……. 저 정도 고수를 배출할 정도면 분명 이름이 없는 곳은 아닐 텐데……."

 그때 유태청이 무거운 표정으로 나직이 입을 열었다.

 "강호가 시끄러워지니 숨어 있던 용들이 모두 나오는 건가?"

 그의 말은 단순히 몇몇 젊은 고수의 출현을 말함이 아니었다.

 태풍이 불기 전에는 고요가 먼저 찾아온다 했던가?

 당금 강호가 그러했다. 지난 삼십 년은 너무 긴 고요였다.

 진용의 한없이 깊을 것만 같은 두 눈이 잘게 흔들렸다. 왠지 모르게 유태청의 말이 혈풍의 서곡처럼 들린 것이다.

 어쩌면 자신이 그 혈풍의 중심에 서 있는 것일지도 모른다는 생각이 들었다. 그리고 아버지도.

 '일단 부딪쳐 보는 수밖에…….'

 그렇게 또 하나의 인연이 스쳐 지나갔다.

第二章
그들은 이미 알고 있었다

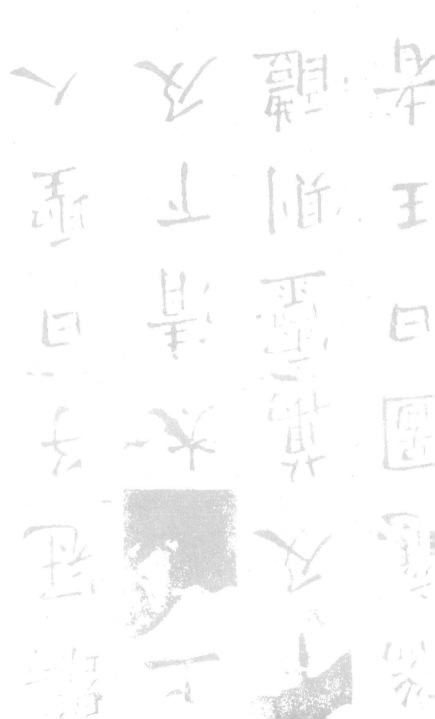

1

부우우! 부우우웅!

밤부엉이가 눈 부릅뜨고 울어대는 반월(半月) 야(夜), 정천
무맹의 동문이 소리없이 열렸다.

삼경이 다가오는 한밤중에 사대문 중 하나가 열린 적은 일
년에 손을 꼽을 정도였다. 그럼에도 동문을 지키는 사람 누구
도 의문을 품지 않았다.

그럴 수밖에 없었다. 오늘 동문을 지키는 사람들은 일반 수
문위사들이 아니었다.

평상시의 수문위사들은 아주 특별한 명령을 받았다. 자신
들의 방에서 푹 쉬라는 명령을.

일 년에 한두 번 있는 명령이었다. 그리고 이런 명령이 있을 때마다 특별한 일이 있음을 그들은 잘 알고 있었다. 그것은 결코 자신들이 알아서는 안 될 일이었다.

이런 날 그들이 할 일은 단 하나였다. 밖에서 깨울 때까지 방을 나서지 말고 푹 자는 것. 오직 그것뿐이었다. 궁금함을 풀려다 뇌옥에 갇히기 싫은 이상은.

특별한 수문위사가 지키는 동문이 열리고, 안으로 들어선 사람들은 세 명. 진용과 유태청, 그리고 두 사람을 안내해서 데려온 석장진의 아들 석무심이었다.

그들은 마치 자신의 집인 듯 석무심을 따라 안으로 들어가면서도 조금의 머뭇거림이 없었다.

오히려 그들을 안내하는 석무심이 주위를 둘러보며 조심스럽게 걸음을 옮겼다.

"오대세가가 밀집해 있는 곳이 동문 쪽이네. 특히 남궁세가는 동문에서 매우 가까운 곳에 있지."

유태청의 전음에 진용은 슬쩍 고개를 끄덕였다.

정천무맹에 들어오기 전, 그는 유태청에게 가는 곳의 지리에 대해 알려달라고 했다. 언제 어느 때 무슨 일이 있을지 모르는 만큼, 최소한의 지리만은 알아두어야 했기 때문이다.

허공에 떠서 두리번거리고 있는 실피나를 불러낸 것 또한 그와 비슷한 목적이었다. 조금 걱정스런 면이 없는 것은 아니지만, 그래도 주위 상황을 정찰하기에는 실피나가 가장 유용

했던 것이다.

실피나는 넓게 원을 그리며 날아다니면서 쉴 새 없이 재잘 거리고 있었다.

─주인아! 숨어 있는 인간들이 많아. 열도 넘어. 싸울까?

"얌전히 주위나 살펴봐, 실피나. 싸우러 온 것 아니니까."

─치잇! 실피나는 심심한데.

"혹시 수상한 행동 하는 사람 있으면 그거나 알려줘. 알았 지?"

─전부 수상하게 보이는데?

"끄응. 몰래 다가오는 사람이나, 아니면 지금 숨어 있는 사 람들을 피해서 움직이는 사람 있으면 알려달란 말이야. 알았 어?"

─알았어. 그런데, 그런 사람하고는 싸워도 돼?

진용은 머리가 지끈거렸다. 괜히 실피나를 부른 것 아닌지 후회가 되기도 했다.

"…너무 심하게 하지는 마. 그리고 내가 말한대로 돌아다 니면서 이곳의 구석구석까지 다 외워봐. 할 수 있지?"

왠지 대답이 없다.

"실피나……?"

─골치 아픈 일은 싫은데……. 건물도 많고…….

열 이상은 잘 세지를 못하는 실피나. 머리 아프다는 말이 나올 만도 했다.

"숫자를 세라는 게 아냐. 그냥 이곳의 모든 것을 눈여겨보았다가 나중에 나에게 알려달란 말이야."

―…알았어. 해보지 뭐.

진용은 겨우 실피나를 날려 보내고는 앞서가는 석무심을 따라 커다란 전각으로 들어갔다.

동시에 유태청의 전음이 귓전을 울렸다.

"이곳이 바로 창천각이네. 남궁세가의 중추 세력이 머물고 있는 곳이지."

전각 안의 내실에는 남궁창훈과 석장진, 제갈운문이 서 있었다. 그들은 진용과 유태청이 들어서자 유태청에게 정중한 자세로 포권을 취했다.

"오랜만에 뵙습니다, 유 노사."

"허허허, 죽기 전에 맹주를 보게 될 줄은 몰랐군."

"제가 찾아뵈었어야 하는데, 이렇듯 오시라 해서 죄송합니다. 일단 좌정하시지요."

간단한 인사가 오가고 난 후에야 각자 자리에 앉았다. 올 사람이 몇이라는 것을 알고 있었는지 자리는 남지도, 모자라지도 않게 준비되어 있었다.

진용이 유태청과 나란히 앉자 제갈운문의 눈이 기이한 열기를 담은 채 진용을 향했다.

'저자가 그 내력을 알 수 없다는 신비의 서생인가?'

진용은 제갈운문의 눈빛을 느꼈지만 모른 척 방 안을 둘러보았다.

생각보다 그리 크지 않은 방이었다. 화려한 장식은 눈을 씻고 찾아봐도 보이지 않았다. 벽에 걸린 웅장한 기세의 산수화와 보검인 듯한 두 자루의 장검만이 그나마 이곳이 무인의 방임을 보여주고 있을 뿐이었다.

창천검신(蒼天劍神) 남궁창훈.

그가 단순히 남궁세가의 가주이어서 맹주가 된 것만이 아님을 진용은 방 안의 풍경만으로도 짐작할 수 있었다.

그사이 석무심이 다섯 명의 찻잔에 차를 따르고 뒤로 물러섰다.

연한 백색 자기잔에서 피어오른 다향이 잔잔히 방 안을 맴돈다. 용정과는 또 다른 은밀함이 녹아 있는 다향이었다. 머리가 맑아지는 듯한 향기에 진용은 물끄러미 손에 들린 연한 녹색의 찻물을 내려다보았다.

그때 잠시간의 침묵을 깨고 남궁창훈이 먼저 말문을 열었다.

"이렇게 노사를 직접 모신 것은 조언을 얻고자 해서입니다."

"조언? 헐헐헐, 산속에만 처박혀 있던 늙은이가 어찌 맹주에게 조언할 게 있겠는가?"

"얼마 전에야 천암산의 일에 대해 보고를 받았습니다. 천혈교가 천제성에 복수를 하겠다고 선언한 배경을 조사하던 중 천제성 사람들의 입에서 천암산의 혈투에 대한 이야기가 나왔다 하더군요. 천하 정파무림의 중심이라는 본 맹이 그렇게 큰일을 까맣게 모르고 있었으니, 참으로 부끄러울 따름입니다."

그는 착잡한 심경을 털어내려는 듯 잠깐 말을 끊었다. 그 잠깐 사이, 진용은 언뜻 남궁창훈의 눈빛에서 한차례 거센 파도가 일렁이다 가라앉음을 느꼈다.

분노인가? 자괴인가?

진용의 눈빛이 깊어졌다.

'아무래도 남궁 맹주에 대한 판단은 유보해야 되겠군.'

눈빛을 갈무리한 남궁창훈이 다시 말을 이었다.

"그러니 천제성을 제외한다면, 노사만큼 그들과 직접적인 관계를 가진 사람이 누가 있겠습니까?"

찻잔을 내려놓은 유태청이 담담한 표정으로 가볍게 고개를 끄덕였다.

"그래, 그런 일이 있었지. 그 바람에 산을 내려오게 되었으니, 어쨌든 그들과 적지 않은 인연을 맺었다고 봐야겠지. 좋아, 일단 맹주 말을 한번 들어보세."

남궁창훈은 가볍게 포권을 취해 감사의 마음을 표하고는 나직한 목소리로 입을 열었다.

"며칠 전 본 맹의 원로회의가 있었습니다. 천혈교의 발호를 그대로 두고 볼 수 없다는 게 중론이었지요."

"흠, 마도의 결집이 우려돼서인가?"

"그렇습니다, 노사. 천혈교의 힘이 강해지면, 지난 삼십 년 동안 기를 펴지 못한 채 웅크리고 있던 마도문파들이 그들을 중심으로 일어설 테니 말입니다."

"그런 일이라면 굳이 나를 만날 필요까지는 없었을 듯한데……?"

"문제는 일이 너무 급하게 흐르고 있다는 것입니다. 신중을 기해도 모자랄 판에……."

말을 흐리는 남궁창훈의 표정이 무거워졌다.

"우선 맹 내의 상황을 들으시면 맹주께서 왜 노사를 청했는지 이해하실 수 있을 겁니다."

그는 천천히 찻잔을 들어 입술을 축이고는 유태청을 바라보았다.

"현재 본 맹 원로들의 의견은 신중을 기해야 한다는 신중파와 그들이 더 크기 전에 시간을 끌지 말고 쳐야 한다는 강경파로 갈라져 있습니다. 하나 신중을 기하자는 사람들도 강경파의 기세가 워낙 드센지라 아무런 말을 못하고 있는 실정입니다. 해서……."

그의 눈이 진용을 스쳐 지나갔다.

"노사께 조언도 얻을 겸, 괜찮으시다면 한 가지 청을 드리고자 하는 것입니다."

"청?"

"노사께서 강호에 다시 나오신 이유가 혹, 천혈교를 상대하시기 위함이 아니신지요?"

"그런 이유가 아예 없는 것은 아니네만, 그렇다고 주된 이유도 아니네."

"하오면 그들을 상대할 마음이 있다 생각해도 되겠는지요?"

일부가 전체를 좌우하게 만드는, 그러면서도 상대의 마음을 건드리지 않는 교묘한 화술이었다. 유태청은 고소를 지으며 입을 열었다.

"맹주가 말하고자 하는 의도는 알겠네만, 이빨 빠진 늙은이를 어디에 써먹으려고 그러시는가?"

남궁창훈이 고개를 숙였다.

"제가 어찌 감히……. 다만 노사께서 가시는 길이 그와 같다면 한 가지 도움을 청하고자 하는 것이지요."

"간단한 일은 아닌 것 같군. 어디 말해보시게."

숙인 고개를 천천히 쳐든 남궁창훈이 신중한 표정으로 입을 열었다.

"노사께선 천제성의 백리 노성주와 친우지간으로 알고 있습니다. 하오니 천제성의 독자적인 움직임을 잠시만이라도 막아주셨으면 합니다."

뜬금없는 말이었다. 정천무맹의 맹주가 왜 천제성의 움직임에 신경을 쓴다는 말인가?

"천제성의 움직임을 막아달라? 그들이 내 말을 들을까? 이미 천혈교가 선전포고를 한 마당이거늘."

"적어도 약간의 시간이나마 늦출 수는 있지 않겠습니까?"

유태청의 미간에 주름이 졌다. 간단한 것 같으면서도 쉽지 않은, 조금 묘한 청이었다.

"자세히 들어봤으면 좋겠군. 왜 그들의 움직임에 신경을 쓰는 것인가?"

"그들이 먼저 움직이면, 본 맹의 강경파들은 행여나 주도권을 천제성에 빼앗길까 봐 천혈교에 대한 공격을 더욱 서두를 것입니다. 결국 한 치 앞도 볼 수 없는 전쟁이 일어날 것은 불을 보듯 훤한 상황이지요."

충분히 가능한 일이었다.

"으음……."

유태청은 침음성을 흘리며 턱을 쓰다듬었다.

남궁창훈이 그런 유태청을 똑바로 바라보며 말했다.

"그런데 문제는…… 그것이 천제성과 천혈교가 바라는 일이 아닐까 의문이 간다는 점입니다."

"그들이 바라고 있다? 설마 천제성마저 그런 상황을 바란다는 말인가? 그들이 왜? 맹주가 그런 말을 할 때는 그만한 이유가 있겠지?"

유태청이 굳은 눈으로 남궁창훈을 직시했다.

단순한 말이 아니다. 정천무맹의 맹주가 천제성의 행사를 의심하고 있다는 말이다.

남궁창훈은 천천히 고개를 돌려 제갈운문을 바라보았다. 그제야 제갈운문이 조용히 고개를 숙여 예를 표하고는 천천히 입을 열었다.

"제갈가의 제갈운문이 삼가 유 노사 어른을 뵙습니다. 조금 전에 맹주께서도 말씀드렸습니다만, 천제성의 고수들이 혈혈구마를 뒤쫓다 천암산에서 싸움이 벌어졌다는 말을 천제성의 사람들에게 들었습니다. 저는 그 일에 대해 곰곰이 생각해 보았습니다. 어떻게 보면 아무것도 아닐 수 있는 일. 하나 조금 생각을 달리해 본 저는 그 이야기에 매우 심각한 문제가 있음을 알 수 있었습니다. 그 이후, 몇몇 사람과 함께 지난 몇 년간 들어온 정보를 다시 꺼내놓고 일일이 되짚어보았지요."

사람들의 눈이 일제히 제갈운문에게로 향했다.

대체 그 이야기에 무슨 문제가 있단 말인가?

시선이 집중되자 제갈운문이 입을 열었다.

"처음 의문은 간단한 거였습니다. '천제성에선 왜 그들이 모두 모이기 전에 제거하지 않았을까?' 하는 것이었지요."

유태청이 의아한 듯 물었다.

"그거야 미처 찾지 못해서가 아니겠나?"

"수년 간 집중적인 추적을 했으면서 놓쳤다고요?"

제갈운문이 되묻고는 고개를 저었다.

"제가 아는 천제성의 정보력은 그리 형편없지 않습니다."

단일 세력으로 천하제일인 곳이 천제성이다. 누가 감히 천제성의 정보력을 형편없다 할 것인가.

"해서 생각해 봤지요. 혹시 그들이 고의로 그들을 그리 몰아간 것은 아닐까?"

위지홍과 만난 이후 그와 함께 요마를 쫓았던 진용은 그의 말을 인정할 수 없었다.

"최소한 위지 대협만큼은 요마를 그리 몰지 않았습니다."

제갈운문은 기이한 눈빛으로 진용을 바라보며 천천히 고개를 끄덕였다.

"그랬을지도 모르오. 어쩌면 그도 장기판의 알 하나에 불과했을지 모르니까."

"그 말씀은, 다른 누군가가 상황을 조장하고 이용했다는 겁니까?"

"바로 그거요. 사실 그들이 한 이야기에는 사소한 의문이 적지 않게 있소. 의문을 하나씩 떼어놓고 보면 그럴 수도 있지, 하는 생각이 들 수밖에 없을 정도요. 하나 전체적인 상황을 놓고 보면 모든 의문이 하나로 귀결되오. 좀 이상하게 들리겠지만, 우리가 조사한 바에 따르면 지난 오 년간 천하 곳곳에서 들어온 정보 중 유 노사와 관련된 정보가 하나도 없었소."

그는 의아해하는 사람들을 둘러보며 한자한자 내뱉었다.

"유 노사께선 이십 년 전부터 행방을 감춰 계신 곳을 아는 사람이 아무도 없었는데, 그들은 어떻게 알았을까요? 그들의 정보력이 뛰어나서? 아니면 예지력이라도 있어서?"

그가 고개를 저었다.

"정보를 취급해 본 사람들이라면, 황하에 빠진 바늘을 찾는다는 것이 얼마나 힘든 일이라는 것을 잘 알지요. 그들이 만일 대대적으로 유 노사를 찾으려 했다면, 어떻게든 우리의 정보망에 걸려들었을 겁니다. 아니면 천제성의 정보망에라도. 한데 그런 전조(前兆)도 없이 그들은 갑자기 유 노사의 거처를 찾아냈고, 움직였습니다. 그리고 천제성 역시 그들이 혈혈구마를 내보내자마자 고수들을 내보냈습니다. 마치 기다리고 있었다는 듯. 모든 것이 우연이라고 생각하십니까?"

"천혈교에 대한 것도 최근에서야 알려지기 시작했으니, 전 같으면 그들의 움직임을 몰랐을 수도 있었지 않겠나?"

"물론 그랬을 수도 있습니다. 그럼 한 가지만 묻겠습니다. 유 노사께서 생각하실 때 천제성이 유 노사의 거처를 알고 있었다고 보십니까?"

"음, 알고 있었을 거네."

분명히 그랬다. 위지홍도 천암산에 유태청이 있다고 하지 않았던가.

"하면 혈혈구마와 유 노사의 관계를 아는 천제성이 왜 혈혈구마의 출현을 알고서도 유 노사께 미리 알리지 않았을까요? 아니, 하다못해 그들을 잡을 수 있는 고수들 정도는 파견했어야 하지 않겠습니까?"

"그래서 천제팔성이 왔지 않은가?"

"그들의 실력은 혈혈구마를 상대할 수 있을 뿐이지, 잡을 수 있을 정도는 아닙니다. 혈혈구마도 이십 년 동안 놀고 지내지는 않았을 테니까요. 하니, 진정으로 적을 알고 잡으려 했다면 적어도 그때 보낸 전력의 세 배는 보내야 했을 것입니다. 하지만 천제성은 결코 그렇게 하지 않았지요."

그때 조용히 듣고만 있던 진용이 나직이 입을 열었다.

"제갈 대협의 말씀대로라면, 누군가가 유 어르신의 거처에 대한 정보를 고의로 흘렸고, 그 정보를 바탕으로 일련의 사건이 일어나도록 조장했다는 말씀 같군요. 그 결과로 천혈교가 밖으로 드러난 데다 천제성마저 강호로 뛰쳐나왔고 말입니다."

"나로선 그렇다고 볼 수밖에 없소."

"그 정보를 흘린 자가 천제성의 사람이라 생각하시는 것 같은데…… 맞습니까?"

"그렇소."

"그 목적이 천혈교가 움직이길 바란 것이라 생각하십니까?"

"으음, 내 생각으로는 그건 목적의 일부가 아닌가 하오."

"목적의 일부라…… 그렇다면 정보를 흘린 그자는 오래전부터 천혈교의 존재를 알고 있었다고 봐야겠군요? 혈혈구마가 강호에 나오기 훨씬 이전부터 말입니다."

"어쩌면……."

"게다가 천제성의 정보망을 제어하고 고수들을 희생시킬 생각을 했다면 그 지위 또한 정점에 서 있는 자일 테고요."

"아마도……."

"대단한 자군요. 아무도 모르는 천혈교를 사전에 감지하고 몇 년에 걸친 계획을 짜다니. 비록 제갈 대협에게 들통이 났지만 말입니다."

비아냥으로 들렸는지 제갈운문은 눈을 부릅뜨고 진용을 쏘아보았다. 하지만 진용은 담담히 마지막 질문을 던졌다.

"그럼 제갈 대협께선 그자가 누구라 생각하십니까?"

한순간에 상황이 이상하게 흘렀다.

방 안이 쥐 죽은 듯이 조용해졌다.

마치 추궁하듯 계속된 진용의 질문. 엉겁결에 답하는 제갈운문. 두 사람의 대화에는 천하를 뒤집을 정도의 내용이 담겨 있었다.

사실일지 아닐지는 아직 알 수 없다. 하지만 그 의문을 던진 사람이 정천무맹의 군사인 제갈운문이 아닌가 말이다.

숨소리가 한여름 밤 쓰르라미 우는 소리처럼 귀를 간지럽히고, 꿀꺽! 누군가의 침 넘어가는 소리가 천둥처럼 울린다.

그게 신호라도 되는 듯 사람들의 눈이 제갈운문을 향했다.

제갈운문의 이마에 송골송골 땀이 맺혔다.

말 한마디에 천당과 지옥이 교차하는 순간이었다.

그렇다고 거짓을 말할 수도 없다. 자신을 바라보는 진용의 눈과 마주친 순간, 제갈운문은 진실만을 말해야 한다는 강박관념에 시달려야만 했다.

그는 미처 모르고 있었지만, 아니, 이 자리의 누구도 모르는 일이지만, 진용이 마안(魔眼)의 능력을 펼쳐 그를 압박했던 것이다.

제갈운문으로선 진용의 마안을 회피할 능력이 없었다. 결국 그는 자신의 심중에 있던 이름을 꺼내 놓았다.

"내가 생각하기로는… 백리… 전주가 아닌가 하오."

제검전주 백리성! 그를 말함이었다.

유태청이 눈을 부릅떴다.

"성아가 그리한 것 같단 말인가? 그 아이가 왜 그런 짓을 한단 말인가?"

백리성을 아이라 칭하는 유태청의 말에 사람들은 잠시 곤혹스런 표정이 되었다. 그러나 진용이 입을 열자 다시 침묵에 빠져들었다.

"난세에 영웅이 나오는 법이지요."

잠시 후 제갈운문이 조용히 말을 받았다.

"아버지인 백리성주를 뛰어넘고 싶은 마음이었을지도 모

르지요."

그제야 남궁창훈이 유태청을 바라보았다.

"유 노사가 아니면 그들의 움직임을 막을 사람이 없습니다."

"으음……."

유태청의 감긴 눈이 격동으로 가늘게 떨렸다.

만감이 교차하는 표정이었다.

그의 눈이 뜨인 것은 근 반 각이 지나서였다.

"일단 그 일의 사실 여부를 먼저 알아보겠네. 그리고 사실이라면, 내 최선을 다해서 그 일을 밝히도록 하겠네."

"위험할 수도……."

석장진이 다급히 입을 열다가 닫았다. 유태청의 손이 올라가 있었다. 유태청이 시리도록 맑고 깊은 눈빛으로 말했다.

"내가 바로 십절검존이네."

두 사람이 나간 지 얼마나 지났을까, 남궁창훈이 석장진을 향해 말했다.

"어찌 생각하는가?"

"뭘 말인가?"

"유 노사의 몸이 정상이 아닌 것 같네만."

"음, 자네도 그리 생각했나 보군. 내 생각도 그렇네."

"무심이를 딸려 보내는 게 좋을 것 같군."

"무심이를? 자네 본가에서 아이들이 왔다는 말을 들었네만. 그 아이들도 보낼 생각인가?"

"아니네. 그 아이들은 아직 여물지를 않았어. 차라리 수빈전에서 몇 사람을 빼내 무심이와 함께 보내게나."

"그들을? 알겠네. 그리하지."

그때 제갈운문이 입을 열었다.

"맹주, 아직 확인이 되지 않아 보고드리지 않은 것이 있습니다."

"뭔가?"

"얼마 전 근교에서 큰 싸움이 벌어졌습니다. 한데 아무래도 유 노사 일행이 그 일에 관련된 것 같습니다."

"상대는?"

"지금 조사 중입니다만, 곧 밝혀질 것입니다."

남궁창훈의 미간이 좁혀 들었다.

"음… 변수가 될지 모르니 상대를 빨리 알아내도록 하게나."

"알겠습니다. 저도 그게 염려되는 터라……."

"그건 그렇고, 천혈교에 대한 정보는 더 들어온 것이 있는가?"

"밀은전의 정보망을 총 가동하고 있습니다."

"원로들의 성화를 언제까지 견뎌낼 수는 없는 상황이네. 모두가 조급해하고 있어. 적이 강하면 강한 대로, 약하면 약한 대로, 최대한 빨리 정확한 것을 알아내야 하네."

"명심하겠습니다."

*　　　*　　　*

들어갈 때만큼이나 은밀하게 정천무맹을 나섰다.

정무관이 저만치 보이자 그제야 유태청이 물었다.

"어떻게 생각하나?"

"사실이라면 그들은 결코 어르신의 말을 듣지 않을 것입니다."

"아무래도 그렇겠지? 허허허……."

유태청의 웃음은 허탈하기만 했다.

진용은 그의 마음을 짐작할 수 있었다.

정천무맹을 나선 이후 그는 자주 허공에 눈을 두었다. 텅 빈 눈빛이었다.

"좀 도와주겠나?"

그가 어렵게 입을 열었다. 진용은 당연한 말을 그리 어렵게 하냐는 투로 말을 받았다.

"이제 제가 궁금해졌습니다. 도대체 그들이 무슨 꿍꿍이인지 말입니다. 날이 새면 바로 출발하죠."

2

천제성의 무사들이 여주를 떠난 것은 이틀 전이었다. 백리성이 이끄는 천제성 본진과 합류하기 위함이었다.

이틀의 시간을 좁히기 위해서 아침이 되자마자 떠날 준비를 서둘렀다. 저녁에 미리 말을 해놓았기에 별다른 소란은 없었다.

밖으로 나서려는데 제갈민이 찾아왔다.

"마차에 건량과 식수를 실어놓았습니다. 삼사 일 먹기에는 그리 부족하지 않을 것입니다."

"고맙습니다. 수고하셨습니다."

"별말씀을. 빠른 시일 내에 찾아뵙겠습니다, 공자."

그는 밝은 표정으로 포권을 취했다. 진심이 얼굴에 그대로 드러나 있었다. 그때 밖에서 두충의 목소리가 들렸다.

"고 공자님, 준비 다 되었습니다!"

진용은 제갈민을 향해 빙그레 웃으며 고개를 끄덕였다.

"그럼 나중에 보죠."

올 때는 다섯 명이었는데 떠날 때는 여덟 명이 되었다. 사도굉은 당연하다는 듯 마차를 타고, 비류명과 사마조양은 말을 구해 마차의 뒤를 따랐다. 두충과 운아영은 여전히 마부석 신세였다.

정천무맹의 권역을 벗어나자 마차의 속도가 빨라졌다.

한데 여주를 빠져나가 남쪽으로 향하는 관도에 접어들었을 때다. 뒤쪽에서 급박한 말발굽 소리가 들려왔다.

뒤를 돌아본 사마조양이 안을 향해 말했다.

"저희에게 오는 것 같습니다, 공자."

진용은 고개를 내밀어 뒤를 돌아보았다. 모두 세 명이었다. 선두에서 달려오는 자는 익히 눈에 익었다. 석장진의 아들 석무심이었다.

그는 마차에 가까워지자 속도를 줄이고는 그때까지 고개를 내밀고 있는 진용을 향해 다가왔다.

"맹주께서 함께 움직이라 하셨소."

"맹주께서?"

"그렇소. 연락과 잡다한 임무는 우리가 처리하도록 하겠소."

진용은 석무심과 함께 온 두 사람을 올려다보았다. 강한 자들이다. 석무심도 강하게 느껴지지만, 삼십대 중반 정도로 보이는 두 사람은 석무심보다 더 강해 보였다.

"저 두 분은?"

"본 맹의 수빈전에 계신 분들이오. 맹주께서 유 노선배님을 보필하라 보내셨소."

마상에 있던 두 사람이 진용을 향해 고개를 돌렸다. 그들의 눈은 진용을 지나쳐 마차 안쪽에 앉아 있는 십절검존 유태청을 향해 있었다.

"사공하라 합니다. 검존을 뵙게 되어 영광입니다."

흑의를 입은 자가 먼저 입을 열었다. 뒤질세라 남의를 입은 자가 자신의 이름을 말했다.

"전당이라 합니다."

진용의 눈에서 기광이 번뜩였다. 수빈전이라면 구파오가에 속하지 않은 문파의 고수라 할 만한 자들이 모여 있는 곳이었다. 들리는 소문으로는 이십여 명의 고수가 있다고 했다.

한데 맹주가 이들을 딸려 보낸 이유는 뭘까?

'알고 있었나?'

보필하라는 말. 아마도 유태청의 몸 상태가 정상이 아니라는 것을 눈치 챈 듯했다. 그렇지 않고서야 저런 고수를 단순히 잡무나 처리하라고 붙여주지는 않았을 터였다.

"도와주시겠다니 고맙군요."

사공하와 전당은 마차 안에서 고개만 내밀고 나불거리는 진용을 못마땅한 눈으로 한 번 바라보고는 대꾸도 없이 고개를 돌렸다.

진용의 입가에 가느다란 웃음이 걸렸다.

분명 고수는 고수다. 절정에 이른 고수. 하지만 그뿐이다.

저들은 알까? 자신들이 상대해야 할 적들이 얼마나 강한 자들인지?

어쨌든 아쉬울 것 없는 진용이었다.

"두 형, 출발하죠."

여주를 벗어난 일행은 빠르게 남하했다.
다행히 천제성의 움직임은 그리 빠르지 않은 듯했다.
석양이 질 무렵, 일행이 유하점이라는 작은 마을의 객점에
도착해 여장을 풀었을 때다. 두 군데서 동시에 연락이 왔다.
한데 그 내용이 대동소이했다.

천제성의 주력이 무양에 머물러 있습니다.
천제성의 무사들이 무양의 웅천산장에서 움직이지를 않고 있음.

한군데는 당연히 정천무맹의 밀은전을 통한 연락이었고,
다른 하나는 금의위의 비선을 통한 풍림당의 연락이었다.
석무심은 진용이 자신들말고도 따로 정보망을 움직이는
것을 알고는 의외라는 표정을 지었다.
진용은 두 장의 전서를 읽고 고개를 들었다.
"모레쯤에는 만나지 않을까 싶군요."
유태청이 찻잔을 내려놓으며 의문을 표했다.
"그때까지 그들이 그곳에 있을 거라 생각하는가?"
"삼백이 넘는 인원이니 움직이기가 쉽지 않을 겁니다. 더
구나 천혈교의 총단이 있다고 알려진 곳이 신양 아닙니까? 기

껏해야 삼사 일 거리지요. 아마 신중을 기할 수밖에 없을 겁니다. 아직 정보 자체가 미미하니까요."

석무심이 참지 못하고 나섰다.

"천제성의 무사들은 비록 삼백에 불과하지만 모두가 최정예들이오. 그들이 머뭇거릴 필요가 있겠소?"

천혈교를 왜 그리 조심스럽게 상대해야 하는지 모르겠다는 투다. 사공하와 전당도 미간을 찌푸린 채 진용을 바라보고 있었다.

쩝쩝대며 마지막 한 조각의 고기마저 입 안으로 몰아넣은 정광이 고개를 들었다.

"도우는 천혈교를 얼마나 아나?"

석무심이 굳은 눈으로 정광을 직시했다.

고기를 먹는 정광이 그에겐 엉터리 도사로밖에 보이지 않았다.

"그들의 수장 중에 십천존이 둘이나 있다는 것은 알고 있소만, 그렇다고 해서 본 맹이 두려워할 정도라고는 생각지 않소."

"도우뿐만이 아니라 정천무맹의 노친네들도 그렇게 생각하고 있겠지?"

"많은 사람이 그리 생각할 것이오."

그때 유태청이 조용히 입을 열었다.

"남궁 맹주가 왜 염려하는지 알 것도 같군."

"예? 무슨 말씀이신지······?"

석무심이 조심스럽게 물었다.

"그들에겐 십천존이 있고, 십천존은 강하네. 남궁 맹주는 그걸 중요하게 생각하는데 비해 정천무맹의 장로들은 그 사실을 그리 중요하다고 생각하지 않지. 그렇지 않은가?"

"그런 면이 없잖아 있습니다만, 솔직히 말씀드리면 저 역시 그들이 본 맹이나 천제성을 대적할 수 있을 정도로 강하다고는 보지 않습니다. 비록 십천존 중 두 명이 그들을 이끌고 있긴 하나, 그들만으로는 저희를 상대할 수 없지 않겠습니까?"

"강자에게는 강한 수하들이 따르는 법이지. 특히 마도의 무리들은 더욱더 그런 성향이 짙다네. 그들은 패도를 추구하니까 말일세."

"그들에게 본 맹을 대적할 수 있을 정도로 강한 수하들이 있을 거라는 말입니까?"

"어쩌면 그럴지도 모르지. 그래서 남궁 맹주는 그들의 정확한 힘을 알기 전에는 움직이지 않으려고 하는 것일 거네."

"노선배님의 생각을 모르는 바는 아니나 본 맹의 힘은 거대합니다. 지난 삼십 년 동안 키운 힘이 얼마나 되는지 정확히 아는 사람이 없을 정도지요."

"강한 힘도 제대로 써야 빛을 발하는 법. 부디 오판으로 상황을 잘못 보는 일만 없으면 좋겠군요."

석무심의 고개가 진용을 향했다. 그러나 진용은 간단하게 몇 마디만을 더 내뱉고는 찻잔을 들었다.

"적어도 삼존맹은 우리의 동지가 아닙니다."

석무심의 표정이 굳어졌다.

동지가 아니다? 그럼 적이란 말인가?

천제성을 의심하고 있는 상황에서 삼존맹마저 그러하다면, 자신의 말은 아무런 의미가 없는 것이 되어버린다. 자신이 지껄인 말은 잘난 척을 가장한 헛소리에 불과하단 뜻이다.

옆에 있던 사공하가 조금은 비웃는 표정으로 진용을 쳐다보았다.

"삼존맹이 동지가 아니다? 어찌 그리 확신하는가? 그대는 그대 자신을 대단하게 생각하나 보군. 삼존맹을 그리 평가하다니."

"크크크큭!"

느닷없이 정광이 웃음을 터뜨리더니 두충에게 물었다.

"두가야, 들었냐? 대단하게 생각하냔다. 어떻게 생각하냐? 꼴에 검 좀 쓰는 것 같긴 하다만."

두충보다 운아영이 먼저 힐끔 사공하를 쳐다보고는 고개를 저었다.

"차를 술로 알고 마신 것 같지는 않은데……."

탕!

탁자를 손바닥으로 내려친 사공하는 차마 여인인 운아영

에게 뭐라 하지는 못하고 여전히 실실 웃고 있는 정광을 뚫어
지게 바라보았다.

"도장, 말이 너무 험하신 것 같소."

실실 웃던 정광의 입가로 하얀 웃음이 번졌다.

"우흐흐! 험하다고? 진짜 험한 것이 뭔 줄 알기나 하나?"

분위기가 묘하게 흐르자 진용이 조용히 나섰다.

"도장님."

정광이 아쉬운 표정으로 입맛을 다셨다.

'심심하던 차에 좋은 기회였는데……'

정광이 슬며시 고개를 돌리자 진용의 눈이 사공하를 향했
다. 깊어진 두 눈이 무저의 늪으로 가라앉았다.

"저는 저 자신을 한 번도 대단하다 생각해 본 적이 없지
요."

사공하는 입을 열려다 말고 몸을 가볍게 떨었다. 왠지는 몰
랐다. 그냥 자신도 모르게 몸이 떨렸다.

"다만 우리는 그들과 싸운 적이 있을 뿐입니다. 그리고 죽
을 뻔한 적도 있고요. 그리 오래전 일이 아닙니다."

진용은 말을 하면서 천천히 고개를 돌렸다.

"우리와 함께하기로 한 이상, 귀하들도 그들을 만나게 될
겁니다."

눈길이 돌아갔는데도 사공하는 등줄기를 타고 흐르는 한
기가 가셔지지 않았다.

이자, 대체 누구야?!

3

산 너머 자그마한 호수에서 밀려든 안개가 야산을 뒤덮었다. 금방이라도 비가 내릴 것처럼.

밀은전 순무단의 말단조장인 황보운은 공연히 짜증이 났다.

벌써 이틀째다. 처음 싸움의 흔적을 찾았을 때만 해도 주위를 수색하면 뭔가를 찾는 것이 그리 어렵지 않을 거라 생각했다. 하지만 막상 수색에 들어가니 썩은 쇠 쪼가리 하나도 나오지를 않는 것이다.

그렇다고 포기할 수도 없었다. 다른 사람도 아닌 황보진의 명이었다.

"무조건 찾아라!"

한마디면 족했다. 그를 아는 사람이라면, 하다못해 십 년 전에 묻힌 깨진 사발이라도 찾아 들이밀어야 그의 명이 거두어진다는 것을 알기 때문이었다.

"젠장! 이번에는 어떤 놈이 상금을 타려나……."

더구나 하루가 지나자 상금이 걸렸다. 가끔씩 정탐 작전이 벌어지면 정탐조의 사기를 진작시킨다는 차원에서 행해지는 일이었다. 하지만 황보운은 상금 따위는 신경도 쓰지 않았다. 그저 비가 오기 전에 일이 끝났으면 하는 마음뿐이었다.

욕심이 없어서가 아니다. 공짜 복이라고는 태어나서 지금까지 엽전 한 개 주어본 적이 없는 그였던 것이다. 그러다 보니 당연하게도 삼 년간 한 번도 상금을 타본 적이 없었다.

오죽하면 그의 수하들이 조장 잘못 만났다고 다른 조의 조원들에게 하소연을 할까.

'썩을 놈들, 그럼 지들이라도 잘해서 타 먹으면 될 거 아냐?'

투둑!

마른 나뭇가지가 밟혀 부스러진다.

헛생각을 하고 있던 황보운은 흠칫 놀라며 앞에 쌓인 낙엽 더미를 신경질적으로 차올렸다.

촤아악!

낙엽이 비산하며 바람에 흩날린다. 삼 장 떨어진 곳에서 주위를 수색하던 수하 한 놈이 쳐다본다. 왠지 안됐다는 눈빛이다.

'저 자식, 눈알에 곰팡이 슬었나. 왜 저런 눈빛으로 쳐다봐?'

에라이!

수하 놈의 대가리를 찬다는 기분으로 한 번 더 낙엽 더미를 차올렸다. 조금 전보다 훨씬 많은 낙엽이 허공으로 날아올랐다.

빨간 낙엽, 노란 낙엽, 벌레 먹은 낙엽, 길쭉한 낙엽, 손바닥처럼 넓은 낙엽. 제법 운치가 느껴지는 광경이었다.

그제야 그는 조금 풀어진 마음으로 걸음을 옮겼다.

딱 한 걸음만! 그리고 몸이 굳어버렸다!

낙엽이 헤쳐진 곳에서 홉떠진 눈알 두 개가 자신을 노려보고 있었다!

'내 목에서 발 치워!' 라고 소리를 지르는 것만 같았다.

'씨, 씨발!'

황보운은 자신도 모르게 목을 밟고 있던 발을 슬며시 치우고는 숨을 크게 들이켰다. 그리고는 떨리는 목소리로 힘껏 소리쳤다.

"차, 찾았다!"

떨리는 목소리가 야산을 타고 울려 퍼졌다.

수하들이 도저히 못 믿겠다는 표정으로 다가온다.

뭘 찾았다는 거야? 도라지라도 찾았나? 아니면 뱀새끼라도?

그 눈빛을 못 알아볼 그가 아니었다.

자식들이 왜 사람 말을 못 믿는 거야? 믿어서 남 주나?

그는 밑에서 자신의 사타구니를 노려보는 눈알을 발끝으로 톡톡 치며 어깨에 힘을 줬다.

"이놈들아! 오늘 저녁은 내가 쏜다! 음하하하!"

그 즈음에야 안개가 부슬비 되어 내리기 시작했다. 끈적끈
적한 바람에 섞여서.

4

"현장과 삼백여 장 떨어진 골짜기에서 몇 구의 시신이 묻
혀 있는 것을 발견했습니다."

붓을 놀리던 제갈운문의 고개가 들렸다.

"정체는 밝혀냈나?"

"시신 중에 추월검 송안명이 끼어 있었습니다. 그는……
삼존맹의 척천단원으로 알려져 있습니다, 전주."

"삼존맹?!"

"저… 그리고, 정무관 근처에 머물고 있던 만봉성의 무사
들이 어제 떠나갔습니다."

제갈운문 붓을 내려놓고 미간을 찌푸렸다.

"삼존맹이 왜? 가만……?"

그는 한쪽에 쌓여 있는 서류를 황급히 뒤적였다. 그러더니
한 장의 서류를 꺼내 자세히 읽어보았다.

천암산에서 천제성의 무사들을 죽인 자들이 삼존맹의 고수들
로 의심된다 함. 천제성에선 그 일을 비밀리에 조사 중임.

두 번 세 번 반복해서 읽고 난 그는 천천히 깍지를 끼고 눈을 감았다.

만일 삼존맹이 천암산에 나타났다면? 그렇다면 그들 역시 혈혈구마의 움직임을 알고 있었다는 말이다. 그 말은 또 다른 사실을 암시하고 있었다.

그가 눈을 뜬 것은 일각이 지나서였다.

"지금부터 삼존맹의 감시 단계를 갑종 천밀의 단계까지 올려라."

황보진의 고개가 번쩍 들렸다.

갑종 천밀이면 최고의 감시 체제를 말함이었다. 당금 강호에서 갑종 천밀의 감시 체제에 들어간 곳은 오직 천혈교뿐이었다. 심지어 천제성조차 갑종 지밀의 감시 단계에 머물러 있었다.

"그 정도로 심각한 사안인지요?"

"친구는 아니더라도, 가까이 했던 자가 결정적인 순간에 칼끝을 돌렸다면 너는 어떻게 하겠느냐?"

"그 말씀은… 삼존맹이 본 맹을 적으로 삼을 수도 있다는 말씀입니까?"

"아니면 좋겠지. 하지만 한 번 속인 자는 두 번도 속일 수 있다는 점을 명심해야 할 것이다. 저들은 우리를 이미 한 번 속인 것 같다."

속였다고? 무엇을?

황보진의 의문을 풀어주려는 듯 제갈운문이 말을 이었다.

"어쩌면 천제성뿐이 아니고, 저들도 천혈교의 존재를 진작부터 알고 있었을지 모른다."

그는 손가락으로 관자놀이를 지그시 눌렀다.

"그럼 이제 적인지 아닌지를 판단하는 일만 남은 건가? 저들의 힘은 익히 알고 있으니⋯⋯."

갑자기 제갈운문은 하던 말을 멈췄다. 입을 꼭 다문 그의 표정은 딱딱하게 굳어 있었다.

'우리가 정녕 저들의 힘을 제대로 알고 있는 것일까? 만약 아니라면?'

그것은 두려운 일이었다.

"맹주를 만나야겠다. 더 이상은 머뭇거릴 시간이 없어. 그대는 즉시 갑종 천밀을 발동하고 대기하도록."

"즉시 시행하겠습니다, 전주."

제갈운문은 황급히 몸을 일으켜 방을 나섰다.

하늘에는 먹구름이 잔뜩 몰려오고 있었다. 아무래도 비가 더 굵어질 모양이었다.

5

"놈들과의 거리는?"

고개를 땅에 처박은 청의무사가 즉시 입을 열었다.

"일각의 거리를 유지하고 있사옵니다."

"일각? 지금부터 반 각으로 좁혀라. 놈들이 평정산으로 들어가면 공격할 것이니 마음을 단단히 먹도록."

옆에서 바라보고 있던 상관욱이 나섰다.

"어르신, 우리들만으로 칠 생각이십니까?"

"우리 두 사람과 천은단의 무사가 열둘. 게다가 자네와 엽가도 있지 않은가? 여주에서야 정천무맹 때문에 보고 있었지만, 이곳에는 놈들뿐이다."

"하오나 저희 척천단과 무영천귀를 비롯해 암군과 암혼대마저도 놈들을 어찌하지 못했습니다."

만붕오로 중 셋째 구언양의 눈에 불쾌한 빛이 감돌았다. 삼군과 오로는 서로가 승패를 장담하지 못하는 강자들. 그만큼 자존심 또한 강했다. 상관욱의 말은 팽팽한 실에 칼날을 가져다 댄 꼴이었다.

"자네는 나를 너무 무시하는 것 같군."

"어찌 감히… 다만 대맹주께오서 원군을 보낸다 하셨으니 그때까지만이라도 기다리시는 것이……."

"그러고 싶어도 시간이 없다. 내가 보기에 십절검존의 내상은 아직 완쾌되지 않았다. 그러니 지금이 최적의 기회야."

"어르신!"

"너무 걱정하지 마라. 내상이 심한 십절검존이라면 천은단

서넛이면 충분히 해볼 만해. 게다가 무공이 약한 놈들도 있으니 나머지 천은단으로 그 옆에 있는 놈들을 충분히 상대할 수 있다. 그리되면 남는 놈은 그 젊은 놈 하나뿐이야. 너는 설마 우리가 그깟 놈 하나 상대하지 못할 거라 생각하는 것은 아니겠지?'

상관욱은 일전에 고진용에 대해 말했었다. 하지만 어느 누구도 그리 깊게 생각하지 않았다. 오히려 웃기만 했다.

"허허허! 이제 스무 살 어린놈에게 암군이 당했다고? 자네, 실패를 계속하다 보니 헛것이 보였나 보군!"

"상관 단주, 서생이 강하면 얼마나 강하겠소? 우리 천은단원은 서생 따위를 겁내지 않소이다. 하하하!"

그 후로 상관욱은 그에 대해 입을 다물고 있었다.

하지만 이제는 어떻게든 납득시켜야만 했다. 아니면 모두가 죽는다.

"어르신, 전에도 말씀드렸습니다만, 그 서생에게 암군이 죽었습니다. 조심에 조심을 기해야……."

"그만! 너는 우리를 너무 무시하는 것 같구나. 대맹주께서 너무 감싸 키웠어. 쯔쯔……."

상관욱은 입술을 깨물고 옆을 바라보았다. 만붕오로 중 넷째 안승도가 혀를 차고 있고, 천은단주 궁음상은 비웃음을 머금은 채 처다보고 있었다.

그의 고개가 떨구어졌다. 이들에겐 어떤 말도 소용없었다.

하긴 자신이 당하고도 믿기지 않는 것을 이들에게 이해시키는 것 자체가 무리였는지도 몰랐다.

'관을 봐야 눈물을 흘릴 자들. 좋다! 어디 당신들 맘대로 해봐라!'

6

진용의 움직임을 주시하고 있는 눈길은 만봉성의 고수들만이 아니었다.

"만봉이로가 천은단과 함께 움직였습니다."

"그들만으로 성공할 확률은?"

"사 할입니다."

"사 할? 너무 적군."

"그게…… 놈의 정확한 능력에 혼란이 생겨서……."

은청색 장포로 온몸을 두른 장년인이 가느다란 웃음을 베어 물었다. 의미를 판단하기 힘든 웃음이었다.

"그것 참, 이해하기가 힘들군. 놈에 대한 정보를 처음 받았을 때만 해도 단순히 천제팔성과 비슷한 정도의 고수였어. 그것만 해도 놀라운 일이었지. 그런데 단 몇 달 사이에 전과는 비교할 수 없이 강해졌단 말이야. 대체 어떻게 그럴 수가 있는 거지? 유태청 때문인가?"

은청색 장포인의 맞은편에 앉아 있던 흑의 장년인이 미간을 찌푸렸다.

"그건 아닐 것입니다. 지금의 유태청은 선천진기를 상해서 오히려 고진용이라는 서생보다 약한 상황입니다."

"후후후. 자넨 다른 것은 다 좋은데, 그게 문제야. 너무 직접적으로만 바라보려고 하거든."

"예? 하오면……."

"노인의 강함이 어디서 비롯되는 것 같은가? 오랫동안 연마해 온 무공이라 생각하나? 물론 그럴 수도 있겠지. 하지만 말이야. 진짜 강한 힘은, 바로 살아온 세월이라네. 유태청이 살아온 세월은 그가 지닌 무공보다 훨씬 더 강하다네."

"유념하겠습니다."

"어쨌든 지금은 그것이 문제가 아니야. 놈이 더 이상 크기 전에 싹을 꺾어버려야 해."

"하오면……?"

"마침 구양무경이 눈에 불을 켜고 있으니, 우리는 옆에서 조금 도와주는 정도로 하지."

그가 입꼬리를 말아 올리며 말했다.

"광혼단에서 네 명만 추려 보내."

동시에 흑의 장년인이 고개를 번쩍 들었다.

"아직 알려지기에는 이르지 않겠습니까?"

"우리의 힘을 조금 보여준다고 해서 나쁠 것은 없네. 어차피 시기가 무르익어 거두어들일 때가 다 되었으니까 말이야. 그래도 정 걱정되면…… 다 쓸어버려!"

강하게 말을 끝맺은 은청색 장포의 장년인이 싸늘히 웃었다. 흑의 장년인도 마주 웃으며 고개를 천천히 끄덕였다.

"알겠습니다."

7

탕!

술잔에서 농적색 술 방울이 파편처럼 튀어 오른다.

"죽일 놈들!"

그는 이를 갈며 홱 고개를 돌렸다. 그의 옆에 다소곳이 앉아 있던 여인이 다시 술잔에 술을 따른다. 망사 옷을 입고 있는 여인은 은밀한 부위의 속살이 다 보일 지경이었다. 그럼에도 여인의 표정은 한 점 흐트러짐이 없었다. 당연히 그래야 하는 것처럼.

그는 그것이 더 싫었다. 꼭 자신을 비웃는 것만 같은 것이다.

짝!

그의 손이 거침없이 여인의 뺨을 후려쳤다.

여인은 비명도 지르지 못하고 바닥에 굴러 떨어졌다. 우웅

빛 젖무덤이 망사 옷 밖으로 빠져나와 덜렁거렸다.

벌써 몇 번째인지 셀 수도 없었다. 오기가 일어 비명도 나오지 않았다.

'개 같은 놈! 물건도 새끼 손가락만 한 놈이!'

그녀는 옆을 바라보았다. 목이 뒤로 꺾인 동료의 눈이 흰자위만 드러낸 채 자신을 쳐다보고 있다.

'언제고 네놈은 내가 죽일 거다! 두고 봐!'

그녀의 눈에서 독기가 뿜어졌다. 하지만 고개를 드는 그녀의 눈빛은 언제 그랬냐는 듯 다시 무심하게 가라앉아 있었다.

"나으리, 고정하시고……."

"네년들도 다 마찬가지야! 잠자리에서 신음하는 것도 다 시켜서 하는 것이겠지? 하라는 대로 하면 황금을 안겨주기로 했느냐? 때려죽일 년들!"

그의 눈이 다시 탁자 위를 향했다. 유등에 비친 술이 더욱 붉게만 보였다. 피라도 받아놓은 것 같다.

그는 선혈처럼 붉은빛이 가득한 술잔을 번들거리는 입 안으로 단숨에 털어 넣고 시뻘건 눈으로 방문을 노려보았다.

휙! 쨍그랑!

그의 손에서 날아간 술잔이 벽에 부딪치며 산산이 부서져 하얀 회벽을 붉게 물들였다.

"개만도 못한 놈들! 감히! 나를!"

지놈들이 누구 때문에 컸는데!

지놈들만 믿고 모든 것을 버렸거늘!

그런데! 그런데 뭐가 어째?! 얌전히 처박혀서 천수나 누리라고?

"이놈들!"

네놈들이 감히 나를 농락하다니!

　　　　　　　*　　　　　*　　　　　*

촤아악!

물속에서 황금빛 잉어가 튀어 오른다. 잉어는 물 위에 떠 있는 먹이를 낚아채고는 꼬리를 힘차게 내리쳐 방원 십 장이 넘는 연못이 출렁대도록 파도를 일으켰다.

"허! 그놈. 이제 클 대로 다 컸구나. 흘흘흘."

연못가에서 잔잔한 웃음이 탄성에 섞여 흘러나왔다. 웃음의 주인은 바싹 마른 갈대처럼 금방 허리가 부러질 것 같은 노인이었다. 노인은 자신이 준 먹이를 먹고 아쉬운지 주위를 맴도는 잉어를 바라보다 천천히 허리를 세웠다.

그는 마치 잉어에게 묻듯이 입을 열었다.

"주치는 어찌하고 있느냐?"

대답은 뒤에서 들려왔다.

"술에 취해 소리만 지르고 있습니다."

고저가 없는 목소리, 듣는 것만으로도 간담 작은 사람은 절로 무릎이 꺾어질 소름이 돋는 목소리였다. 목소리가 울리자 앞에서 맴돌던 잉어가 쏜살같이 도망을 친다.

"그대로 놔두거라. 정 미친 짓거리를 하거든 계집이나 두엇 더 붙여주고."

"두 아이로 하여금 그자의 수발을 들게 하고 있습니다."

"한 번 가졌던 자는 그 시절을 못 잊어 쉽게 목숨을 끊지 못하는 법이니 자결은 하지 않을 것이다. 하나 너무 망가져도 안 되니 적절히 살피라 이르거라."

"알겠습니다."

노인은 손을 탈탈 털고는 천천히 뒤돌아섰다.

암적색 장포로 전신을 감싼 중년인이 삼 장 떨어진 곳에 서 있었다.

그를 바라보는 노인. 주름에 갇힌 가느다란 눈이 가늘게 떨린다.

중년인의 움직임이 없는 눈에는 아무런 빛이 없다. 심지어 자신을 보고 있는지, 아니면 허공을 바라보고 있는지조차 모를 정도다.

'이제는 나조차 어찌할 수 없겠구나. 참으로 무서운 힘이로다.'

노인은 잠시 중년인을 바라보더니 몸을 돌려 걸음을 옮겼다.

'너는 후회를 해서는 안 된다. 나를 위해서도. 그리고 너의

어미를 위해서도.'

걸음을 옮기며 노인이 말했다. 담담한 목소리다.

"슬슬 때가 된 것 같구나. 본보기로 남궁세가를 칠 것이다. 남궁가의 어린놈이 미쳐 날뛰게 말이다. 너는 마지막 힘을 얻는데 최선을 다하거라."

중년인은 천천히 고개를 숙였다.

"예, 외숙부."

여전히 고저가 없는 목소리다. 그는 노인의 등을 향해 대답을 하고는 고개를 들었다. 그리고 아무 일 없었다는 듯 노인과 반대쪽으로 몸을 돌렸다.

기이한 광망이 떠오르는 눈. 그 눈이 하늘을 향했다.

'그가 다가오고 있다. 내 힘의 반쪽이……'

第 三 章
관운묘의 혈풍

1

바람이 분다. 따스한 훈풍이다. 봄은 봄인가?

진용은 고개를 들어 하늘을 올려다보았다. 파란 하늘이 청명하기 그지없다.

아래에선 말발굽 소리, 마차의 바퀴 구르는 소리가 장단 맞춰 대지를 울린다. 그리고 앞에서 들려오는 끊임없이 중얼거리는 소리.

언뜻 진용의 입가에 희미한 웃음이 걸렸다.

마부석의 두충이 가끔씩 운아영에게 질문을 건네고 있었다. 운아영도 두충의 질문에 싫은 표정 하나 없이 일일이 답을 해준다. 대부분이 검에 대한 이야기였기 때문이다.

늦게 배운 도둑질이 날 새는 줄 모른다더니 두충이 그 짝이
다.

"두가야! 지금 가는 길이 맞는 길이냐?"

정광이 시시때때로 묻지 않았다면 아마 길을 잃었을지도
모를 일이었다.

비류명과 사마조양이 마차의 옆을 따라가고, 사공하와 전
당은 석무심과 함께 뒤에 처져 따라오고 있었다.

어제 일 이후로 세 사람의 굳은 표정은 좀처럼 풀리지 않고
있었다.

삼존맹이 적이라니. 자신들을 노릴지 모른다니.

믿기 힘든 말이었을 것이다. 그럼에도 의문을 품은 눈치는
아니다.

그들에게 공격받은 사람 중 하나가 유태청이다. 누가 감히
의문을 품을 수 있을까.

진용은 그들에게서 눈을 떼고는 눈을 반쯤 감고 있는 유태
청을 향해 고개를 돌렸다.

"백리성이라는 분은 어떤 분입니까?"

이제 하루 거리다. 상대를 알아놓아야 적절히 대처할 수 있
을 터.

"뛰어난 아이였네. 백리 형에게 뒤떨어지지 않을 정도로."

유태청이 입을 열며 눈을 떴다. 그의 눈은 허공을 향해 있
었다.

"솔직히 나는 아직도 완전히 믿을 수가 없네. 비록 성격이 남에게 지기 싫어하는 면이 없잖아 있긴 하지만, 그렇다고 그런 일을 꾸밀 정도로 독한 아이는 아니었는데 말이야."

진용이 다시 물었다.

"적유라는 분과 백리 전주의 관계는 어떻습니까?"

"적유?"

"예, 상당히 능력이 뛰어난 분 같던데요."

"글쎄, 적유는 본래 천제성의 사람이 아니었네. 백리 형이 그의 능력이 뛰어남을 보고 끌어들였지. 하나 성아가 그를 완전히 포용했는지는 확실히 알 수가 없군."

그때 사도굉이 미간에 주름을 잡고 입을 열었다.

"적유의 스승은 귀명조 유승으로 알려져 있지. 그런데 그게 좀 이상해……."

"뭐가 이상하다는 거죠?"

"유승은 죽기 삼 년 전, 생일을 친구들과 함께했었네. 그때 유승의 제자라고 인사를 한 사람은 반시명 하나뿐이었네. 유승도 반시명을 자신의 유일한 제자라 했었고."

월조옹이라는 별호답게 사도굉은 별 시시콜콜한 것을 다 알고 있었다. 단순히 생각하면 그냥 흘려들을 수 있는 말이었다. 그러나 진용은 그 말을 듣고 눈 깊은 곳에서 기이한 빛을 반짝였다.

"나중에 받아들인 제자일 수도 있잖습니까?"

"자네 말대로 나중에 제자로 들어갔다고 치더라도 그렇지, 유승이 죽기 전까지 기껏 이삼 년 정도 배웠을 텐데 그사이에 백리자천 성주의 눈에 들 정도로 성장할 수 있었겠나?"

"전부터 다른 스승을 모셨다면 충분히 가능할 것 같은데요?"

"그런 말을 들어본 적이 없어서 이상하다는 거지. 그 정도의 고수가 밝혀진 것이 너무 없거든."

"그분이 군이 스승을 사칭해야 할 이유가 있을까요?"

"뭐… 군이 이유라고 한다면, 유승과 백리성주가 가까운 사이였다는 정도일 것이네."

유태청이 고개를 끄덕였다.

"유승은 백리 형의 외사촌이었네. 한데 왜 그러나? 적유에 대해 마음에 걸리는 거라도 있는가?"

진용은 천천히 고개를 저었다.

"딱히 마음에 걸린 다기보다는 천제팔성의 다른 분들보다 훨씬 강한 것같이 느껴졌는데, 혹시라도 상대해야 할 일이 있을지 모르니 좀 더 많은 것을 알고 싶어서 그렇습니다."

그런 이유만은 아니었다. 그러나 우선은 그리 말할 수밖에 없었다. 나머지는 자신이 직접 알아보면 될 터.

'세르탄, 그의 기운은 분명 마기였지?'

'응. 지독한 마기였어. 흐릿하게 감춰지긴 했지만.'

파릇파릇한 새순이 온갖 나무를 연녹으로 물들인 평정산을 끼고 돌아갈 즈음, 하늘이 어두워졌다.

왠지 음산하게 느껴지는 날씨였다. 비라도 오려는지 바람에 차가운 물기가 느껴진다.

"비가 오려나? 십 리 정도 가면 관운묘가 있네. 그곳에서 쉬어가자구."

사도굉이 하늘을 바라보고는 인상을 찡그렸다.

그 말을 들었는지 두충이 속도를 내기 시작했다. 덕분에 일행은 반 각이 조금 넘어갈 때쯤, 제법 커다란 관운묘를 볼 수 있었다.

비록 낡긴 했지만 잠시 머물러 쉬어갈 정도는 되어 보였다.

비류명과 사마조양이 앞서 달려갔다.

"저희가 살펴보겠습니다."

관운묘 안으로 들어간 그들은 곧바로 나와 손을 흔들었다.

"아무도 없습니다. 조금 손만 보면 쉬어 가는데 지장이 없을 것 같습니다."

말고삐를 잡아매는데 비가 떨어지기 시작했다.

정광과 사도굉이 먼저 관운묘 안으로 들어갔다. 진용도 숲을 한 번 뒤돌아보고는 유태청과 함께 따라 들어갔다.

칠이 벗겨진 관운장의 신상이 노려본다. 관리를 하지 않은

지 꽤 된 듯 팔 하나가 떨어져 보이지 않는다.

바닥에는 천장과 벽에서 떨어진 나무 쪼가리와 누군가가 깔고 잔 듯한 풀 더미가 여기저기 널려 있다.

비류명과 사마조양은 익숙한 동작으로 바닥을 정리했다. 두충과 운아영이 그들을 도왔다. 맨 뒤에 들어온 석무심과 사공하와 전당도 어설픈 동작으로 그들과 함께 자리를 정리했다.

대충 치워졌을 즈음, 밖에서 비 떨어지는 소리가 제법 크게 들려왔다. 봄비치고는 굵은 비였다.

진용은 슬그머니 밖으로 나가 조용히 입을 열었다.

"실피나."

비가 내리는 처마 밑에서 실피나의 모습이 드러났다.

―주인아, 불렀어? 비 오네? 설마 비 오는데 돌아보라는 것은 아니지?

실피나가 먼저 선수를 쳤다. 불안한 듯 눈을 이리저리 굴리면서. 구미호가 다 되었다.

'끄응.'

진용은 그런 실피나에게 차마 돌아보라는 말을 하기가 그랬다. 하라면 하겠지만, 물론 투정도 당연히 할 것이다.

'비 맞는다고 옷이 젖어, 몸이 젖어? 덜떨어진 것이 좌우간 가리는 것도 많네.'

세르탄이 어이가 없는지 툴툴거렸다.

'세르탄, 천상 네가 신경 좀 써야겠다.'

'내가 왜? 실피나를 시켜!'

'기운을 느끼는 것은 네가 훨씬 낫잖아.'

'그거야 당연하지만……'

'비가 멈출 때까지만 신경 써. 비가 멈추면 실피나 시킬 테니까.'

누군가가 뒤따르고 있다. 워낙 멀리 떨어져 있고 은밀해서 정확히 알 수는 없지만, 결코 가볍지 않은 기운이다.

자신들을 쫓을 자들은 그들밖에 없다. 삼존맹!

'와라! 어차피 부딪쳐야 한다면 철저히 부숴주마!'

밤이 깊어갈 때쯤에서야 비가 멈췄다. 일행은 일단 이곳에서 밤을 새기로 했다.

비가 와서인지 밤이 되자 날씨가 서늘해졌다.

화르륵!

나무 쪼가리를 모아 모닥불을 피웠다. 흔들리는 불빛에 관운장의 신상도 흔들린다.

간간이 들리는 두충과 운아영의 거친 숨소리. 두 사람은 남의 시선에 아랑곳없이 한쪽에서 검을 들고 연무에 열중하고 있었다. 벌써 두 시진째였다.

석무심 일행은 그런 두 사람을 기이한 눈빛으로 바라봤다.

유태청의 일행치고는 두충의 무공이 너무 약해 보이는 것이 이상하다는 표정이었다.

하지만 운아영의 검격을 바라볼 때는 짧은 감탄이 간혹 터져 나온다.

두 사람의 연무가 그칠 줄을 모르자 한 사람 한 사람 몸을 눕혔다. 진용도 실피나나 세르탄에게서 별다른 보고가 없자 벽에 등을 기대고 눈을 감았다.

신왕의 무공이 하나둘 떠올랐다.

그렇게 눈을 감고서 신왕의 무공에 대해 생각한 지 일각가량이 지났을 때다. 비가 멈춘 후 정찰을 보낸 실피나가 다급히 안으로 들어왔다. 모닥불이 거세게 흔들렸다.

왔군!

─주인아! 사람들이 오고 있어.

"몇 명이나 되는데?"

─어…… 열…… 넘어. 제법 세게 보여.

열이 둘이라고 하지 않는 걸 보니 스물은 안 되는 거 같다.

"어디쯤 왔지?"

─저 앞에 길이 꺾어지는데.

그렇다면 백 장 밖이란 소리다.

'빠르게 다가오는데?'

세르탄도 그들을 느꼈는지 빠른 말투로 중얼거린다.

진용은 가만히 일어서서 밖으로 걸음을 옮겼다. 이상하게 보였는지 유태청이 물었다.

"무슨 일인가?"

"손님이 온 것 같습니다."

두말도 필요없었다. 정광이 벌떡 일어섰다. 사도굉도 뒤질세라 자리에서 일어섰다.

"무슨 일입니까?"

석무심이 의아한 표정으로 물었다.

"도우들이 보고 싶어하던 사람들이 왔나 보군."

정광의 살짝 비꼰 말이 끝나기도 전이었다.

'시르, 놈들이 가까이 다가왔다.'

세르탄의 경고가 머릿속에서 울렸다. 생각보다 빠른 움직임이었다.

"유 노선배님께선 저 두 사람을 보호해 주십시오."

적들의 기운이 느껴진다. 이십여 장 거리다.

"실피나, 적들의 걸음을 늦춰봐!"

―알았어!

실피나가 신이 난 목소리로 대답하고는 밖으로 나갔다. 잠시 후, 밖에서 광풍이 몰아쳤다.

관운묘와는 이제 이십여 장의 거리.

상관욱은 서너 번의 도약이면 도착할 거리를 남겨놓고 갑자기 광풍이 불자 몸을 떨었다.

그날도 광풍이 불었다. 주위는 고요한데도 자신들만을 향해 불어왔었다. 그리고 절정에 달한 고수들이 어이없게도 바람에 나가떨어졌었다.

'그다! 그가 우리의 접근을 알고 있다!'

본능이 속삭이고 있었다.

물러서! 어서!

상관욱은 달려가던 신형의 속도를 늦췄다. 엽시명이 흘깃 상관욱을 바라보더니 자신도 속도를 늦춘다.

두 사람을 놔둔 채 천은단의 단원들이 바람처럼 달려갔다.

그때다. 광풍이 갑자기 회오리바람으로 변하더니 선두를 치달리던 천은단원의 앞을 가로막았다.

그걸 본 상관욱의 안색이 창백하게 굳어졌다.

'저 바람은 분명 그와 연관이 있어!'

"뭐, 뭐야?"

천은단원이 멈칫하는 사이. 번쩍! 번개 한 줄기가 바람을 가르더니 한 사람이 관운묘를 향해 날아갔다.

그의 주위를 감싼 안개도 함께 밀려가고 있었다.

유태청이 천유를 잡고 일어서며 말했다.

"놈들이 아직 포기하지 않았나 보군."

입구를 바라보며 진용이 조용히 웃었다. 깊어진 눈으로.

"포기할 자들이 아니죠."

그 말이 신호라도 되는 듯 대기를 짓누르는 기운이 관운묘를 향해 밀어닥쳤다.

"저희들이 먼저 상대해 보겠습니다."

비류명과 사마조양이 진용을 지나쳐 몸을 날렸다.

석무심과 사공하와 전당도 심상치 않은 기운을 느끼고 밖으로 나갔다. 그들의 눈이 부릅떠졌다.

관운묘를 향해 안개가 밀려오고 있었다.

고오오오…….

사람들은 저마다 긴장한 표정으로 무기를 빼 들었다.

그때다. 밀려들던 안개 속에서 번개가 쳤다!

칼날의 번개였다!

쩌정!

첫 번째 공격을 사마조양의 창이 맞이했다.

"크읍!"

사마조양은 정면으로 일격을 맞부딪치고 뒤로 두 걸음을 물러섰다. 그의 두 눈이 부릅떠졌다.

비류명이 소리치며 그의 앞으로 튀어나갔다.

"물러서!"

구유도가 짧은 궤적을 그리며 허공을 갈랐다. 안개가 출렁이더니 번개의 칼날이 다시 번쩍였다.

사도쾽이 놀라 다급히 외쳤다.

"무벽도(霧壁刀)? 그럼 구언양?! 위험하다! 물러서라!"

쩌저저정!

찰나간에 대여섯 번의 칼질이 허공에 불꽃을 튀겼다.

"으음."

짧은 신음성과 함께 비류명도 뒤로 물러섰다.

그제야 안개가 걷히고, 관운묘에서 흘러나온 모닥불 빛에 사람의 형상이 드러났다.

그는 한 자루 커다란 칼을 들고 있었다. 칼에는 기이한 문양이 새겨져 있었다. 겹치고 겹친 번개 문양이었다. 그는 번개 문양의 칼을 가슴에 세우며 의외라는 눈으로 비류명과 사마조양을 응시했다.

하지만 그것도 잠시뿐. 그가 다시 움직였다.

츠츠츠츠…….

동시에 사방에서 살을 에는 기운이 폭풍처럼 몰아 닥쳤다. 단번에 끝장을 내버리겠다는 듯.

비류명과 사마조양이 이를 악물고 번개에 마주쳐 도와 창을 휘둘렀다.

콰과광!

어둠을 뒤흔드는 굉음이 일고, 비류명과 사마조양의 신형이 빠르게 튕겨졌다. 여실히 드러나는 실력의 차이.

역부족인가?

비류명과 사마조양이 창백한 안색으로 손에 들린 무기를 곧추세웠다. 비감으로 얼룩진 표정이 참담하게 일그러졌다.

설상가상 천은단의 고수들이 구언양의 좌우로 들이닥친다.

다행히 정광이 이미 신형을 날려 허공을 날고 있었다. 손에 쇠 신발을 들고서.

뒤질세라 사도굉도 곰방대를 빼 들고 달려드는 천은단의 무사 하나를 찍어간다.

허공에선 정광이, 지상에선 사도굉이, 마치 손발을 맞춘 듯 한쪽 방향을 틀어막았다.

석무심도, 사공하도, 전당도 정광의 반대편을 향해 쏘아져 갔다. 동시에 그들의 손에 들린 도검에서 예리하기 그지없는 기운이 하얗고 푸르게 뿜어져 나왔다.

상대는 하나같이 고수들. 모닥불이 흔들리며 보이는 그들의 움직임은 결코 자신들과 큰 차이가 없다.

석무심은 필생의 힘을 끌어올려 낙일무정십삼도를 펼쳤다. 엽시명이 그의 상대였다.

자부심이 산산이 부서지는 데는 그리 오랜 시간이 필요없었다. 단 두 번의 칼질 만에 그는 엽시명의 가느다란 협봉검을 어깨로 받아야 했다. 엽시명은 그의 칼질에 가슴을 살짝 베였을 뿐이었다.

그나마 사공하와 전당은 천은단의 고수들을 맞이해 막상막하의 접전을 벌이고 있었다. 그러나 그들의 안색에서도 이미 예전의 평온함을 찾아볼 수 없었다.

한 치의 양보도 없는 격렬함. 어둠을 찢어발기며 울려 퍼지는 굉음. 솟구치는 선혈! 사위를 조여오는 살기!

강기를 끌어올릴 틈도 없다. 뒤로 물러설 공간도 없다.

한 번의 실수가 죽음을 부르는 살벌함만이 존재할 뿐!

비겁? 예의? 명예? 모두가 웃기는 소리다!

이건 비무가 아니다. 생사투다! 삶과 죽음의 경계를 가르는 생사투! 살아남은 자만이 승자다!

순식간에 난전이 벌어지자 진용은 빠르게 상황을 살펴보았다.

적은 열 명 정도로 보였다. 여주의 숲에서 맞이했던 적들보다 더 강한 자들. 특히 번개 문양의 칼을 쓰는 자는 정광보다 더 강해 보인다. 자신과 유태청만이 감당할 수 있을 듯하다.

하지만 그게 다가 아니다. 숲 속에서 틈만 엿보고 있는 자들이 또 대여섯 명이다. 아마 틈이 생기면 그들이 공격을 할 것이다.

바로 목표인 자신을 향해!

문제는 두충과 운아영을 지켜야 하기 때문에 유태청이 움직일 수 없다는 것. 대신 그로 인해 관운묘의 상황은 그리 염려하지 않아도 되니 피장파장이다.

어쨌든 결코 유리하지 않은 상황. 방법은 하나뿐이다!

속전속결!

진용은 한 발을 내딛어 자신을 노출시켰다. 기회만 엿보고 있던 두 사람이 관운묘로 뛰어들더니 진용에게 달려들었다.

한 발을 더 내딛었다. 찰나간에 두 사람과의 간격이 좁혀졌다.

진용의 커다란 손이 허공을 휘저었다. 파공지의 능력이 실린 그의 손가락이 눈앞에 다가온 검첨을 움켜쥐었다.

땅!

부러져 나간 충격으로 찔러오던 검의 방향이 바뀌었다. 그 정도면 충분했다. 진용의 신형이 그 틈 사이로 스며들었다.

너무도 빨라 두 사람의 몸이 달라붙은 것만 같다.

픽!

부러진 검을 든 채 아연한 표정을 짓고 있던 자가 비명도 지르지 못하고 튕겨졌다.

그의 심장은 이미 부서져 있을 터였다. 진용은 튕겨진 자를 쳐다보지도 않고 신형을 꺾었다.

또 다른 공격자의 검이 한 뼘 차이로 지나간다. 오싹한 한기를 뿜어내는 검기에 이마가 시원해진다.

찰나, 진용의 오른손이 흐릿해졌다. 파르스름한 수영이 허공을 움켜쥐는 순간!

콰직!

"끄억!"

급히 뒤로 물러서려던 공격자의 목이 진용의 손 안에서 으스러졌다.

한순간도 망설이지 않는 냉정한 손속!

순식간에 두 명의 고수가 힘도 쓰지 못하고 쓰러져 버렸다. 단순해 보이는 두 번의 손짓에.

숲 속에서 틈만 엿보던 자들은 이해할 수가 없었다. 충분히 죽일 수 있을 것만 같았다. 그런데 거꾸로 자신들의 동료가 죽었다.

어찌 된 일이지?

오직 상관욱만이 상황의 심각성을 깨달았다. 다른 사람은 몰라도 그만은 안다.

놈은 전보다 더 강해졌다!

움직임을 최소화 할 수 있을 정도로!

그는 전신이 떨려왔다.

그때 옆에서 굵은 목소리가 귀청을 울린다.

"친다!"

구천진살 안승도의 목소리였다. 상관욱은 막고 싶었다.

안 됩니다! 저놈은 전보다 더 강해졌습니다!

하지만 막을 수 없다는 것을 누구보다도 잘 알고 있었다.

그는 이를 지그시 깨물었다.

여기가 내 무덤 자린가? 그렇다면 하는 수 없지! 좋아! 죽을 때 죽더라도 비겁하게 죽지는 않겠다! 악마 같은 놈! 한 번 해보자!

옆에서 명을 기다리던 천은단의 고수들이 일시에 숲을 뛰쳐나가 관운묘로 쇄도한다. 그도 검을 빼 들었다.

그때다! 바람이 그를 덮쳤다.

─오호호홋! 전에 봤던 인간이잖아?! 너는 내 거야!

한편 진용은 두어 걸음 더 앞으로 나서서 자신을 적들의 이목에 노출시켰다.

아니나 다를까, 숲 속에서 대기하고 있던 자들이 일제히 자신을 공격하기 위해 쇄도한다.

그들을 바라보는 진용의 입가에 하얀 웃음이 맺혔다.

생각대로다. 적들은 아직 자신에 대해 정확히 알지 못하고 있다. 그렇다면 모든 것은 자신의 뜻대로 흐를 터였다.

그가 퍼렇게 물든 손을 들었다. 두 손끝엔 어느새 푸르스름한 기운이 뭉쳐 있었다. 뇌전의 능력!

번쩍!

손끝에 맺힌 뇌전이 전면을 향해 폭사되었다.

콰과광!

뭐가 뭔지도 모른 채 달려들던 자들 중 세 명이 거꾸로 팅겨졌다.

그들을 향해 발을 내디딘 진용의 신형이 흐릿하니 사라져간다. 한순간, 흐릿한 그의 신형이 팅겨져 나간 자들을 덮어버렸다.

동시에 푸르스름한 기운에 휩싸인 진용이 춤사위를 펼쳤다.

신수백타!

건곤천단심법을 십성 끌어올린 신수백타는 결코 단순한 권각술이 아니었다. 신무(神舞)였다!

땅! 부드럽게 휘어 친 손날에 검신과 목이 함께 부러지고, 픽! 휘돌아 찬 일퇴에 가슴이 함몰되며 날아간다. 미처 허공을 부챗살처럼 메운 잔상이 사라지기도 전이었다.

연이어 빙글 허공에서 휘돌며 내려치는 팔꿈치! 세 번째 무사가 본능적으로 양팔을 들어 막는다. 우두둑! 뼈 부러지는 소리!

"크어어!"

그 충격을 반동 삼아 떠오른 진용이 커다란 손바닥을 쫙 폈다.

미처 비명이 다 터져 나오기 전, 푸르스름한 커다란 손바닥이 가슴에 달라붙었다.

쾅!

가슴을 정통으로 가격당한 청의무사가 관운묘의 벽에 틀어박혔다.

그사이 진용의 입가에 어려 있던 웃음은 지워져 있었다. 남은 것은 무심한 눈빛뿐.

순식간에 세 명의 천은단 무사가 쓰러지자 안승도의 눈이 부릅떠졌다. 어이없게도 유태청을 견제하기 위해 멈칫한 사이 벌어진 일이었다.

구천마혼공을 잔뜩 끌어올리고 있던 그는 대갈을 터뜨리며 진용을 향해 쌍장을 휘둘렀다.

"이놈!"

그의 필생공력이 실린 구천마혼장이었다.

줄기줄기 뻗어 나온 강맹한 장력의 회오리가 진용을 짓이길 듯 휘감았다.

대기가 뒤틀리고 진용의 옷자락 끝이 가루가 되어 흩날렸다.

"그는 구천진살 안승도라는 자네."

유태청의 나직한 목소리가 빠르게 귀청을 울린다.

구천진살 안승도. 구천마혼장으로 한때 강호를 풍미한 고수. 지금은 만붕성의 호법인 만붕오로 중 하나. 그것이 진용이 알고 있는 안승도의 모든 것이었다.

진용은 물러서지 않고 거꾸로 한 걸음 앞으로 나섰다.

'이 정도로는 나를 어쩔 수 없다!'

나서며 빠르게 주먹을 뻗었다.

회오리치는 구천마혼장의 중심을 향해!

쾅! 콰광!

눈 깜짝할 새에 오장 오권이 정면으로 맞부딪쳤다.

먼지가 뭉게구름처럼 일어난다.

두 사람은 달려들 때만큼 빠르게 뒤로 밀려나고, 그 충격파에 관운묘가 뒤늦게 우르릉 흔들렸다.

그때 먼지가 앞을 가리자 안승도가 주춤거린다. 경악한 두 눈. 치욕이라 생각했는지 진한 살기가 굼실거린다.

찰나간의 여유가 생겼다!

진용은 틈을 놓치지 않고 왼손을 들어 허공을 휘저었다. 순간적으로 비틀린 대기가 휘저어진 왼손으로 말려들었다. 먼지 구름도 말려들었다. 허공에 둥근 구슬이 맺혔다.

"이놈! 다시 받아봐라!"

동시에 안승도가 다시 구천마혼장을 앞세우고 달려든다. 일장에 때려죽이겠다는 듯 달려드는 그의 두 손에서는 무쇠조차 우그러뜨릴 수 있는 강력한 기운이 아지랑이처럼 어른거린다.

진용은 무심한 표정으로 안승도를 노려보았다.

일 장의 거리. 진용은 왼손을 앞으로 밀어내며, 휘도는 기운의 중심 속으로 오른손을 밀어 넣었다.

신왕의 초식 중 두 번째, 공심파(空心破)였다!

단 일격에 구천마혼장의 장세가 균열을 일으키더니 구멍이 뚫리고, 압축된 기운으로 가득 채워진 먼지구름이 구멍 속으로 쏟아졌다.

말 그대로 번쩍! 하는 순간에 벌어진 일이었다.

고오오!

갑자기 안승도의 얼굴이 와락 일그러졌다. 전력을 다한 구천마혼장의 장세에 횅하니 구멍이 뚫리는가 싶더니, 쏟아져

온 주먹만 한 구슬이 그의 장심에서 터져 나간 것이다.

콰웅!

입이 쩍 벌어질 정도의 거센 충격이 그의 전신을 뒤흔들었다.

그는 충격을 해소시키기 위해 쌍장을 거두고 뒤로 주춤 두 걸음을 물러섰다.

순간! 진용의 신형이 죽 늘어나는 듯 보였다. 그의 두 손은 이미 푸르스름한 건곤천단심법의 기운이 극성으로 넘실대고 있었다.

쾅! 진용의 손바닥이 안승도의 손바닥과 정면으로 맞부딪쳤다.

혼들린 구천마혼장은 신수백타의 상대가 되지 못했다.

"크읍!"

삼 초을 겨루기도 전에 구천마혼장세가 무너져 버렸다.

악 다문 이 사이로 신음을 흘리며 주르륵 물러서는 안승도. 그를 바라보며 창백해진 안색을 더욱 차갑게 굳히는 진용.

'승세를 잡았을 때 끝낸다!'

진용은 머뭇거리지 않고 검지를 꼿꼿이 세운 채 이를 악물고 눈을 부릅뜬 안승도를 향해 신형을 날렸다.

파공지의 능력이 끌어올려진 그의 손가락은 그 순간 창이 되어 있었다. 시퍼렇게 날선 창날이!

일순간, 피할 수 없음을 느꼈는지 안승도가 쌍장을 들어 올렸다. 떨리는 손바닥. 이미 조금 전의 구천마혼장이 아니었다.

진용은 구천마혼공이 무너진 안승도의 손바닥을 조금도 망설이지 않고 찔러 버렸다.

콰직!

시퍼런 창날이 안승도의 손바닥을 꿰뚫고, 손바닥을 뚫고 들어간 건곤의 기운에 손목뼈마저 으스러졌다.

"크억!"

처절한 비명이 터져 나온다.

쩍 벌어진 입. 파르르 떨리는 두 눈. 불신의 눈빛!

푸들거리는 안승도의 지척으로 진용의 신형이 그림자처럼 따라붙었다. 시퍼런 두 손을 앞세우고, 무심한 눈빛으로!

물러서지도 못하고, 떨쳐 내지도 못한 안승도는 급급히 몸을 눕혔다. 하지만 시퍼런 손 그림자를 떨치기에는 역부족이었다.

입을 떡 벌리며 뒤로 몸을 눕히는 안승도의 가슴에 진용의 왼손이 닿았다 떨어지는 순간 시퍼런 뇌전이 그의 가슴을 파고들었다.

푸헉!

분수처럼 뿜어지는 선혈!

픽!

비명조차 제대로 지르지 못한 그의 몸이 바닥에 반쯤 파묻혔다.

심장이 부서지고, 찢겨지고, 타버린 그의 동공은 이미 거꾸로 뒤집어져 있었다.

창백한 얼굴로 바닥에 내려선 진용은 피를 뿜어내고 있는 안승도를 바라보며 입술을 깨물었다. 언뜻 그의 얼굴로 희미한 떨림이 스쳐 지나간다.

오늘만 해도 몇 사람을 죽인 것이지?

이러다 진짜 악마가 되는 것을 아닐까? 젠장!

씁쓸한 기분이다. 그래도 하는 수 없다. 또 똑같은 상황이 닥친다면, 나는 망설임없이 손을 쓸 것이다. 아버지를 찾을 때까지는!

비록 찰나간이나마 무거운 침묵이 대기를 짓눌렀다. 지켜보던 사람들은 천 근 바위가 가슴에 얹혀지는 느낌에 이를 악다물었다.

구천진살 안승도. 그가 죽었다!

결코 허상이 아니다. 홍건한 바닥의 핏물, 코를 찌르는 비릿한 혈향. 모든 것이 조금 전의 일이 실제였음을 증명하고 있지 않은가.

그렇다고 싸움이 끝난 것은 아니지만 그의 죽음으로 인한 파장은 적지 않았다. 전세를 바꾸기에 충분할 정도로!

"퉤!"

진용은 목구멍을 치고 올라온 선혈을 한 입 뱉어내고 고개를 돌렸다.

안승도를 단숨에 몰아쳐 무너뜨리긴 했지만, 자신 역시 적잖은 기운이 소모된 터였다. 더구나 실피나에게 진기를 보태 주고 있는 상태.

무리하면 움직이지 못할 것도 없었다. 그러나 그리 나쁘지 않은 상황. 일단은 자신의 기운을 먼저 다스리는 것이 우선이었다.

다행히 무리한 운용으로 썰물처럼 빠져나갔던 기운은 빠르게 채워지고 있었다. 빠른 속도로 단전이 비자 건곤흡정진 혼결이 마치 살아 있는 것처럼 구석구석에 흡수되지 못하고 남아 있던 기운들을 강제로 빨아들이고 있었던 것이다.

진용은 최선을 다해 기운을 휘돌리며 재빨리 상황을 살펴보았다. 밖의 상황은 그리 좋지가 않았다.

구언양의 칼은 여전히 번개를 일으키며 상대를 위협하고 있었다. 언제부턴지 그의 상대가 정광과 사도굉으로 바뀌어 있었다.

두 사람이 맞이한 구언양은 자신의 뜻대로 되지 않는지 화가 잔뜩 난 표정이다.

그럴 만도 하다. 정광의 쇠 신발과 사도굉의 곰방대가 절묘한 조화를 이루며 구언양을 몰아붙이고 있다. 마치 오랫동안 손을 맞춰보기라도 한 듯이.

그래선지 아니면 안승도의 죽음 때문인지, 그토록 강맹하던 구언양의 무벽도세가 조금씩 흔들리는 것처럼 보인다.

최소한 지지는 않을 것 같다. 시간이 문제일 뿐.

한쪽에서는 구언양의 도세에서 벗어난 비류명과 사마조양이 석무심 일행과 함께 청의인들을 상대하고 있다.

상대는 일곱. 개중에는 엽시명이 섞여 있다. 비류명 등이 개인적으로는 조금 앞서는 실력이지만, 엽시명으로 인해 상황은 막상막하다.

그리고 허공을 향해 미친 듯이 검을 휘두르는 상관욱. 그를 보는 진용의 입가에 가느다란 웃음이 맺혔다.

참으로 질긴 인연이다. 벌써 네 번째가 아닌가.

한편으로는 실피나의 노리갯감이 되어버린 상관욱이 불쌍하게도 보였다.

—오호호홋! 인간아, 이것도 받아봐! 윈드 스톰!

아무래도 실피나는 금방 끝낼 생각이 없는 것 같다.

하여간 엉뚱한 정령이다.

절로 고개를 내저은 진용이 한시름 놓고서 관운묘 안으로 눈을 돌렸을 때였다.

'시르! 또 있다!'

갑자기 세르탄이 소리쳤다.

거의 동시에 진용도 이상한 기운을 감지했다.

발원지는 숲 속!

한데 그 느낌이 너무나 약하다. 아니, 은밀하다. 그만큼 강한 자라는 말!

몇 명인지조차 제대로 알 수가 없다.

"조심……!"

미처 진용의 외침이 끝나기도 전이었다. 숲 속에서 희끄무레한 그림자가 폭사되어 나왔다. 정광을 향해!

"뭐, 뭐야?"

정광이 대경하며 몸을 틀었다.

파악! 시커먼 그림자가 스쳐 지나간 곳에서 피가 튀었다.

싸움이 막바지로 치달리고 있어 마음을 놓았던 탓도 있었지만, 그렇다고 해서 이해할 수 있을 정도는 아니었다.

"이런 개나발 같은 놈들을 봤나? 어디서 감히 본도의 몸에 개 잡는 칼을 들이대는 거야?"

어깨와 등에 상처를 입은 정광이 미친 황소처럼 날뛴다.

한데 문득 앞으로 나서려던 진용의 표정에 의혹이 떠올랐다.

기이하다. 무벽도와 청의인들이 뒤로 물러선다.

놀란 얼굴들. 적을 맞이하는 듯한 자세를 취한다.

왜 저러지? 설마 저들도 모르는 자들인가?

하지만 진용의 생각은 더 이상 이어지지 못했다.

쿠르릉!

관운묘의 천장이 무너지는 소리가 들리고,

"이놈!"

유태청의 고함 소리가 터져 나온 것이다.

순간,

쾅!

기세의 충돌로 관운묘가 흔들렸다.

진용의 고개가 홱 돌아갔다. 유태청의 검격에 전신을 흑의로 감싼 복면인이 빠르게 물러서는 것이 보였다.

유태청의 얼굴도 심각하게 굳어 있다.

충격의 여파에 해쓱하니 질린 운아영과 두충. 특히 두충은 금방이라도 주저앉을 듯이 비틀거린다.

그리고 그리 큰 충격은 입지 않은 듯 복면인이 다시 유태청을 향해 쇄도한다.

"두 형! 운 낭자! 물러서!"

일갈을 내지른 진용의 신형이 그 자리에서 사라졌다.

극한의 빠름으로 인해 사라진 것처럼 보였던 진용이 나타난 곳은 흑의복면인의 등 뒤였다.

진용은 양손을 떨쳤다. 시퍼런 기운이 양손에서 우르릉거리며 뻗어나갔다. 하지만 진용은 황급히 공격의 방향을 틀어야만 했다.

뻥 뚫린 천장에서 전해지는 살기!

쇄애애액!

대기가 비명을 지르며 갈라지고, 한 자루 칼날이 진용을 반쪽 낼 듯이 떨어져 내린다.

피할 수도 없다. 피하면 공격의 대상이 바뀔 터. 그게 누가 될지는 아무도 몰랐다.

진용의 두 손이 허공으로 방향을 급선회하고, 빠르게 휘저어지자 시퍼런 손 그림자가 칼날의 벼락을 후려쳤다.

콰과과광!

날아 내리던 흑의복면인이 다시 날아오른다. 진용도 그 충격에 바닥으로 내려서서 반보쯤 물러섰다.

바닥이 움푹 파이며 두 발이 두 치쯤 파고들었다.

"으음……."

가벼운 신음 소리가 흘러나왔다.

엄청난 충격에 진용은 입술을 깨물었다.

'안승도에 못지않다! 대체 누구란 말인가?

삼존맹의 사람은 아니다. 구언양과 청의인들조차 이들을 모르고 있는 눈치다.

게다가 한두 명이 아니다.

적어도 서넛 아니면 그 이상?

어쨌든 생각은 나중 일이었다.

유태청은 복면인 하나와 격전을 벌이고 있었고, 치솟았던 흑의복면인은 다시 공격해 오고 있었다.

'좋아! 하자면 마다하지 않겠다! 그게 누구든!

진용의 두 손이 건곤으로 엇갈렸다.

시퍼런 뇌전이 일었다. 신왕의 두 번째 초식, 공심파에 뇌전의 기운이 실린 것이다!

고오오오!

비틀린 공간 한가운데서 인 뇌전이 밀려가는데도 흑의복면인은 조금도 망설이지 않고 칼을 내려쳤다.

콰우웅!

짓눌린 대기가 관운묘를 휩쓸었다.

흑의복면인이 삼 장 밖으로 튕겨지고, 진용은 세 걸음을 물러서서 입술을 깨물었다.

핏물이 목구멍을 치고 올라오자 억지로 삼켜 버렸다.

그때 나뒹군 흑의복면인이 일어서는 것이 보였다. 광기가 서려 있는 붉은 눈이 살기로 번들거린다. 그제야 진용은 놈들이 제정신이 아니라는 것을 알 수 있었다. 가슴이 서늘해졌다.

이지가 없는 자들. 그래서 더욱 무서운 자들이다.

밖에선 비명이 계속해서 들리고 있었다.

남의 눈치를 보고 자시고 할 시간이 없다.

최대한 빨리 상황을 마무리 지어야 한다. 그것도 최소한의 힘으로.

진용은 지팡이를 빼 들었다. 내력을 최소한으로 소모하면서도 최대한의 결과를 얻을 수 있는 방법은 오직 하나, 마법뿐이다. 그것도 지팡이의 힘을 빌린 마법!

지팡이를 빼 든 진용은 지팡이의 끝에 매달린 마나석에 내력을 집중시켰다. 내력이 지팡이의 끝에 모이자 붉은빛이 뿜어지기 시작했다.

붉은빛은 순식간에 실처럼 가느다란 수백, 수천 가닥의 빛줄기로 화했다. 그러더니 결국은 주먹만 한 불구슬로 뭉치기 시작했다.

순간, 진용의 입에서 나직한 시동어가 흘러나왔다.

"하늘의 불로 악을 멸하리니, 신화! 화염주, 탄(彈)!"

나직한 외침이 끝나기 무섭게 불구슬이 비틀거리며 일어선 흑의복면인을 향해 쏘아져 갔다.

언뜻 흑의복면인의 붉은 눈이 가늘게 흔들리는 듯 보였다. 하나 그것도 잠시 뿐, 흑의복면인은 칼을 들어 불구슬을 후려쳤다.

쾅아앙! 화르륵!

일격에 터져 버린 불구슬이 흑의복면인을 덮친 것은 순식간이었다.

진용은 전보다 훨씬 강력해진 화염이 흑의복면인의 전신을 파고들자 결과를 보지도 않고 밖으로 신형을 날렸다.

인간이라면 견딜 수 없으리라.

나머지 한 사람쯤은 유태청이 처리할 수 있겠지.

밖으로 나오자 두 명의 흑의복면인이 보였다.

단둘뿐인데도, 비에 젖은 관운묘 일대는 소름 돋는 살기로 뒤덮여 있었다.

음산한 날씨가 전신에 서리를 내리고 있었다.

누가 적이고, 누가 아군인가!

"크억!"

청의인 중 한 사람이 비명을 지르며 쓰러진다. 하지만 쓰러지는 사람은 그 하나뿐이 아니었다.

전당이 갑자기 가슴을 부여잡고 정신없이 물러서다 쓰러진다. 쓰러진 전당의 가슴에는 청의인의 가슴을 꿰뚫은 검첨이 꽂혀 있었다.

분수처럼 뿜어지는 핏줄기!

놈들이 청의인을 제물 삼아 전당의 가슴마저 뚫어버렸다.

그걸로 흑의복면인들이 무엇을 노리는지가 확실해졌다. 놈들은 삼존맹의 무사들을 희생시켜서라도 진용 일행을 죽이겠다는 뜻이다.

구언양도 어렴풋이 놈들의 목적을 눈치 챘는지 천은단의 무사들을 독려했다. 한두 사람의 희생쯤은 각오하고 있었다는 듯.

"목표가 우선이다! 공격해!"

그때까지 살아남아 있던 다섯 명의 청의인과 엽시명이 악에 받친 표정으로 달려들었다. 주춤거렸던 구언양도 도를 움켜쥐고 신형을 날렸다.

모두가 그들을 맞이해 갔다. 부서져라 이를 악 다물고!

"다 덤벼! 개새끼들아!"

끝내 군자인 양 하던 사도굉의 입에서 쌍소리가 튀어나왔다.

정광도 힘을 얻었는지 한 소리 덧붙였다.

"똥 강아지 같은 놈들! 그래, 끝까지 해보자!"

또다시 살기가 하늘과 땅을 찢어발기며 광풍이 되어 휘몰아쳤다.

하지만 그들의 싸움은 자신들과 하등 상관이 없다는 듯, 두 명의 흑의복면인은 진용을 바라보며 기이한 소리를 흘리고 있었다.

그르르릉.

그것은 상처 입은 짐승의 울음소리 같기도 했고, 광자의 흐느낌 같기도 했다.

아니, 희열인가?

시뻘건 눈에서 흘러나오는 광기! 놈들이 웃고 있다.

강하다! 하나하나가 안승도만큼이나 강하다!

진용은 가슴이 서늘해졌다.

'대체 이자들은 누구란 말인가?'

두 손에 땀이 배일 때다. 마침내 놈들이 자신을 향해 번개처럼 날아든다. 붉은 강기가 한 자 이상 뻗어 있는 칼을 앞세우고!

진용은 관운묘의 입구에 서서 두 명의 흑의복면인이 자신을 향해 날아오는 모습을 바라보며 두 손에 힘을 주었다.

평상시라면 해볼 만한 상대다. 그러나 지금은 내력이 전과 같지 않다. 기껏해야 반 정도일 뿐이다. 그렇다고 물러설 수도 없는 일.

　찰나간에 흑의복면인들과의 거리가 지척으로 좁혀졌다.

　순간, 진용의 몸이 좌우로 흔들리고, 신형이 둘로, 넷으로 갈라졌다. 두 흑의복면인의 광기 어린 눈이 당황으로 물든다.

　'대기의 벽, 기막(氣幕)!'

　진용은 일단 방어막을 형성하고, 이어서 지팡이를 흔들었다.

　네 명의 진용이 일제히 지팡이를 흔든다.

　네 개의 지팡이 끝에 뭉친 시뻘건 불길!

　흑의복면인들의 눈이 넷으로 불어난 진용의 그림자를 좇아 흔들렸다. 주춤하는 사이, 진용의 입술 사이로 나직한 시동어가 흘러나왔다.

　"천지를 불로 감싸니, 천화벽(天火壁)!"

　네 개의 지팡이 끝에서 불꽃이 솟았다.

　천지를 태워 버릴 듯 이글거리는 불꽃이다!

　시뻘건 불꽃은 방원 일 장 넓이의 방어막 외벽을 따라 불의 벽을 형성하더니, 두 명의 흑의복면인이 지척으로 다가오자 그들을 덮쳤다.

　흑의복면인들이 더 이상 다가오지 못하고 정신없이 도강이 서린 칼을 휘두른다. 시뻘건 불의 벽이 산산이 잘라진다. 잘라진 불꽃이 다시 모이고, 또 잘라내고, 또 모이고…….

　진용은 세 번에 걸쳐 연속적으로 천화벽을 만들어내고, 흑의복면인들은 벽이 형성될 때마다 보이지 않는 속도로 칼을 휘둘렀다.

콰과과광!

사방으로 불꽃이 튀었다. 주위가 환해졌다.

닿는 것은 무엇이든 태워 버리는 불꽃에 흑의복면인들의 옷이 스치자, 스친 부위가 순식간에 타 들어간다. 살마저 타는지 노린내가 주위로 퍼져 나간다.

하지만 그뿐이다. 흑의복면인들은 조금도 두려워하지 않는다. 오히려 조금씩 조금씩 진용을 향해 접근한다. 고통도 느끼지 않는지 표정에 조금도 변함이 없다.

'저, 저런 미친놈들!'

세르탄이 질린 목소리를 내뱉었다. 진용의 마음도 다를 바가 없었다.

진용의 안색이 파리하게 굳어졌다. 기막을 펼쳐 놓은 채 세 번에 걸친 마법의 연속 시전은 그의 내공을 또다시 갉아먹었다.

더구나 실피나의 공격도 거세지는지 조금씩 빠져나가던 내력이 빠르게 빠져나가고 있었다.

언제 기막의 결계가 뚫릴지 모르는 상황. 일단은 힘을 한곳에 집중해야 할 때다.

진용은 급히 한 번 더 천화벽을 펼쳐 흑의복면인들을 뒤로 물러서게 하고는 실피나를 불러들였다.

"실피나! 그자는 놔두고 이쪽으로 와!"

실피나는 헉헉거리는 상관욱을 한 번 바라봤을 뿐 조금도 아쉬워하지 않고 진용이 있는 곳으로 날아왔다.

―오호호호! 주인아! 그 인간들은 내가 맡을게!

아무래도 진용이 싸우는 곳이 더 재미있을 것 같다고 느낀 듯했다.

"엉뚱한 짓 말고 나하고 보조를 맞춰!"

―알았어! 걱정 마!

진용은 한 줌의 진기라도 아끼기 위해 실드를 거두었다.

동시에 진용의 입술을 뚫고 시동어가 터져 나왔다. 바람의 마법이었다. 실피나가 바람의 정령인 것을 감안한 공격이었다.

"바람의 칼날! 풍도(風刀)!"

지팡이 끝에 머물러 있던 푸르스름한 회오리가 더욱 빠르게 휘돌더니, 시퍼런 칼날이 되어 두 사람을 향해 쏘아졌다.

실피나도 보조를 맞춰 바람의 검을 펼쳤다.

―바람아! 괴상한 인간들을 뚫어버려! 바람의 검, 윈드 소드!

쉐에에엑!

바람이 어둠을 가르고, 어둠을 뚫었다. 귀청을 찢는 굉음!

심상치 않음을 느꼈는지 이 장 앞까지 다가왔던 흑의복면 인들이 튕기듯이 뒤로 물러섰다.

하지만 아무리 압축시켰다 해도 바람의 마법이 미치는 범위는 십여 장에 달했다.

서걱! 기괴한 절삭음.

좌측에 있던 흑의복면인의 한 팔이 어깨 부위에서 뼈까지 잘린 채 덜렁거리고, 오른쪽에 있던 흑의복면인의 옆구리에 구멍이 뚫렸다.

두 복면인의 몸을 훑으며 지나간 바람은 두 줄기.

진용이 펼친 바람의 칼은 진용의 손짓에 따라 다시 급선회한 반면, 실피나의 바람의 검은 허공에서 소멸되었다.

신기한지 실피나가 연녹색 눈을 휘둥그렇게 뜨고 진용을 바라보았다.

─어머! 주인아! 어떻게 하면 그렇게 돼?

이런! 지금 그런 것을 물을 때야?

"일단 놈들부터 물리쳐, 실피나!"

─오호호! 알았어! 그럼 저 인간들 물리치면 가르쳐 주기야?

"끄응! 알았으니까, 저놈들이나…… 이런! 또 온다!"

흑의복면인들은 치명적인 상처에 아랑곳없이 진용을 향해 달려들었다. 아연할 일이었다.

'케케케……. 오늘따라 저 멍청한 정령이 이쁘게 보이는군.'

세르탄의 숨죽인 웃음소리가 들려왔다. 진용이 닦달당하

는 게 재미있다는 투다.

하지만 진용은 신경 쓸 틈이 없었다.

이미 다른 마법을 쓰기에는 거리가 너무 가까웠다. 다행이라면 놈들도 상당한 부상을 당해 몸놀림이 전만 못하다는 것이다.

그렇다면 해볼 만하다!

진용은 바람의 칼을 그들의 등 뒤로 움직이며 마주 달려들었다.

실피나는 다시 바람의 검을 쏘아냈다. 그러나 이번에는 놈들도 호락호락 당하지 않고 마주 칼을 휘둘렀다.

대신 그로 인해 달려들던 속도가 현저히 줄어들었다.

좌측에서 달려들던 흑의복면인은 뒤에서 몰려오는 바람의 칼날을 상대하기 위해 몸을 틀고, 우측의 복면인은 실피나의 공격을 막느라 틈을 보였다.

기회!

'풍혼! 가속(加速)!'

진용의 신형이 죽 늘어나는 듯싶더니 좌측의 복면인의 다섯 자 앞에서 모습을 드러냈다.

왼손이 들리고,

쾅!

일권이 복면인의 가슴을 두들겼다. 훌훌 날아가는 흑의복면인의 입에서 피분수가 뿜어진다.

거의 동시,

펵!

우수에 들린 지팡이가 휘둘러지자 우측의 복면인도 나가 떨어졌다.

'젠장!'

하지만 앞을 주시하던 진용은 허탈한 표정을 짓지 않을 수 없었다. 만신창이가 된 두 명의 흑의복면인이 시뻘건 핏물을 게워내면서 다시 일어서고 있었던 것이다.

'징그런 놈들!'

실피나는 신이 나는지 비틀거리며 일어서는 두 흑의복면 인을 향해 계속된 공격을 퍼붓고 있었다.

─오호호호! 제법 질긴 인간들이네! 어디 이것도 받아봐!

일어서면 쓰러뜨리고, 또 일어서면 쓰러뜨린다.

흑의복면인들이나 실피나나, 진용이 보기에는 막상막하의 질린 상대들이었다.

"장난 말고 머리를 공격해!"

진용이 빽 소리치자 그제야 실피나의 공격이 머리를 향했다. 하지만 흑의복면인들도 머리만큼은 악착같이 방어하고 있었다.

한데 그때다.

"아악!"

"이놈!"

갑자기 관운묘 안에서 비명과 호통 소리가 터져 나왔다.

획 고개를 돌리자 관운묘 안의 광경이 한눈에 들어왔다.

무릎을 꿇은 운아영이 보인다. 조금 떨어진 곳에서 격전을 벌이고 있던 유태청이 분노한 얼굴로 천유를 휘두른다.

새하얀 검강이 쭉 뻗어나간 순간, 시커멓게 탄 몸을 돌리던 괴인의 머리가 허공으로 치솟는다.

놈이었다. 화염주로 태워 버린 놈! 놈이 살아 있었다!

제기랄! 눈앞에서 만신창이가 된 몸으로도 달려드는 놈들을 보고 짐작했어야 하거늘.

진용은 자책하면서도 마땅히 지원할 방법이 없었다. 아니, 방법이 있어도 망설이지 않을 수 없었다. 한 번의 공격으로 끝날 일이 아닌 것이다.

한데 무리한 공격을 한 유태청의 몸이 비틀거리고, 그런 유태청을 향해 또 다른 흑의복면인이 짓쳐든다.

"물러서세요!"

진용은 더 이상 생각할 겨를도 없이 오른손을 들어 허공을 그었다.

울컥! 목구멍을 타고 한 움큼의 선혈이 밀려 올라온다. 그래도 멈출 수는 없었다.

허공이 주욱 갈라지자, 갈라진 틈을 비집고 왼손을 들이밀었다. 찰나 시퍼런 벼락이 번쩍였다!

쩌적! 쾅!

유태청의 목을 향해 검을 들이밀던 흑의복면인이 철벽에 부딪친 쇠 구슬처럼 튕겨졌다. 그런데 하필, 떨어진 곳이 두충이 벌벌 떨며 서 있는 곳이다. 고개를 들어 두충을 바라보는 그의 두 눈에서 광기 어린 붉은 눈빛이 쏟아진다.

멸! 모두 죽여라! 그의 머릿속을 지배하고 있는 단어다. 두충이라고 예외가 아니었다.

"으아아아!"

두충은 미친놈의 눈빛이 마음에 들지 않았다. 솔직히 겁이 났다. 그래서 혼신을 다해 죽어라 도망쳤다.

흑의복면인은 오른쪽 가슴이 뻥 뚫린 상태로 일어서서 도망가는 두충을 쫓았다.

"두가야! 조심해!"

운아영은 비틀거리며 일어서서 두충을 쫓아가려는 흑의복면인의 등을 향해 검을 던졌다.

흑의복면인은 와중에도 뒤로 검을 휘둘러 운아영의 검을 쳐냈다. 대신 걸음이 잠시 늦춰졌다.

그사이, 두충은 뻥 뚫린 벽을 통과해 밖으로 도망쳤다. 그러자 흑의복면인도 그 뒤를 쫓아 관운묘를 빠져나갔다.

순식간에 벌어진 일이었다.

남은 힘으로 타공지를 펼친 진용은 목구멍을 뚫고 올라온 선혈을 토해내고 고개를 들다 그 광경을 보았다.

'저, 저런! 안 돼!'

답답하다. 쫓아가야 하는데 그럴 수가 없다. 하단전은 물론이고 중단전의 기운마저 칠 할 이상의 손실을 본 상태. 그 때문에 건곤흡정진혼결이 날뛰어 들끓는 기운을 다스리기에도 벅찬 상황이다.

진용은 자신이 이렇게 무력하게 느껴지기는 천궁도를 떠나온 이후 처음이었다.

한데 두충이 빠져나간 지 두어 번 숨쉴 시간이 지났을 때였다.

콰아앙!

관운묘 뒤쪽에서 귀청을 찢는 엄청난 폭음이 천지를 울렸다. 두충이 도망간 바로 그곳이었다.

죽이지 않으면 죽는다는 각오로 싸우던 사람들이 일제히 주춤거리며 뒤로 물러섰다.

휘이이익!

가느다란 피리 소리가 어둠을 뚫고 숲 속에서 들려온 것은 바로 그때였다.

피리 소리에 반응을 보인 것은 흑의복면인들이었다.

그들은 피리 소리가 들림과 동시, 실피나의 공격에 아랑곳하지 않고 즉시 신형을 뒤로 날렸다. 그리고 나타날 때처럼 순식간에 숲 속으로 사라져 버렸다.

―어머! 저것들이!

진용은 실피나가 그들을 쫓으려 하자 급히 전음을 보냈다.

"실피나, 그들을 쫓지 말고 다른 사람들을 막아!"

하지만 흑의복면인들의 행동에 당황한 것은 구언양도 마찬가지였다.

유리하지 않은 상황. 흑의복면인들마저 사라진 지금은 더욱 그러했다. 목적을 달성하려 한다면 죽음을 각오해야 할 판이다.

하지만 구언양은 자신의 목숨을 담보로 모험을 할 생각이 없었다. 죽는다는 생각이 들자 갑자기 두려움이 엄습했다. 자칫 개죽음이 될지도 몰랐다. 그렇게 죽고 싶지는 않았다.

"모두 물러서라!"

구언양이 소리치며 물러서자 구언양을 중심으로 천은단의 무사들도 빠르게 뒤로 물러섰다.

정광과 사도굉도 그들을 노려볼 뿐, 물러서는 그들을 쫓지 않았다. 두 사람이 움직이지 않으니 비류명과 사마조양을 비롯해서 석무심과 사공하도 숨만 헐떡거릴 뿐 적들을 노려보기만 했다.

팽팽한 긴장감이 대기를 짓눌렀다. 누구든 나서는 자가 있다면 또다시 싸움이 시작될 것이다. 그리고 그 싸움은 어느 쪽이든 한 쪽이 모두 죽어야 끝날 것이다.

모두가 그걸 잘 알고 있었다. 그래서 두려웠다.

제발 아무도 나서지 않았으면…….

그런데 모두의 염원이 엉뚱한 사람에 의해 깨져 버렸다.

두충이 관운묘를 돌아서 나타난 것이다.

"씨발 놈들! 내가 만날 밥인 줄 알어!"

걸레처럼 찢어진 옷, 헝클어진 머리. 시뻘겋게 충혈된 눈. 한 손을 집어넣은 보따리를 신주단지처럼 끌어안고 있다.

대체 뒤쪽에서 무슨 일이 있었던 건가?

대치 중임에도 사람들의 의아한 눈이 두충을 향했다.

두충은 조금도 굴하지 않고 눈을 부릅뜨더니, 반쯤 제정신이 아닌 것 같은 눈으로 만붕성의 무사들을 쓱 훑어보았다. 그러더니 보따리 속에 넣고 있던 손을 빠르게 빼냈다.

사람들의 눈이 그의 손으로 향했다. 손가락 사이로 주먹만 한 구슬이 하나 보인다. 먹으로 갈아 만든 듯 시커먼 구슬이.

"에라이, 개새끼들아! 이거나 먹어라!"

두충은 악다구니를 쓰며 손을 홱 뿌렸다.

시커먼 쇠구슬이 빠르게 만붕성의 무사들을 향해 날아갔다.

앞쪽에 서 있던 무사 하나가 코웃음 치며 재빨리 검을 휘둘렀다.

무릎을 꿇고 거칠게 숨을 몰아쉬던 상관욱이 그 모습을 보고 하얗게 질린 얼굴로 빽 소리쳤다.

"안 돼!!"

하지만 그의 외침이 그의 목구멍을 뚫고 밖으로 쏟아져 나왔을 때는, 이미 무사의 이빨 빠진 검이 쇠구슬과의 거리를 한 치만 남겨놓고 있었다.

미처 멈출 사이도 없이 검날이 쇠구슬을 후려쳤다. 순간!

콰아아아앙!!

엄청난 충격이 어둠을 발기발기 찢어발겼다.

천지가 흔들리고, 진공상태를 이루었던 대기가 사방으로 터져 나갔다.

바로 곁에 있던 천은단의 무사 셋이 그 폭발에 휩쓸려 육신이 갈가리 찢겨졌다.

비명을 지를 시간조차 없었다. 머리통이 터져 나가고, 갈기갈기 찢긴 육신에선 피분수가 뿜어져 사방으로 폭풍우처럼 흩날렸다.

엽시명과 구언양마저 데굴데굴 이 장을 굴러가서야 겨우 몸을 일으켰다.

충격은 받은 것은 그들뿐만이 아니었다.

가장 가까이 있던 정광과 사도굉은 물론이고, 삼 장 이상 떨어져 있던 다른 사람들도 정신없이 물러서야만 했다.

그들은 넋이 반쯤 나간 얼굴로 회심의 미소를 짓고 있는 두 충을 바라보았다.

유황 냄새가 바람에 흩날려 콧속을 파고들었다.

젖어 있던 흙더미를 뒤집어쓰고도 누구 하나 자신의 옷에 신경 쓰는 사람이 없었다. 아니, 신경 쓸 정신이 없었다.

사람들이 정신을 차리는 데는 상당한 시간이 필요했다.

제일 먼저 정신을 차린 것은 구언양이었다. 구언양은 정신을 차리자마자 그대로 신형을 뽑아 올렸다.

"모두 돌아간다!"

상관욱과 엽시명, 그리고 천은단의 무사 중 살아남은 두 명 역시 뒤도 돌아보지 않고 숲 속으로 몸을 날렸다.

하지만 그들이 완전히 모습을 감출 때까지 진용 일행은 아무도 움직이지 않았다. 사람들의 눈은 육신이 걸레처럼 찢긴 채 널브러져 있는 공터를 바라보고 있었다. 피가 홍건히 고여 있는 공터는 이 장 넓이로 움푹 파여 있었다.

정광이 정신을 차리고 입을 열었다. 목소리가 떨려 나왔다.

"보따리 속에 들어 있던 것이 그거였나?"

두충이 씩 웃으며 자랑스럽게 말했다.

"예. 이게 바로 최근에 만들어진 벽력탄이란 거유."

"아직도 남았냐?"

"여덟 개 정도 남았수."

정광이 움찔하며 두어 걸음을 물러섰다. 다른 사람들 역시 자신도 모르게 정광을 따라 물러섰다.

"그러니까, 그걸 등에 매고 여태 우리랑 같이 다녔단 말이지?"

두충이 멀뚱멀뚱 눈알을 굴리며 고개를 끄덕였다.

"그럼 이렇게 위험한 걸 아무렇게 놓고 다니란 말이우?"

정광의 얼굴이 붉어지고, 쇠 신발을 든 손에 힘이 들어가고 있는데도 두충은 아무런 눈치도 채지 못하고 당연하다는 듯 말했다.

휙!

정광의 쇠 신발이 허공을 난 것은 그때였다.

딱!

"아이쿠!"

날아간 쇠 신발이 두충의 이마를 정통으로 때렸다. 다행히 공력을 싣지 않아 머리가 깨지지는 않았다. 그래도 쇠 신발은 쇠 신발이었다.

두충은 골이 흔들리는 충격에 빽 소리쳤다.

"왜 이러는 거유! 내가 뭘 잘못했다고!"

정광도 새파랗게 핏줄이 돋은 얼굴로 눈에 쌍심지를 켰다.

"이 미친놈아! 누가 잘못해서 네 보따리를 두들겼으면 우리 모두 죽었을 것 아니냐! 그래도 잘못한 게 없다는 거냐! 에라이! 썩을 놈의 새끼!"

"그래서 옷으로 싸가지고 다니잖수!"

"격산타우도 모르냐? 그까짓 옷 가지고 고수의 내가장력을 막는다고? 어림없는 소리!"

"어떤 고수가 쓸데없이 옷 보따리에 내가장력을 친단 말이우!"

"실수라는 것도 있잖아!"

"도장님처럼 덜떨어진 사람만 아니면 그런 실수할 고수가 어딨수!"

"뭐야?! 이놈이! 그래 이제 눈에 보이는 게 없다 이 말이지!"

두충이 눈을 부라리며 절대 수긍할 수 없다는 태도로 보따리에 손을 집어넣었다.

정광은 손에 힘을 주고 그런 두충을 때려죽일 듯이 노려보았다.

엉뚱한 일로 긴장감이 고조되었다.

설마 진짜로 싸우지는 않겠지?

그런 마음이면서도 사람들은 주춤주춤 뒤로 물러섰다.

"그만하세요."

진용의 조용한 목소리가 들려오지 않았다면 아마 두 사람은 토끼눈이 되도록 기세 싸움을 했을 것이다.

하지만 두 사람 누구도 진용의 말을 무시할 배짱까지는 없었다.

"부상자들을 놔두고 무슨 짓이에요?"

"그게… 도장님이……."

두충이 슬그머니 보따리에서 손을 뺐다.

"응? 아이고, 삭신이야! 내 저놈 때문에……."

정광은 그제야 상처 부위에서 고통이 느껴지는지 그 자리에 덜썩 주저앉았다. 그제야 진용이 모두를 향해 말했다.

"일단 상처를 돌보고 이후에 할 일을 논의하기로 하지요."

전당은 이미 숨이 끊어져 있었다. 석무심이 전당의 시신을 안아 들고 관운묘로 다가오자 모두가 침중한 표정으로 그를 바라보았다.

하지만 언제까지 그러고 있을 수만은 없는 일. 일행은 아무런 말도 없이 관운묘 안으로 들어갔다.

유태청이 운기를 하고 있었다.

운아영이 소리없이 눈물을 흘리다 진용 등이 들어오자 재빨리 눈물을 닦았다. 그러나 그녀의 눈물에 신경을 쓰는 사람은 아무도 없었다. 두충만이 안쓰러운 눈으로 그녀를 한 번 쳐다봤을 뿐.

하지만 두충도 분위기에 휩쓸려 입을 열지는 않았다.

그들은 들어서자마자 누가 지정하지 않았음에도 일정한 공간을 두고 자리를 잡았다.

구언양을 상대하다 흑의복면인에게 당한 정광과 사도굉의 상처도 작은 것이 아니었다. 게다가 먼저 구언양을 상대했던 비류명과 사마조양의 상처는 매우 심각한 상태였다. 사지 중 하나가 잘려 나가지 않은 것이 다행이라는 생각이 들 정도였다.

일단은 상처가 큰 부위에 금창약을 발라 지혈을 하고 자신들의 옷을 찢어 상처를 싸맸다.

찌이익! 옷 찢어지는 소리에 흠칫 몸을 떠는 사람들. 그럼에도 입을 여는 사람은 없었다.

전당의 죽음을 슬퍼해서도 아니었고, 자신들의 상처가 고통스러워서도 아니었다. 아직 상황이 끝나지 않았음을 알기 때문이었다.

가슴에 묵직한 돌멩이가 얹혀 있는지, 그들의 무거운 표정은 쉽게 풀리지 않았다.

석무심과 사공하의 진용을 무시하던 눈빛은 어느새 경외심 어린 눈빛으로 바뀌어 있었다.

"고 공자, 삼존맹이 왜 우리를 공격하는 겁니까?"

석무심이 공손한 어조로 물었다. 진용은 잠시 생각을 정리해서 간단하게 말했다.

"제가 아는 이유는 두 가지입니다. 하나는 누군가의 부탁을 받았다는 것, 다른 하나는 나를 죽이면 얻을 게 있다는 것이지요."

3

은청삼 장년인은 턱을 쓸며 눈을 가늘게 떴다.

"그거 참. 생각보다 더한 놈이군. 광혼단의 미치광이들로도 놈을 죽이지 못하다니."

흑의 장년인이 조심스럽게 말했다.

"공연히 경각심만 준 것은 아닌지 모르겠습니다."

"꼭 그렇게 생각할 것만은 아니야. 흠……."

충분하지는 않았지만, 그렇다고 실패할 거라고도 생각하지 않았다. 그런데 실패를 했다. 자신의 계산이 빗나갔다는 말.

은청삼 장년인은 가늘게 뜬 눈으로 물끄러미 탁자를 바라보더니 천천히 입을 열었다.

"구언양의 보고를 받은 구양무경의 표정이 어떨 거라고 생각하나?"

"아마 상당히 놀란 표정일 것입니다. 한데, 광혼단원에 대해 그가 눈치 챌 거라 생각하십니까?"

"그는 구양무경이야. 아마 보고를 받는 순간 짐작할 것이네."

"하면……?"

"그리 걱정할 것은 없네. 그는 지금까지 우리를 자신의 아래로 생각했을 것이야. 그러나 이제는 다르게 생각하겠지. 변한 것은 그것뿐이네. 어차피 짐작만으로는 우리를 어떻게 하지 못할 테니까."

그는 고개를 들더니 차가운 웃음을 입가에 매달았다.

"일이 이렇게 된 이상 더 미룰 수는 없을 것 같군. 후후후. 하나하나 매듭을 짓지. 그때까지는 정신을 바짝 차리도록."

第四章

남쪽으로 향하는 마음

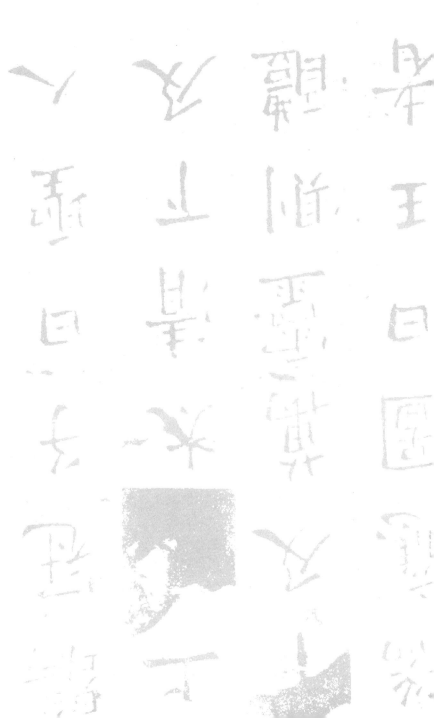

1

행여 실수라도 할까 봐 정신을 바짝 차린 하군상은 방문을 열었다. 하주령이 조용히 앉아서 차를 마시고 있었다.

"나를 찾았다고?"

"어서 오세요, 오라버니."

하군상은 거듭 자신을 격려하며 자리에 앉았다. 그러자 찻 잔을 내려놓은 하주령이 차갑게 느껴지는 목소리로 말했다.

"생각을 바꾸기로 했어요."

뜬금없는 말이었다.

"무슨 말이냐?"

"초연향의 배필을 바꾸기로 했다는 말이에요."

하군상의 눈썹이 꿈틀거렸다. 갑작스런 말에 마땅히 대답할 말이 떠오르지 않았다.

"너는 내가 못 미더운가 보구나."

"솔직히 초연향과 오라버니가 자주 만난다기에 내심 기대하고 있었어요. 그런데 세월만 흐르고 결과가 없어요. 해서 큰 오라버니와 상의했지요. 탁 공자와의 혼례가 다음 달로 잡혀 있으니 그전에 초연향을 본 가의 사람하고 맺어줄 생각이에요."

"뭐라고? 내 말도 들어보지 않고 말이냐?"

"흥! 요즘 초연향이 이 사람 저 사람 만나서 이상한 짓거리를 하고 있다는 소문이 들리더군요. 설마 초연향의 거처를 뻔질나게 드나드는 오라버니가 모를 리는 없을 텐데요?"

하군상은 가슴이 덜컹 내려앉는 기분이었다. 하지만 겉으로는 나타내지 않고 영문을 모르겠다는 투로 되물었다.

"내가 뭘 안단 말이냐? 나는 그저 초연향과 가깝게 지내려고 자주 찾아갈 뿐이다. 대체 무슨 일이 있었기에 초연향을 다른 사람과 맺어주려 하는 거지?"

"정말 모르는 일인가요?"

"허, 참! 나도 구룡상방의 사람이다. 알면 안다고 하지, 내가 왜 모른다고 하겠느냐?"

하주령의 예리한 눈빛이 하군상의 내부를 샅샅이 훑고 지나갔다. 그러나 상당 기간 초연향의 신안에 단련된 하군상은 쉽게 흔들리지 않았다.

"좋아요. 믿겠어요. 하지만 깊은 내막을 말씀드릴 수는 없고, 한 가지만 말씀드리죠. 초연향은 그동안 저와 큰 오라버니가 하려는 일을 방해하고 있었어요. 상방의 사람들을 끌어들여서 말이에요. 이제 더 이상은 보고만 있을 수 없을 정도예요. 사실 진작 잡아 죽이려고 했지만 초연향이 끌어들인 사람들이 누구누구인지 정확하게 알지 못해서 그냥 놔두고 있을 뿐이에요."

등줄기를 타고 소름이 돋았다. 여태 알고도 놔두었다니. 그 이유가 일거에 반대 세력을 모조리 잡아들이기 위해서라니.

"하지만 그것도 얼마 남지 않았어요. 초연향은 본 가의 사람하고 맺어질 것이고, 다시는 누구와도 쓸데없는 대화를 나눌 수 없을 테니까요."

하군상은 가슴이 떨려왔지만, 자신과는 아무런 상관도 없는 것처럼 고개를 끄덕였다.

"향 매가 잘못했다면 그렇게 해야겠지. 하나 정확한 증거가 없으면 다른 곳에서 반발이 있을 것이다. 뭐 네가 잘 알아서 신중히 처리하겠지만……."

"호호호, 걱정 마세요. 제가 누구예요?"

초연향은 하군상의 말을 듣고 하얗게 얼굴이 굳었다. 완벽하게 비밀로 할 수 없다는 것은 알고 있었다. 그러나 이렇게 일찍 들통날 거라고는 생각하지 않았었다.

"주령이가 그렇게 생각하고 있다면, 반드시 그렇게 될 것이오. 더 이상 이곳에 있어서는 안 되오. 떠나야 하오, 향 매."

"옳은 말씀이에요. 하지만 당장은 움직일 수가 없어요. 보나마나 암중에서 저를 지켜보고 있을 테니까요."

자신도 떠나고 싶다. 당장이라도. 자신이 사라졌다 해서 하주령이 해룡선단에 책임을 물을 수 있는 일도 아니니까.

그냥 갈까? 어차피 구룡상방이 해룡선단을 도와준다는 보장도 없는데.

하지만 그동안 자신만 믿고 움직인 사람들은 어떻게 되는 거지?

도지방(陶紙幫)의 강상두, 육방(肉幫)의 철상두, 포잠상(布蠶商)의 전상두. 모두 나만 믿고 있는데.

"오라버니, 오라버니가 철심방의 진 숙부님을 만나주세요."

"진 방주님을?"

"그분에게 도움을 청할 생각이에요. 혹시라도 머뭇거리거든, 진 공자의 죽음에 대해 할 말이 있다고 하세요."

하군상의 눈이 동그랗게 떠졌다.

"향 매가 진 형의 죽음에 대해 알고 있단 말이오?"

"자세히는 몰라요. 하지만 그분은 꼭 듣고 싶어할 거예요."

"음… 알았소. 마침 내일 석가장에 갈 일이 있으니 시간을 내어서 진 방주님을 만나보리다."

철심방은 쇠로 된 거라면 무엇이든 만들어 파는 구룡상방의 핵심 세력 중 하나다. 방주인 진호량이 도와주기만 한다면 하주령의 계획에 막대한 타격을 줄 수가 있을 것이었다.

하지만 다음날 미시 초, 하군상은 구룡상방을 나서기도 전에 정문으로 들어서는 한 사람을 보고는 위험을 무릅쓰고라도 초연향의 거처를 찾지 않을 수 없었다.

"어쩐 일이세요, 아침부터?"

"향 매, 조금 전에 진 방주가 이곳에 왔소."

"예? 그분이 무슨 일로?"

"그건 모르겠고, 후원으로 가는 것을 보니 주령이를 만나러 가는 듯했소."

초연향의 얼굴이 납덩이처럼 굳어졌다.

불길한 예감이 뇌리를 짓누른다. 지금까지 한 번도 빗나가 본 적이 없는 자신의 예감에 온몸이 떨릴 지경이다.

"안 되겠어요. 일단 이곳을 나가야겠어요."

"지금은 안 되오. 분명 감시하는 자들이 있을 것이오. 어두워지거든 나갑시다."

그날 밤 어두워질 무렵, 시비가 일을 마치고 초연향의 방을 나섰다. 고개를 숙이고 있어 누군지 정확히 알 수는 없었지만, 초연향의 방을 감시하던 자들은 옷만 보고 시비가 누군지 지레 짐작해 버렸다.

"저년이나 달라고 해야겠군. 흐흐흐……."

"나이는 어려도 가슴이 제법 크던데, 설마 남자 맛을 본 계집은 아니겠지?"

"그럼 오히려 잘 됐지. 계집이 너무 앙탈 부리면 짜증나거든."

"하긴……. 크크크……."

그 사이 시비는 아무런 방해도 받지 않고 건물을 돌아가고 있었다.

건물을 돌아간 시비는 여전히 고개를 들지 않고 슬쩍 눈만 돌려 주위를 살펴보았다. 아무도 보이지 않았다. 비록 어둠이 짙게 깔려 있지만, 누구든 어둠을 믿고 고개를 내밀었다면 그녀의 눈을 속일 수는 없었을 터였다.

그녀는 아무도 자신을 쳐다보는 사람이 없다는 확신이 서자 걸음을 재촉해 건너편 건물로 들어갔다. 그리 크지 않은 건물 안에는 잡다한 물품들이 가지런히 쌓여 있었다.

그녀는 물품 중에서 간편한 경장 한 벌을 골라내고는 재빨리 옷을 갈아입고 머리를 묶었다. 반의 반 각도 걸리지 않아 그녀의 모습은 누구도 알아볼 수 없게 바뀌어 버렸다.

완벽한 소년의 모습을 한 그녀가 건물을 나서자 눈을 휘둥

그렇게 뜬 하군성이 그녀를 맞이했다.

"험, 가세. 추 아우."

헛기침으로 입을 연 하군상이 고갯짓을 하자 초연향은 얼굴을 붉히며 고개를 숙였다.

"예, 혀, 형님."

하군상은 재미있는지 실실 웃더니, 속삭이듯이 조그맣게 입을 열었다.

"시간이 없소. 진 방주가 이각 전에 나갔는데, 아무래도 주령이 뭔가 수작을 부린 것 같소. 잔뜩 일그러진 얼굴이었소."

"아마 협박을 했을 거예요. 다시는 우리와 만나지 말라는."

"음, 서두른다면 만날 수 있을 것이오. 갑시다."

그가 찡긋 한쪽 눈을 감더니 마저 말을 이었다.

"할 말이 없다는 그에게 겨우 약속을 받아냈소. 비록 일각뿐이지만."

"그 시간이면 충분해요."

두 사람은 태연한 걸음걸이로 정문을 향했다.

간혹 하군상을 알아보고 말을 거는 자들이 있었지만, 그렇다고 앞을 막아서지는 않았다.

"공자님, 이 밤중에 어딜 가시는 겁니까?"

"볼일이 내일로 늦춰진 김에 술 한잔하러 가네."

가끔씩 있는 일인 듯 하군상이 술 한잔하러 간다고 하면 그러려니 할 뿐이었다.

"옆에 분은 누구십니까?"

그러나 정문을 나서려 하자 제법 눈매가 날카로운 자가 초연향을 바라보며 물었다. 수문위사인 조걸이었다.

하군상은 조걸의 코앞에 얼굴을 들이밀어 눈을 가리고는 나직이 입을 열었다.

"추씨 집안의 막내 아들이네. 내가 몰래 데리고 나가서 술 좀 가르치려고 그러는 것이야. 남자라면 모름지기 술 몇 잔 정도는 할 수 있어야 하지 않겠나? 그러니 함부로 소문내지 말게나."

점심 무렵 천진 추가장에서 사람들이 왔다고 했었다. 그때는 자신의 근무 시간이 아닌지라 조걸은 그들의 얼굴을 보지 못했었다. 그는 한쪽에서 고개를 돌리고 서 있는 소년이 아마도 그때 들어온 소공자인가보다 생각했다.

"너무 늦지 않게 돌아오십시오. 잘못하면 저만 치도곤을 당합니다."

하군상이 씩 웃으며 슬며시 은자 하나를 조걸의 손에 쥐어 주었다.

"걱정 말게. 내 두 시진 이내에 돌아오겠네."

조걸의 입이 귀밑까지 찢어졌다. 손아귀의 감촉으로 봐서 은자의 크기는 족히 한 냥은 됨 직했던 것이다.

자기가 하루에 받는 일당보다도 많은 액수였다.

'우흐흐, 이래서 내가 수문위사를 때려치우지 못한다니까.'

"조심해서 다녀오십시오. 에…… 공자님이 나간 것은 특별히 비밀로 해둡지요."

"하하, 고맙네. 과연 자네는 화통한 남자야."

하군상은 조걸의 어깨를 두어 번 두드리고는 행여나 마음이 변할까 봐 재빨리 밖으로 걸음을 옮겼다.

"가세, 추 아우. 내 오늘 화끈한 주당의 세계를 가르쳐 주겠네."

*　　　*　　　*

하주령이 초연향이 사라졌다는 보고를 받은 것은 하군상과 초연향이 정문을 나선 지 이각가량이 흘렀을 때였다.

"뭐예요? 초연향이 없어졌다고요?"

"시비의 입을 막아 의자에 묶어 놓고는 옷을 바꿔 입고 나간 것 같습니다."

추밀단의 단주 한우명의 말에 하주령은 발끈해서 소리쳤다.

"그걸 말이라고 해요? 여인 하나를 감시하지 못해서 놓치다니요! 즉시 찾아보세요!"

"이미 수하들을 풀어 찾고 있습니다. 곧 좋은 소식이 있을 것입니다."

그때 무슨 생각이 들었는지 하주령의 눈빛에서 독기가 쏟아졌다.

"군상 오라버니를 찾아보세요. 방에 있는지."

한우명이 머뭇거리며 답했다.

"수하들이 조금 전에 어떤 어린 공자와 함께 밖으로 나가는 것을 봤다고 합니다."

"이런!"

더 이상 참지 못한 하주령이 벌떡 일어섰다. 그녀의 독기 서린 눈빛이 빠르게 변화를 일으켰다.

"진 방주는 언제 떠나갔나요?"

"한 시진 전에 떠났습니다."

"즉시 사람들을 총동원해서 북경 외곽을 봉쇄하고, 성내를 뒤져 군상 오라버니와 초연향을 찾으세요. 초연향이 진 방주와 만나려하는 것 같으니, 찾는 것은 그리 어렵지 않을 거예요. 그리고 초연향을 잡는데 방해하려는 사람이 있거든, 그게 누구든지 적으로 간주하세요. 아시겠어요? 관에 사람을 보내놓을 테니 관은 걱정 말고 꼭 찾으세요!"

한우명의 얼굴도 딱딱하게 굳었다. 그녀의 말을 알아들은 까닭이었다. 하군상을 어떻게 하더라도 초연향을 잡아야 한다는 말.

아무리 이복남매라 하지만 지독한 마음 씀씀이였다.

설마 죽여도 된다는 말은 아니겠지?

그때 하주령의 말이 이어졌다.

"혹시 모르니, 사멸당의 양 당주도 움직여야겠어요. 다른 곳에 넘겨주기에는 너무 위험한 계집이에요."

눈을 부릅뜬 한우명이 움찔 몸을 떨었다.

사멸당. 구룡상방의 척살조. 결국 죽이는 한이 있어도 남에게 넘어가는 꼴은 보지 못하겠다는 말이었다.

2

초연향은 하군상과 함께 손님도 없는 자그마한 객점에서 우락부락한 인상에 흑염이 사자갈기처럼 뻗은 중년인과 마주 앉아 있었다. 그가 바로 철심방주 진호량이었다.

"주령이는… 우리가 움직인 것을 알고 있었다. 길게 말하고 싶지는 않아. 자칫 방의 일천 가족이 위험해질 수 있거든."

"소녀도 숙부님이 위험에 처하는 것은 원치 않아요. 하지만 한 가지 꼭 드리고 싶은 말이 있어서 뵙고자 한 거예요."

"말해보거라. 네 아버지와의 인연을 생각해서라도 들어는 주마."

초연향은 한 점도 흔들리지 않는 눈으로 진호량을 응시

했다.

"진 공자의 죽음에 대해 알고 있는 게 있어요."

진호량의 안색이 급격히 굳어져갔다.

"네 말이 무슨 뜻인지 알고 하는 말이냐?"

"진 공자는 죽기 전날 밤 누군가를 만났어요. 그리고 다음 날 아침, 진 공자가 돌아가셨죠. 저는 진 공자가 누굴 만났는지 알고 있어요."

"향아, 너……!"

초연향은 붉게 달아오른 진호량의 눈빛에 아랑곳하지 않고 말을 이었다.

"저의 능력에 대해서는 진 숙부님도 잘 아실 거예요. 그리고 제가 남의 눈을 바라보면서는 거짓말을 못 한다는 것도 말이에요."

십여 년 전부터 알고 있던 사실이었다. 초연향에게는 남의 눈을 보고 거짓과 진실을 가려낼 수 있는 재주가 있는 반면, 남의 눈을 보고 거짓말을 하면 얼굴이 붉어지고 눈이 떨리는 버릇이 있었다. 모두 초정광이 알려준 사실이었다.

"제 눈이 잘못되지 않았다면, 그날 만난 사람은 어떤 식으로든 진 공자의 죽음에 관련이 되어 있어요."

"그게 누구냐? 왜 그때 말을 하지 않은 것이지?"

진호량이 으르렁거리는 목소리로 물었다. 초연향은 잠시 숨을 가다듬고 조용히 입을 열었다.

"그날 진 공자가 만난 사람은, 바로 하 언니예요. 그래서 말씀을 드리지 못했던 거예요. 확증이 없으니 아무도 믿지 않았을 테니까요."

진호량의 눈이 부릅떠졌다. 하군상도 멍한 표정으로 초연향을 바라보았다.

그랬다. 당시 어린 초연향의 말을 들어줄 사람은 아무도 없었다. 더구나 확증이 없는 상태가 아니었던가.

"으음……."

"향 매, 정말로……?"

"죄송해요, 오라버니. 먼저 말씀을 드리지 못해서."

자신의 여동생이 살인 사건의 범인이란 말인가? 그럼 자기는 누구 편을 들어야 하지? 아무리 남들이 뭐라 해도 동생이 아닌가 말이다. 한데 그때다. 문득 하군상의 뇌리 저 깊숙이에서 이런저런 갈등조차 날려 버릴 어떤 기억이 수면 위로 떠올랐다.

갑자기 하군상의 눈에서 싸늘한 한기가 쏟아졌다.

"그러고 보니 오래전에 벌어진 사건들 중 해결이 되지 않고 묻혀져 버린 것이 하나 생각나는군."

"예?"

"오 년 전 내 어머니의 갑작스런 죽음. 어머니는 주령이와 한바탕 말싸움을 하고 난 다음날 돌아가셨소. 어머니의 장례식이 있던 날, 나는 뒷마당을 지나다 주령이가 소리없이 웃는 모습을 봤었소. 조금 서운하게 생각한 적은 있어도, 한 번도 그것이 이상하다 여긴 적이 없었는데……."

갑작스럽게 침묵이 내려앉았다. 하지만 침묵은 오래가지 못했다.

"방주님, 총방의 추밀단이 북경을 들쑤시고 있다 합니다."

밖에서 나직한 목소리가 들려왔다. 들어올 때 보았던 진호 량의 수신호위인 듯했다.

"아무래도 나머지 이야기는 나중에 나눠야 할 것 같다."

"제가 찾아뵙겠습니다, 숙부님."

"그때는 보다 더 정확한 이야기를 들을 수 있으면 좋겠구나."

"그럴 수 있도록 노력하겠습니다."

하군상이 자리에서 일어서며 다급히 재촉했다.

"일단 이 자리를 피하고 봅시다."

객점을 나서자 사방이 어둠에 잠긴 채 가끔씩 취객의 고함 소리만이 들려올 뿐이었다.

하군상과 초연향은 어둠 속으로 몸을 집어넣고 잰걸음으 로 골목 사이로 들어갔다.

"성문은 잠겼을 거요."

하군상의 침중한 목소리에 초연향은 하늘을 올려다보았 다. 보름달이 구름 사이로 고개를 내밀고 있었다.

"객점도 안심할 수 없어요. 보나마나 모조리 뒤질 테니까요."

잠시 머뭇거리던 하군상이 초연향을 바라보았다. 보름달에 비친 얼굴에 슬픔이 가득해 보였다. 문득 적당한 곳이 떠올랐다.

"고가장으로 가는 게 어떻겠소?"

초연향의 어깨가 바르르 떨렸다.

그분의 집으로 가자고요?

자신도 그러고 싶다. 하주령이 찾을 수만 없다면. 하지만 그것은 단지 소망뿐이라는 것을 그 누구보다 자신이 잘 알고 있었다.

"주령 언니는 고가장의 존재를 알고 있을 거예요."

"주령이가?"

"주령 언니는 고 공자에 대해 관심이 많았거든요."

"탁인효에게 정신이 팔린 줄 알았는데……?"

초연향은 씁쓸한 미소를 베어 물었다.

남자로서라기보다는 능력 때문일 것이다. 아니면 단순히 호기심 때문이든지. 하주령은 충분히 그런 것 때문에라도 고진용을 조사할 수 있는 여인이었다.

"음… 그럼 마땅한 곳이……. 아! 한 군데 있소!"

갑자기 하군상이 환한 표정으로 초연향을 돌아보았다.

"어딘데요?"

"금의위 천호장, 육 대인의 집!"

하군상은 진용의 부탁으로 초연향의 소식을 적은 서신을 육두강에게 직접 전한 적이 있었다. 그래서 육두강의 집을 알고 있었다.

"아무리 주령이라 해도 육 대인의 집은 생각도 못하고 있을 거요."

육두강의 집으로 가는 길은 그리 복잡하지 않았다. 조금만 주의해서 간다면 추밀단에 들키지 않고 갈 수 있을 듯했다.

하지만 하군상이 미처 생각하지 못한 것이 있었다. 추밀단이 아니어도 그를 알아보는 사람이 북경에 제법 된다는 사실을.

변대송이 바로 그런 사람 중에 하나였다.

그는 골목에서 볼일을 보고 나오던 중 앞을 스쳐 지나가는 두 사람 중 하나가 대구룡상방의 셋째 공자라는 것을 알아보고 고개를 갸웃거렸다.

'어? 구룡상방의 셋째 공자잖아? 그런데 왜 저렇게 조심스럽게 행동하는 거지?'

자신이 잘못 본 것이 아닌가 싶기도 했다.

하긴 그면 어떻고 아니면 어떠랴. 잘난 놈들 하는 짓을 내가 굳이 상관할 바가 무어 있으랴.

그때만 해도 단순히 그렇게 생각했다. 하지만 집에 들어가기 전, 술을 한잔하기 위해 들어간 단골 주점에서 구룡상방의 무사들이 무언가를 탐문하는 것을 보고 그는 생각을 바꿔야 했다. 그의 예리하기 그지없는 잔머리가 경적을 울리고 있었던 것이다.

어쩌면 돈이 될지 모른다!

생각은 즉각적인 행동으로 이어졌다.

"저, 이보슈, 나리들. 혹시… 셋째 공자를 찾는 것이 아니우?"

변대송이 코앞에 내밀어진 열 냥짜리 은원보를 보고 입을 나불거린 지 일각이 지났을 즈음, 하군상과 초연향은 고관들이 산다는 용등로를 지나 영호로에 들어서고 있었다.

지나다니는 사람이 거의 보이지 않는다. 취객들의 고함 소리도, 취객을 부르는 기녀들의 호객 소리도 들리지 않는다.

한데 기이하다. 보는 눈이 적어졌으니 다행이라는 생각이 들어야 하는데도 기이한 느낌이 뒤통수를 잡아당긴다.

"조금만 가면 육 대인의 집이오."

그 느낌을 해소하려 쓸데없이 말도 해봤다. 그래도 전신을 기어오르는 근질거림은 사라지지를 않는다.

뭐지? 뭐가 이렇게 신경을 건드리는 거지?

처음에는 무엇 때문인지 알 수가 없었다. 한데 육두강의 집에서 백여 장 떨어진 서북객잔을 돌아갔을 때다.

기이한 느낌이 더욱 강해졌다. 그리고 하군상은 그제야 그 느낌의 정체를 확실하게 알 수 있었다.

자신들을 향해 몰려드는 무사들의 기운. 느낌의 정체는 바로 그것이었다.

"젠장! 놈들이 쫓아오고 있소."

나직이 소리치며 걸음을 재촉했다. 사방에서 몰려드는 기운이 더욱 강하게 느껴진다. 지척이다.

하군상은 숨을 거칠게 몰아쉬는 초연향을 재촉했다.

"이리 오시오."

하지만 앞이 막혀 버렸다.

막 골목길을 빠져나가려는데 사방에서 십여 명의 무사가 모여들더니 순식간에 두 사람을 에워쌌다.

"멈추시오!"

선두에 있던 자가 손을 들며 소리쳤다.

하군상은 조금도 망설이지 않고 앞으로 치달렸다.

"비켜라! 그대들이 감히 나 하군상이 가는 길을 막겠다는 것이냐?!"

달리면서 전력을 다한 공격을 퍼부었다.

퍼버벅!

한 번의 공격에 두 명의 무사가 나가떨어졌다.

무사들은 동료가 쓰러지고 있는데도 하군상이라는 이름을 듣고는 주춤거리며 뒤로 물러섰다.

"물러서지 마라! 셋째 공자라 해도 우리의 임무를 막으면 적으로 간주하라는 아가씨의 명이다!"

주령이가 자신을 적으로 간주하라 했다고?

하군상은 이를 악물었다. 그래도 설마 했는데 여동생은 자신을 오빠로 생각하지 않았던 듯싶다.

"비켜!"

들끓는 심화가 두 주먹에 실렸다.

하군상은 눈을 부릅뜨고서 어물거리며 달려드는 추밀단의 무사들 사이로 뛰어들었다.

적이라고? 좋다! 그럼 나도 그대들을 적으로 생각하겠다!

콰광!

일권 일각이 바람을 가르며 휘둘러진다.

내력이 실린 주먹에 머리가 터져 나가고, 휘돌려 친 팔꿈치에 가슴이 함몰된 채 무너진다.

추밀단의 무사들도 하군상의 공격이 거세지자 본격적으로 검을 휘두르기 시작했다. 그들도 죽고 싶지 않은 것은 매한가지인 것이다.

"하 공자를 쳐라!"

누군가 소리쳤다. 세 명이 한꺼번에 삼재의 방향에서 하군상을 공격해 온다.

적극적인 공세가 펼쳐지자 상황이 변하기 시작했다.

더구나 초연향마저 보호해야 하는 하군상으로선 치고 나

갈 수도 없는 상황. 시간이 흐를수록 거꾸로 물러서기에 여념이 없다.

"초 소저를 내놓는다면 없던 일로 할 거라 하셨소, 셋째 공자!"

지켜보던 추밀단의 부단주 이청한이 소리치며 하군상을 압박했다.

"흥! 적으로 간주하라 했으면 그냥 그렇게 해! 지랄말고!"

"꼭 피를 봐야만 하겠소?"

"지랄말라니까!"

하군상은 한소리 외치며 사위를 쓸어 보았다.

벽에 바짝 붙어 있는 초연향이 보였다. 빠져나갈 곳이 없다.

젠장! 관청 놈들은 뭐 하는 거야? 북경의 내성에서 칼 들고 설치는 놈들이 있는데!

평상시라면 당장 달려올 관군들이 꼬리도 보이지 않는다. 아마 하주령이 손을 쓴 듯하다.

"포기해요, 오라버니."

그때 초연향이 처연한 음성으로 말하며 고개를 저었다. 그녀는 자신 때문에 하군상이 다치는 것은 원치 않았다. 어쩌면 다치는 정도가 아니라 죽을지도 몰랐다.

하군상의 악 다문 입에서 핏물이 배어 나왔다. 욕심대로라면 뚫고 나가고 싶다. 하지만 그러다 초연향이 다치기라도 한다면?

이럴 수도 저럴 수도 없는 상황.

우라질! 고 형이 그렇게 신신당부했는데.

하군상이 천천히 쳐든 주먹을 거둘 때였다.

"우리가 도와주겠네. 구멍이 뚫리거든 즉시 빠져나가게."

전음이 빠르게 귓속을 파고들었다. 진호량의 목소리였다.

하군상의 눈빛이 반짝 빛을 발했다.

"이 단주, 정말 주령이가 나를 죽여도 된다고 했소?"

하군상은 진호량의 움직임을 돕기 위해 상대의 신경을 자신에게 집중시켰다. 상황을 알 리 없는 이청한이 싸늘한 표정으로 대답했다.

"공자가 초 소저를 포기하지 않는다면……."

미처 말이 끝나기도 전이었다.

슈슈슈슉!

수십 발의 강전이 한쪽을 막고 있는 추밀단의 무사들을 향해 무차별적으로 쏘아졌다.

"으아악! 케엑!"

순식간에 다섯 명의 무사가 밑동이 잘린 볏단처럼 무너져 내린다.

"갑시다, 향 매!"

동시에 하군상이 초연향의 팔을 잡고 뻥 뚫린 포위망을 향해 내달렸다. 이청한이 놀라 소리쳤다.

"막아!"

하지만 누구도 하군상의 뒤를 쫓을 여력이 없었다.

슈슈슈슉!

또다시 하늘을 새카맣게 매운 강전이 하군상을 추격하려는 추밀단 무사들을 향해 쏘아진 것이다.

정신없이 강전을 쳐내는 추밀단의 무사들. 하지만 화살비는 좀처럼 그치지를 않았다.

"어떤 놈들이냐?!"

이청한이 노성을 토하며 화살비를 향해 검을 휘둘렀다.

"진 방주! 아가씨께선 오늘의 일을 결코 용서하지 않을 것이오!"

지레짐작을 한 이청한의 목소리가 밤공기를 뚫고 울려 퍼졌다. 그러나 어디에서고 대답은 들려오지 않았다.

짧다면 짧은 시간. 그사이 하군상은 두 개의 골목을 돈 후 초연향의 허리를 잡고 담을 타 넘었다.

삐이익! 삑!

뒤에서 급박한 호적 소리가 울린다. 추밀단의 연락 신호였다.

시간이 갈수록 호적 소리가 넓게 퍼져 간다. 자신들의 행방을 제대로 알지 못하고 있다는 말. 초연향이 속삭이듯이 말했다.

"이곳에 잠시 숨어 있어요."

"위험하지 않겠소?"

"장원의 크기나, 정원의 꾸밈을 봐서는 결코 예사 저택이 아니에요. 함부로 뒤지지는 못할 거예요. 조용해질 때까지 기다리는 것이 나을 것 같아요."

이곳이 누구의 집인지는 모른다. 분명한 것은, 대단한 갑부 아니면 고관의 저택이라는 것이다. 제아무리 추밀단이라 해도 함부로 수색을 하지 못할 정도로 커다랗고 기품이 배인 정원을 지닌 장원.

하군상은 고개를 끄덕였다. 옳은 생각이었다.

두 사람은 달빛조차 스며들지 않는 구석에 몸을 숨기고 두 시진 동안 꼼짝도 하지 않은 채 밖의 동정에 귀를 기울였다.

두 시진이 지나자 개 짖는 소리조차 들리지 않았다.

사위가 조용해졌다. 수색이 멈춘 것 같다.

그럴 수밖에 없었을 것이다. 이곳은 다른 곳도 아니고 북경인 것이다. 누가 감히 북경을 밤새도록 들쑤실 수 있단 말인가. 그건 구룡상방이라 해도 불가능한 일이었다.

기척이 사라진 듯하자 하군상이 입을 열었다.

"아무래도 육 대인의 집으로 가기도 틀린 것 같소."

"그럼 어떡하죠?"

하군상은 이를 지그시 깨물고는 말했다.

"남쪽으로 내려갑시다."

"남쪽으로요?"

"그렇소. 고 형이 있는 남쪽으로 가는 거요."

초연향의 눈이 바람에 흔들리는 수련처럼 잘게 떨렸다.

그래, 가는 거야. 이대로 교주로 갈 수도 없잖아?

어차피 벌어진 일. 최선의 선택을 해야 할 때다. 구룡상방으로 돌아간다 해서, 자신이 죽는다 해서 모든 것이 끝날 일이 아니다.

지금까지의 상황으로 봐도 구룡상방은 보나마나 해룡선단의 어려움을 모른 척할 것이 뻔하다. 고립된 해룡선단으로선 해왕방을 상대할 수가 없다. 그럼 파멸이다.

안 돼! 그렇게 놔둘 수는 없어. 아버지, 할아버지, 상아, 그리고 다른 수많은 사랑하는 사람들을 잃을 수는 없어!

나만의 욕심이라 해도, 어쩔 수 없어!

'미안해요, 고 공자. 용서해 달라는 말은 않겠어요. 당신의 마음을 이용하려하는 저를. 하지만…… 저도 진심으로 당신을… 사랑해요.'

3

아침나절이 될 때까지 운기에만 몰두했다.

외상은 제아무리 깊어도 사지가 떨어져 나가지 않은 이상은 보름이면 나을 수 있다. 그러나 내상은 다르다. 자칫 평생을 짊어지고 갈 상처가 될 수도 있는 것이다.

아침 해가 어스름을 밀어내고 동녘 하늘을 밝힐 무렵, 진용은 눈을 반쯤 뜨고 숨을 길게 내쉬며 내부의 기운을 점검해 봤다.

열두 번에 걸친 대주천을 행하는 사이, 텅 비어 있던 진기의 항아리는 언제 그랬냐는 듯 밀물처럼 밀려든 기운으로 인해 가득 채워져 있었다.

그뿐이 아니다. 우습게도 하단전과 중단전에 똬리를 틀고 있는 기운은 전보다 더 강한 기운이었다.

'세르탄, 마왕의 기운과 마령석이 얼마나 흡수되었을까?'

'그게… 반쯤 흡수된 것 같아. 세상에……. 괴물…….'

반이라고? 그럼 다 흡수하면 얼마나 강해지는 거지?

세르탄이 말을 흐린 괴물이라는 말에도 화가 나지 않았다. 이러다 진짜 괴물이 될 것만 같은 기분이었다.

'분명해?'

'어. 아무래도 건곤흡정진혼결로 흡수한 기운들까지 합쳐지는 바람에 그렇게 된 거 같아.'

그래도 그리 나쁜 기분은 아니었다. 어차피 강해지려 했으니 강하면 강할수록 좋았다. 다만 지나치게 빠른 성장은 부작용을 가져올 수가 있기에 그것이 걱정될 뿐이었다. 더구나 흡수한 기운들이 대부분 마기가 아닌가 말이다.

'걱정한다고 달라지는 것도 아니고……. 에휴, 나도 모르겠다.'

진용은 검지 끝에 슬쩍 뇌전의 능력을 끌어올려 보았다. 자신의 기운이 얼마나 변했는지 알아보기 위함이었다.

순식간에 직경이 반 치도 되지 않는 파란 구슬이 영롱하니 맺힌다.

'흠, 괜찮군.'

형성 속도가 전보다 배는 빨라지고, 크기는 반으로 줄어들고, 색감은 훨씬 맑았다. 아마 위력도 더 강할 것이다.

'세르탄, 실피나의 힘도 강해졌을까?'

'글쎄, 정령이 본래 자신이 가진 기본적인 힘을 주로 사용하는 종족이긴 하지만 계약자의 기를 이용하기도 하니까, 어느 정도는 강해진다고 봐야겠지. 더구나 실피나처럼 공격 마법을 좋아해서 제멋대로 시르의 기를 이용하는 정령이라면 두말할 필요도 없지 뭐.'

실피나가 강해지면 그만큼 자신이 강해지는 것이 아닌가.

그렇다면 잘된 일이다. 이제는 적을 상대하는 방법을 바꿀 때가 되었다.

흑의복면인들이 분명 삼존맹의 사람들이 아닌 이상, 상대할 적은 하나가 아닌 것이다.

천혈교, 삼존맹, 동창까지. 그리고 어딘가에 또 자신이 모르는 적이 있을 터였다.

'그리고 보니 적이 꽤 많군. 강호에 뛰어든 지 얼마나 됐다고.'

언제까지고 찾아오는 적만을 상대할 수는 없는 일. 이제 기다리는 싸움은 오늘로써 끝이다. 굳이 찾아오지 않아도, 앞으로는 내가 찾아갈 것이다.

생각에 잠겨 있던 진용의 입가에 희미한 웃음이 걸렸다. 온기 한 점 없는 하얀 웃음이었다.

"뭐 못 볼 거라도 봤나?"

정광이 운기를 마치고 돌아서다가 진용의 웃음을 보고 물었다. 순간 진용의 웃음이 괴이하게 변했다. 진짜 못 볼 거라도 본 것마냥.

"도장님, 엉덩이에 구멍이 난 줄도 모르고 대로를 활보하다 나중에야 그걸 발견했다면, 그 사람은 어떤 기분일까요?"

정광은 얼굴이 벌겋게 달아오른 채, 행여나 운기 중인 사람들에게 영향을 미칠까 봐 차마 큰 소리로 웃지는 못하고, 다문 이 사이로 웃음을 터뜨렸다.

"크크크! 아마 발밑이 진흙탕이라 해도 주저앉고 싶을 거네."

"더구나 여자라던가, 아니면 앙숙 관계인 사람이 봤다면요?"

"푸헤헤헤! 죽고 싶겠지 뭐."

진용은 분수처럼 웃음을 터뜨리는 정광을 바라보다가 한숨을 푹 쉬며 말했다.

"후우, 도장님, 옷부터 바꿔 입어야겠습니다."

"어. 좀 많이 찢어지긴 했지?"

한데 이상하다. 그것이 한숨을 쉴 정도의 일인가?

"크. 크. 크……."

그때 뒤에서 들리는 숨죽인 웃음소리에 정광의 고개가 확 돌아갔다.

고개를 푹 숙인 운아영이 보이고, 그 옆에선 벌건 얼굴의 두충이 입을 틀어막은 채 곧 숨넘어갈 것처럼 끅끅대고 있었다. 분명 웃음소리였다.

문득 흑의복면인의 칼이 엉덩이를 스치고 지나간 장면이 떠오른다.

그제야 느껴지는 감각. 엉덩이가 시원하다.

'이, 이, 이런…….'

第五章
암흑마련(暗黑魔聯)의 흔적

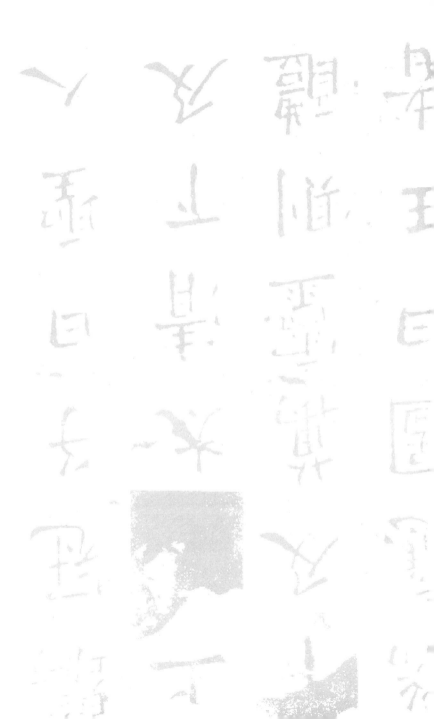

1

이월의 설익은 봄기운이 완연히 익어가는 그날 아침, 뿌연 안개가 휘황한 햇살에 산기슭으로 밀려 스러진다.

하지만 그날의 아침 햇살은 결코 봄 냄새를 풍기지도, 따스하지도 않았다. 아침 해가 떠오른 지 얼마 되지 않아 한 가지 소문이 정천무맹을 뒤흔든 것이다.

―종남이 혈겁을 당했다! 백여 명의 제자가 처참하게 죽고 십여 개의 전각이 전소됐는데, 범인은 천혈교의 표식을 종남의 상청관에 꽂아놓고 흔적도 없이 사라졌다!

―화산 분타나 다름없는 장안의 이가장이 당했다. 백 명도 넘게 죽었는데, 이가장의 대문에 핏빛 깃발이 꽂혀 있었다고

한다.

―공동의 중원교두보인 백진표국이 표물을 운송하다 국주까지 죽는 대형 사고를 당했다. 심지어 쟁자수조차 살아남은 사람이 없다더라.

소문은 꼬리를 물고 삽시간에 정천무맹 외곽 지역까지 퍼졌다.

마침내 천혈교가 야욕을 드러냈다는 의견이 지배적이었다. 누군가가 천혈교를 모함하기 위해 종남과 이가장과 백진표국의 표행을 공격했다는 의견을 내놓는 자도 있었지만, 천둥벼락 속에서 혼자 박수 치는 소리에 불과했다.

아침부터 맹의 원로들이 정천전에 모이더니 아우성을 치듯 자기 주장을 펼쳤다.

"이러고 있을 시간이 어디 있단 말이오? 지금이라도 당장 출발합시다! 천제성이 곧 공격을 할 텐데 도와주기라도 해야 하지 않겠소!"

"맞는 말이오! 천제성이 마와 대항해 싸우겠다고 나섰소. 한데 정천무맹은 앉아서 구경만 한다? 그야말로 천하의 협의지사들이 웃을 일이외다."

"아직 정확한 정보가 들어오지 않았습니다. 범인들이 천혈교의 무리인지조차 밝혀지지 않았는데 서둘러서 어쩌자는 것입니까?"

"더구나 천혈교의 전력과 그들의 위치조차 분명하지가 않소이다. 대응을 조금 늦춘다고 해서 그들이 어디로 가는 것도 아니잖습니까?"

"거참, 시간을 다투는 일을 어찌 그리 태연하게 말하는 거요? 종남의 마음을 생각해 보셔야지."

"이미 밀은전에서 저들의 모든 것을 파악하기 시작했으니, 조금만 기다리시면……."

서로 자기 말만 앞세운다. 대체 언제 결론을 내리겠단 말인가!

종남의 장로 정호 진인이 더 이상 참을 수 없다는 듯 벌떡 일어났다.

"홍! 우리 종남은 더 이상 참을 수 없소이다! 정 그러신다면 본 파만이라도 출발하겠소이다! 정 안 되면 천제성과 힘을 합쳐서라도 놈들을 응징하겠소이다!"

공동의 장로 명진자도 두 사제와 함께 입술을 깨물며 일어섰다.

"함께 갑시다!"

벌써 회의만 두 시진째다. 가슴에 쌓인 분노는 커져만 가는데 갑론을박은 언제 끝날지 모르는 상황. 그는 극단의 조치를 취하는 한이 있더라도 제자들의 한을 풀어주겠다는 결심을 굳힌 것이다.

그들이 일어서자 여기저기서 웅성거리던 소리가 갑자기

그쳤다. 그때 한 사람이 나섰다.

"어허! 정호 진인, 명진자, 맹주께서도 생각이 있어 그러시는 것이 아니겠소이까? 조금만 기다려 보시구려. 정 결론이 나지 않는다면 우리 화산도 본격적으로 움직일 생각이니 말이오."

화산의 우명자였다. 비록 본 파가 당하지는 않았지만, 이가장의 혈겁은 화산파에게도 충격이었다.

화가 났다. 그렇다고 종남이나 공동처럼 길길이 날뛸 수는 없었다. 다음 대의 맹주 자리를 노리는 그들이기에 자칫하면 누워 침 뱉는 꼴이 될 수도 있는 것이다.

더구나 체면이 있지 않은가. 개도 안 물어갈 체면이.

대신 그는 종남을 말리는 척하면서 은근히 부추겼다.

무당의 영진 도장이 도호를 외우며 우명자의 말에 힘을 실어주었다.

"원시천존, 같은 도문으로서 어찌 보고만 있을 수 있겠소. 무당도 최대한 힘을 보태리다."

"우리 청성도……."

"아미타불, 저희 아미 역시……."

우명자가 남궁창훈을 바라보았다.

'이래도 움직이지 않을 것이냐?' 하는 눈빛이었다.

다른 사람들, 특히 구대문파의 장로들은 모두 남궁창훈을 바라보았다. 눈빛으로 그를 압사시키겠다는 듯이.

그때 당가의 원로인 당상명이 입을 열었다.

"맹주, 아무래도 기다릴 시간이 없을 것 같소이다."

남궁창훈은 이를 지그시 깨물었다.

대세는 저들의 손을 들어주었다. 너무 빨리 일이 터졌다. 마치 누군가가 손을 쓴 것마냥. 그런데도 마땅히 대처할 방법이 없다.

십절검존이 천제성의 발걸음을 늦추고, 삼존맹의 속마음을 알 수 있는 시간만이라도 있었으면 좋으련만.

저들이 말한 대로, 화산을 필두로 종남과 공동이 움직이면 그들과의 관계를 핑계로 대부분의 문파들이 움직일 터. 더구나 오대세가 중 하나인 당가마저 은근히 저들의 편을 들어주고 있다. 참으로 답답할 뿐이었다.

'후, 일단 타오르는 불부터 식혀야겠지.'

남궁창훈은 천천히 태사의에서 몸을 일으켰다. 뒷짐 진 그의 손가락이 손바닥을 파고들었다. 피멍울이 손바닥 가운데 맺혔다.

'그대들은 후회하게 될 것이다. 하나 그 또한 그대들이 짊어지고 가야 할 짐.'

만 근 바위가 들리듯 그의 입이 열렸다.

"여러분의 뜻을 내 어찌 모르겠소. 해서, 맹주령으로 탕마단을 소집하고자 하오. 각 문파에서는 일류 이상의 고수들로 오십 명의 정예 무사를 선발해 주시기 바라오. 탕마단이 소집

되는 대로 총맹회의를 열겠소!"

말이 오십 명이지, 구파오가에서 모두 모이면 칠백이다. 거기에 정천무맹에 있는 정예고수들까지 합하면 일천에 가까운 무력이 쉽게 만들어진다. 빙산처럼 물밑에 가라앉아 있던 어마어마한 정천무맹의 잠재력이 수십 년 만에 수면 위로 부상하는 순간이었다.

명이 떨어지자 근 오십여 명에 이르는 장로와 원로들이 일제히 일어섰다.

주먹을 불끈 쥐고 웃음을 감추지 못하는 자, 침통한 표정을 짓는 자, 그럴 줄 알았다는 듯 무덤덤한 표정으로 각오를 다지는 자 등 그들의 표정은 각양각색이었다.

"맹주의 명에 따르겠소이다!"

희색이 만면한 자들의 입에서 커다란 외침이 울려 퍼졌다. 자신감, 정의감, 불안감, 안타까움, 모든 것이 뭉뚱그려진 외침이었다.

그리고 그중에는 경멸도 섞여 있었다.

하지만 한쪽 구석, 격렬한 의견이 오가는 중에도 입을 열지 않고 조용히 앉아만 있던 한 명의 노승은 불호를 외우며 눈을 감았다. 요료의 명으로 정천무맹에 파견된 소림의 장로 요양이었다. 그의 감은 눈이 보이지 않을 정도로 가늘게 떨렸다.

드디어 정천무맹이 움직이는 것인가? 마침내 혈륜이 돌기 시작한 것인가? 이것이 과연 옳은 길일까?

요양은 혼란한 마음을 다스리기 위해 가슴으로 쉼없이 불호를 외워야 했다.

요공의 죽음을 확인한 이후, 소림은 비밀리에 장문인의 지시로 천하에 산재한 소림의 모든 제자들에게 효망을 찾을 것을 지시했다.

그렇게 했음에도 효망을 찾지는 못했지만, 그나마 한 가지 단서는 얻을 수 있었다.

확실한지는 모르겠습니다만, 신양에서 효망 사제로 보이는 사람을 보았습니다. 변복을 해서 처음에는 긴가민가했습니다만, 제가 보기에는 분명 효망 사제 같았습니다.

속가제자로 하남 아래쪽에서 제법 이름을 날리고 있는 수경산장의 장주 나성득의 서신에 적힌 말이었다.

신양, 천혈교가 있다는 대별산맥 남단에서 그리 멀지 않은 곳.

─천혈교가 효망을 사주한 곳일 가능성이 가장 높다.

그것이 소림의 비밀 장로 회의에서 내려진 결론이었다. 그리고 녹옥불장의 명이 떨어졌다.

"정천무맹이 움직이면 우리는 전력을 둘로 나눈다. 하나는 정천무맹의 조직에 속해 천혈교를 상대하고, 다른 하나는 따로 움직여 효망을 잡는다."

소림은 소림의 모든 힘을 기울여 두 마리 토끼를 한꺼번에 잡기로 했다.

소림의 과거 찬란했던 위상을 되찾는 것과 효망을 잡는 것.

요양은 너무 급박하게 일을 추진하는 것 같아 불안한 마음이 들었지만, 그가 할 수 있는 일은 아무것도 없었다. 염불을 외며 쓰러질 중생들의 명복을 비는 것이 그가 할 수 있는 일의 모든 것이었다.

'유 노사가 이곳에 왔었다고 했는데, 어딜 간 거지? 유 노사와 그 신비한 서생이라면 뭔가 방법이 있을 법도 한데…….'

조금 일찍 찾아볼 걸, 하는 후회감이 밀려들었다. 하지만 늦었다고 포기하기에는 너무 아쉬웠다.

'지금이라도 찾아봐야겠군.'

그는 각파의 제자들이 서 있는 입구 쪽을 바라보았다.

소란 속에서도 흔들림없는 표정으로 서 있는 삼십대 중반의 승인이 보였다. 그의 제자이자, 십팔나한 중 하나인 효정이었다. 그는 효정이 결코 효망에 뒤지지 않는 재질을 가지고 있다는 것을 알고 있는 단 한 사람이었다.

청출어람(靑出於藍)이라 했던가?

정천전에 들어선 이후 처음으로 그의 입가에 평온한 웃음이 맺혔다.

'저 아이라면…….'

2

하루를 꼬박 상처를 치료하고, 내상을 다스리고, 최선을 다해 몸을 추슬렀다. 그래도 워낙 상처들이 깊어 반 정도의 몸을 만든 것만으로도 만족해야 했다.

마차가 부서진 것이 아깝긴 했지만, 그나마 말이 멀리 도망가지 않은 것이 다행이었다. 일단 부상이 심한 사람만 말을 타고 가기로 했다.

그렇게 관운묘를 떠나 무양에서 삼십여 리 떨어진 영덕진에 이르렀을 때였다. 진용 일행은 그제야 탕마단이 소집되고 있다는 소식을 들을 수 있었다.

포목전에 들러 옷을 사고, 의원을 찾아가 치료를 받고, 식사를 하기 위해 객점에 들어갔는데, 어떻게 알았는지 밀은전의 수하가 그들을 찾아온 것이다.

"탕마단이 전격적으로 소집되었다 합니다. 맹주께선 조금 서둘러 주셨으면 한다는 전갈입니다."

석무심의 말에 사도굉이 이맛살을 찌푸리며 입을 열었다.

"이거 심상치 않은데?"

"종남의 본산이 당한 데다 화산과 공동의 속가들이 당했다 하니 결정을 내리지 않을 수 없었을 것이네. 하지만 좀 이상하군."

유태청의 말에 진용이 고개를 끄덕였다.

"불씨에 기름을 부은 격이죠. 말려들기 딱 좋은 상황입니다."

"그들의 짓이 아닐 수도 있다는 말처럼 들리는군."

"그들의 짓일 수도 있겠죠. 하지만 저라면 굳이 먼 거리에 있는 종남이나, 속가문파 따위를 치지 않았을 겁니다. 차라리 가까운 곳에 있는 본 파를 쳐서 확실하게 해버리지."

"자신들의 입지도 강화할 겸, 위협이 될 수 있는 적의 힘도 줄인다?"

"그게 옳은 선택 아니겠습니까?"

진용의 말이 떨어지자 냉기가 감돌았다.

무서운 말이었다. 가까운 곳에 있는 대문파를 친다면, 아마 종남이 당한 것보다 훨씬 큰 충격이 중원을 뒤흔들 것이다.

그리한다면 모든 것이 확실해진다. 적과 아군이 갈리고, 이합집산이 이루어질 것이다. 그리고 흑백이 갈리면 전쟁이 시작될 것이다.

천혈교가 전쟁이 일어나기를 바라고 있다면 말이다.

석무심이 조심스럽게 말을 꺼냈다.

"만일 종남을 친 자들이 천혈교가 아니라면 어디라 생각하

십니까?'

"그 일로 가장 많은 이득을 얻을 수 있는 곳이겠지요."

진용이 즉시 답했다. 석무심이 고개를 갸웃거렸다.

"종남이 당했다 해서 이득을 얻을 곳이 있단 말입니까?"

정광이 묵묵히 자기 앞에 놓인 죄없는 오리만 젓가락으로 콕콕 찔러대다 불쑥 말했다.

"정천무맹이 움직이면, 속으로 좋아할 놈들이 많잖아."

그는 어제 아침 이후로 꼭 할 말이 아니면 아무 말도 하지 않고 시무룩해져 있었다. 영덕진에 들어오자마자 옷가게에 들러 다른 사람들과 함께 옷을 갈아입었지만, 그래도 아직 전날의 충격이 다 가시지는 않은 상태였다.

"삼존맹이고, 천제성이고, 정천무맹이 천혈교하고 붙으면 아마 박수 치며 좋아할걸?"

"그럼 그들 중에 누군가가 그 일을 저질렀단 말입니까?"

"내가 안 봤는데 어떻게 알아? 그냥 그렇다는 거지."

말도 안 된다는 듯 석무심이 고개를 가로저었다.

"아무리 삼존맹과 천제성의 속마음이 우리와 다르다 해도 설마 그렇게까지야……. 그들에게 당했다고 너무 깊이 생각하시는 것은 아닌지……."

정광의 이마에 힘줄이 돋았다. '당신 엉덩이에 구멍 냈다고 너무 엉뚱하게 생각하는 것 아니냐'라고 들리는 듯.

"그럼 우리를 죽이려 하는 것은 당연한 것인가?"

"그거하곤 다르지 않습니까?"

"다르기는 개뿔이나. 그렇게 당해놓고도 아직 모르겠나? 동료가 죽었는데도 감이 안 잡혀?"

"분하고 복수하고 싶은 마음이야 간절하죠. 하지만 그들이 우리를 공격한 것은 개인적인 원한이잖습니까? 어디 그들이 정천무맹을 공격하기 위해 저희를 공격했나요?"

결국 보다 못해 진용이 나섰다.

"그만 하세요."

동시에 입을 다문 두 사람. 진용은 그들을 향해 무거운 음성으로 말했다.

"무양에 가보면 최소한 천제성의 마음을 조금은 알 수 있을 겁니다."

진용은 마음이 무거워졌다. 아직 아버지의 흔적은 찾지도 못했는데, 자신은 점점 더 혈풍의 회오리 한가운데로 딸려 들어가는 것만 같았다.

그런데도 진용이 혈풍의 회오리에 말려드는 것을 마다하지 않는 이유는 단순하면서도 확실했다.

그들이 그 중심에 있기 때문이었다. 천혈교가!

3

두 자 다섯 치, 그리 길지 않은 검날에서 은은히 붉은빛이 감돈다. 풍유승은 자신의 검을 바라볼 때마다 격정에 사로잡히곤 했다.

왜 그러는지는 자신도 정확히 몰랐다. 아득한 어린 시절, 검을 건네주던 아버지의 떨리는 손이 생각나서인 것 같기도 했고, 어머니가 극구 말리며 울던 모습이 떠오르는 것 같기도 했다.

분명한 것은 자신이 자신의 검을 너무나 사랑한다는 것이다.

검을 사랑하기에 그는 누구에게도 지고 싶지 않았다.

하지만 강호에 나온 지 십 년, 그는 세 번을 패했다.

세 번을 패하고 그는 하나의 이름을 얻었다. 그게 십 년 전이다.

"나 풍유승에게 홍양마검이라 이름이 붙은 이후 오늘 같은 날이 있을 거라고 생각해 본 적이 없었거늘. 그대, 한구양이라 했던가?"

덩치가 큰 이십대 후반의 청년, 한구양은 두 손을 늘어뜨리고 무거운 음성으로 입을 열었다.

"그렇소."

그의 두 손을 타고 피가 흘러내리고 있었다. 강호에서 가장 상대하기 까다롭다는 검의 명인들, 십전검(十戰劍). 그중 하나인 홍양마검(紅陽魔劍) 풍유승의 가슴을 으깬 대가였다.

"어쩌면 마지막 일검이 될지도 모르겠군. 나는 마지막까지 최선을 다할 것이네."

"그러실 거라 생각하고 있소. 귀하는 내가 지난 보름 동안 상대해 온 그 누구보다도 무인다운 사람이니까."

"고맙군."

짧은 한마디를 흘린 풍유승의 검이 중단으로 올려졌다.

붉은 검기가 더욱 붉게 타오르는가 싶더니 피보다 더 붉은 검강이 두 자나 뻗쳤다.

동시에 한구양의 두 손에선 시커먼 묵빛 강기가 휘돌았다.

후우웅!

기합 소리도 없이 붉은빛이 한구양을 양단할 듯 떨어져 내리고, 한구양의 두 손에선 먹물이 쏟아지듯 시커먼 강기가 허공을 쓸어간다.

쿠구구궁!

고막을 터뜨릴 듯한 묵직한 굉음과 함께 흙먼지가 사방으로 밀려난다.

"크으윽!"

답답한 신음. 거센 충격에 튕겨지는 풍유승의 얼굴이 일그러졌다.

이를 악 다물고 물러서는 한구양의 걸음마다 다섯 치 깊이로 발자국이 파였다.

"웩!"

선혈을 토해내며 앞으로 기울어지는 풍유승. 무릎은 꿇을 수 없다는 듯, 땅에 꽂은 검에 기댄 그의 얼굴이 처참하게 일 그러졌다.

"내가 이긴 것 같소, 풍 선배."

한구양이 입술만 조금 열어 이 사이로 말했다.

고요가 두 사람 사이를 맴돌다 사라지고, 풍유승의 일그러 진 얼굴이 본래의 모습으로 돌아오는 데는 약간의 시간이 걸 렸다.

다시 한 모금의 선혈을 뱉어낸 풍유승이 고개를 끄덕였다.

"그렇군. 내가 졌어."

털썩! 그 말을 끝으로 풍유승의 몸이 더 이상 견디지 못하 고 앞으로 꼬꾸라졌다.

한구양은 살짝 찡그린 표정으로 쓰러진 풍유승을 바라보 더니 품속에서 작은 책자 하나를 꺼내 들었다. 책자에는 작은 글씨로 수많은 이름들이 빽빽이 적혀 있었다.

피가 흘러내리는 손을 들어 올린 그가 손가락으로 한 사람 의 이름을 쓱 그었다.

"제길, 백위 이내에도 들지 못하는 자를 이기기 위해 써서 는 안될 무공을 쓰고 말았군. 휘유, 생각보다 강호에 고수들 이 많다는 말이 아닌가? 언제 꼭대기까지 올라가지?"

한숨을 내쉰 그는 터벅터벅 걸음을 옮기기 시작했다. 걸어 가는 그의 손등에서 핏물이 방울 져 떨어진다. 하지만 십여 걸음을 걸어가자, 핏방울은 손끝에 맺혔을 뿐 더 이상 바닥으로 떨어지지 않았다.

그는 가볍게 손을 털어 손끝에 남아 있던 핏방울을 흩뿌리고는 하늘을 올려다봤다. 남쪽 하늘 높이, 솔개가 무엇을 노리는지 한 곳을 맴돌고 있다.

씩, 웃음이 절로 나왔다.

솔개가 떠 있는 곳. 이제 무양이 지척이었다.

"천제팔성이 육성이 되었다고 했던가? 실망시키지 않았으면 좋겠군."

4

영덕진을 출발한 진용 일행이 풍유승이 쓰러진 곳에 도착한 것은 한구양이 떠난 지 일각이 조금 더 지난 시각이었다.

"사람이 쓰러져 있습니다."

선두에서 보따리를 짊어진 채 투덜거리며 걷던 두충이 풍유승을 발견하고는 빠르게 다가갔다.

질펀한 핏물이 그의 몸 주위를 붉게 물들이고 있었다. 그리고 가슴 언저리의 땅에 꽂혀 있는 붉은 검.

두충의 눈빛이 반짝였다.

"기가 막힌 검이다."

그 검을 알아본 사도굉의 목소리가 놀라움을 담고 터져 나왔다.

"어? 홍운검이잖아? 그럼 저자가 홍양마검 풍유승?"

"아직 살아 있습니다."

진용이 다가오며 말하자 사도굉이 재빨리 풍유승의 맥을 짚었다.

"고 공자 말대로 약하긴 해도 맥이 멈추지는 않았군."

살아 있는 것이 확인된 이상, 풍유승의 몸을 살피는 사도굉의 손짓은 조심스러워질 수밖에 없었다.

그가 전면을 보기 위해 풍유승의 몸을 뒤집었다. 완전히 뒤집자 풍유승의 가슴을 시커멓게 물들인 장흔이 드러났다.

"흑암수(黑暗手)?!"

운아영과 나란히 걸어오던 유태청이 그 장흔을 보고는 해연히 놀라 소리쳤다.

뜻밖의 반응에 오히려 다른 사람들이 모두 놀란 눈을 크게 떴다.

세상에, 저 장흔이 무엇이기에 십절검존 유태청이 놀란단 말인가?

사도굉이 흑암수를 아는 듯 경악성을 내질렀다.

"예? 이게 흑암수의 장흔이란 말입니까?"

"흑암수가 대체 뭐기에 그리 놀라는 거요?"

그동안 입을 꾹 다물고 있던 정광이 도저히 참지 못하겠는지 사도굉에게 되물었다. 사도굉이 말했다.

"암흑마련에 대해선 들어봤지?"

"거 뭐시냐, 백여 년 전에 한바탕 지랄 떨다가 갑자기 흔적도 없이 사라졌다는 그 암흑마련?"

"그래. 마교, 혈교와 더불어 마도의 삼대조종이라는 그 암흑마련."

"내가 뭐 귀 막고 다니는 사람인 줄 아슈? 아무리 강호사를 모른다고 해도 그 정도는 아오."

"바로 그 암흑마련의 오대마공 중에 하나가 바로 흑암수야."

'그게 어쨌다는 거요?' 하는 표정으로 정광이 멀뚱히 바라보고만 있자 석무심이 끼어들었다.

"암흑마련의 마공은 나타나지 않은지가 이미 백 년이 넘었잖습니까?"

"백 년이고 이백 년이고, 지금 눈앞에 흑암수의 흔적이 있으니 문제지."

"그게 그리 큰 문젭니까?"

"그들은 사라졌을 뿐 멸망하지는 않았다네. 그러니 흑암수가 나타났다는 것은 암흑마련이 다시 움직일 수도 있다는 반증이거든."

암흑마련이 다시 움직인다는 것. 그것은 또 다른 강자가 어둠 속에 웅크리고 있다는 말과도 같았다.

진용도 상황의 무거움을 알고 표정이 굳어졌다.

"천혈교일까요?"

천혈교가 암흑마련의 후신이다?

충분히 가능한 추측이었다. 더구나 이곳은 천혈교의 고수들이 출몰한다 해도 이상할 것이 하나도 없는 곳이 아닌가.

그러나 누구도 확답을 내리지는 못했다.

"일단은 풍유승을 이렇게 만든 자가 누군지, 그것부터 알아봐야 할 것 같네. 보아하니 무양으로 간 것 같은데⋯⋯."

유태청이 침중한 표정으로 입을 열자 풍유승의 가슴을 바라보던 진용의 눈이 반짝 빛을 발했다.

"그전에 이자를 먼저 살펴보지요. 깨울 수만 있다면 그것은 자연히 알게 될 테니 말입니다."

"하긴, 그도 그렇군."

"제가 한 번 보겠습니다."

"자네가?"

"될지 안 될지는 모르겠습니다만, 한 가지 방법이 있습니다."

진용은 여전히 흑암수의 흔적을 바라보며 있었다.

괴이하게도 흑암수로 당한 곳에는 마공의 기운이 그대로 머물러 있었다. 단순한 듯하지만 그것은 흑암수가 얼마나 지독한 마공인지를 보여주는 단적인 예였다. 당한 자는 마기에 시달리며 죽어갈 테니까.

하지만 그 때문에 진용은 풍유승을 살릴 방법이 있다고 한 것이었다. 자신에게는 어떤 마기든 흡수할 수 있는 건곤흡정진혼결이 있지 않은가.

다만 흑암수를 흡수했을 때의 부작용인 살기가 문제였다.

'세르탄, 건곤흡정진혼결의 부작용을 없앨 방법이 없을까?'

'글쎄… 바로 배출해 버리면 될 것 같기도 한데……'

'그러다 안 되면?'

'누구 하나 잡아 죽이지 뭐.'

과연 마족다운 발상. 진용은 목소리에 은근히 힘을 주었다.

'어디 마족 하나 있으면 좋겠군. 콱 죽여 버리게.'

'……'

그때 문득, 엉뚱한 생각이 하나 떠올랐다.

'세르탄, 흡수한 마기를 너에게 전이시킬 수 있을까?'

'나, 나에게? 정말?'

응? 왜 저렇게 좋아하지? 괜히 말했나?

'솔직히 마족의 성격에 비하면 인간의 마기 정도야 뭐, 별거 있겠어?'

'그건 그런데……. 꼭 말을 해도……'

성격 더럽다고 말하는 것처럼 들리는지, 기분이 나쁘다는 투다.

'싫으면 말고.'

'아, 아냐! 싫긴……'

후다닥 목소리를 낮게 까는 것이 아무래도 수상하다. 혹시 그동안 수상한 행동(?)을 하던 것과 어떤 연관이 있는 것이 아닐까? 그런 생각이 들 정도다.

하지만 일단은 눈앞의 일을 해결하는 것이 먼저였다.

'대신 살기가 일어나면 바로 중단할 거니까. 꼭꼭 갈무리해야 돼?'

'알았어. 걱정 마!'

역시 활기찬 목소리. 진용은 살짝 밑밥을 던져 보았다.

'그런데 그게 그렇게 좋아? 그럼 전부터 말하지 그랬어?'

들뜬 기분에 멋모르고 덥석 미끼를 문 세르탄.

'그거야 시르가 알면 보나마나……'

말을 하던 도중, 낚시에 걸린 것을 눈치 챈 세르탄이 재빨리 말을 멈춘다. 진용이 다그쳤다.

'뭘? 뭔데 내가 알면 안 된다는 거지?'

'아니… 그, 그냥……'

교활하고, 악랄하고, 여우 같은 잔머리 대장! 시이이르!

세르탄은 자신의 원대한(?) 계획이 들킨 것 같아 안절부절 못하고 말을 더듬었다.

진용은 속으로 회심의 미소를 지으며 말을 돌렸다.

'일단 이 사람부터 살려야 하니까, 그건 나중에 다시 이야기하자. 속일 생각은 아예 하지말고.'

'어? 어……'

'준비해.'

'알았… 어……'

진용은 오른손을 풍유승의 상처 부위에 가져다 댔다.

사람들의 눈길이 모두 진용을 향했다. 대체 어떤 방법으로 다 죽어가는 사람을 살린다는 걸까? 그것도 마공 흑암수에 당한 사람을.

유태청만은 어렴풋이 진용이 사용하려는 방법을 짐작했다.

"모두 물러서서 고 공자가 치료를 마칠 때까지 호위를 서도록 하지."

진심은 그것이 아니다. 그러나 사실대로 말하기도 어정쩡한 상황.

사람들은 아쉬움을 뒤로 한 채 각자 자리를 잡고서 진용을 둥글게 에워쌌다. 운아영도 홍운검을 한 번 더 바라보고는 멀찍이 떨어졌다.

그제야 진용은 천천히 건곤흡정진혼결을 끌어올렸다.

손바닥을 통해 마기가 꿈틀거리는 것이 느껴진다.

제법 강력한 마기. 그러나 이미 마령의 기운을 상대해 본 적이 있는 진용에게는 가소롭게만 느껴지는 마기였다.

진용은 거침없이 흑암수의 마기를 끌어당겼다.

실낱같은 마기가 발버둥을 치며 딸려왔다.

'세르탄, 지금이야!'

흑암수의 마기는 진용의 몸속으로 들어오자 순한 양처럼 고개를 숙였다. 그러더니 진용의 인도에 따라 세르탄이 웅크리고 있는 머리 뒤로 움직였다.

그리고 한순간, 머리 뒤쪽에서 살짝 열기가 솟았다.

마기를 모두 빨아들이는 데 일각가량이 걸렸다.

본래 반 각도 걸리지 않을 일이었지만, 행여나 살기가 일까 조심스럽게 진행하다 보니 그 정도의 시간이 걸린 것이었다.

다행히 살기는 일지 않았다. 뒤통수에 살짝 열기가 솟긴 했어도. 진용은 은근히 기분이 묘했다.

이 엉뚱한 마족이 무슨 생각을 하는 걸까? 흥! 말만 안 해봐라.

"으으음……."

그때 풍유승의 신음 소리가 흘러나왔다.

진용은 생각을 멈추고 즉시 자신의 정순한 내력을 풍유승의 몸에 집어넣었다. 마기에 당한 내상을 다스릴 수 있게 도움을 주기 위함이었다.

다시 일각이 지났다. 풍유승의 가슴에서 붉은 핏물이 흐르기 시작했다. 하얗던 얼굴에도 붉은 기가 비치고 있었다.

"내가 부르는 혈을 따라 내력을 인도하게."

유태청이 나직이 말하고는 몸 내부를 다스리는 임맥의 혈을 하나하나 부르기 시작했다.

"기해에서 아래로 뻗어 석문, 관원, 중극, 곡골, 회음에 이르거든 다시 기운을 돌려 기해로 돌아가게."

잠시 시간을 둔 유태청은 이번에는 위로 기운을 돌리게 했다.

"음교, 신궐, 하완, 중완, 상완, 거궐, 구미, 중정, 단중, 옥당, 화개, 선기, 천돌, 염천까지 올라가서 다시 기해로 내려오게."

진용이 내력을 돌려 임맥의 혈을 한바탕 쓸고 내려오자 유태청이 다시 입을 열었다.

"다시 한 번 내가 말한 대로 움직이되, 이번에는 각 혈에서 가볍게 문지른다는 기분으로 셋을 셀 동안 머물고 다음 혈로 이동하게나."

두 번째 이동은 처음보다 훨씬 쉬웠다. 한 번 씻어낸 혈도는 지저분한 기운이 깨끗이 밀려나가 통로를 지나가기가 한결 수월했던 것이다.

유태청의 말대로 각 혈도마다 속으로 셋을 세며 머물렀다. 가벼운 열기가 일며 풍유승 본연의 기운이 꿈틀댔다.

아래로 내려간 기운을 되돌려 위로 올라가자, 기해에서부터 풍유승의 기운이 따라오기 시작했다. 신기한 경험이었다.

이각의 시간이 흐르자 임맥의 혈도를 모두 거칠 수 있었다. 다만 입 안쪽 승정혈만은 건드리지 않았다. 이유는 알 수 없었지만, 일단은 유태청의 말대로 따랐다.

진용이 두 번에 걸쳐 진기를 돌리고 나자 풍유승의 얼굴이 확연히 붉어졌다.

"그 정도면 됐네. 타기통혈(打氣通穴)로 혈을 활성화시켰으니, 이제부터는 스스로가 몸을 다스릴 수 있을 것이네."

유태청의 말이 끝남과 동시, 풍유승이 시커먼 피를 게워냈다. 코를 찌르는 악취가 바람을 따라 사방으로 번졌다.

그렇게 두어 번을 게워내자 거칠던 숨소리가 제법 고르게 가라앉았다. 그럼에도 정신은 아직 돌아오지 않은 상태였다.

"정신이 돌아오려면 시간이 조금 걸릴 거네. 그렇다고 깨어날 때까지 이곳에서 마냥 기다릴 수도 없으니, 일단 누가 업고 길을 떠나는 게 좋을 것 같군. 어차피 누구에게 당했는지 알아야 할 테니 말이네."

"상처를 먼저 싸매야겠어요, 할아버지."

운아영이 나서서 풍유승의 장삼을 찢더니 꼼꼼한 손길로 풍유승의 가슴을 감쌌다. 그 모습을 조용히 바라보고 있던 비류명은 운아영이 일어서자 앞으로 나섰다.

"제가 업고 가겠습니다."

"그러시겠어요?"

운아영이 싱긋 웃는다. 두충의 눈이 샐쭉해졌다.

'내가 나설걸. 가만, 저 엉큼한 놈이 혹시?'

풍유승이 눈을 뜬 것은 무양성이 저만치 황사 바람에 희미하게 보일 때였다.

"정신이 드셨습니까?"

등에서 움찔거림을 느낀 비류명이 물었다.

"누, 누구……?"

힘없는 목소리가 풍유승의 입술을 비집고 흘러나왔다. 의아함과 곤혹스러움이 뒤범벅된 목소리였다.

"쓰러져 계시기에 모시고 왔습니다."

풍유승은 안간힘을 다해 좌우를 돌아보았다. 몇 사람이 보였다. 노인도 있고, 청년도 있고, 도인도 있고, 여인도 있다.

문득 몸집이 커다란 청년과 생사를 걸고 싸운 기억이 난다. 그의 손에 가슴이 뭉개졌었지.

그때의 엄청난 충격이 아직도 잊혀지지 않는다.

이들이 구한 건가? 분명 죽을 거라 생각했는데…….

지난 시간의 기억이 가물가물하다. 절대 잊을 수 없는 일을 당했거늘.

그때 말고 힘있는 목소리가 들렸다.

"정신이 든 것 같으니 잠시 쉬었다 가지요."

냇가의 버드나무에 기댄 풍유승은 가까스로 정신을 차리고 가슴을 바라보다 한숨을 내쉬었다. 자신의 옷을 찢어 감싼 가슴이 붉게 물들어 있었다.

고개는 들 수 있었지만, 손가락 하나 움직이기도 힘이 든 상태. 그래도 감사의 인사는 하고 봐야 했다.

"구해줘서 고맙소."

누구 하나를 가리켜 한 것이 아니다. 그냥 앞에 보이는 모두에게 했다. 그때 누군가가 검을 불쑥 내밀었다. 자신의 애검 홍운이었다.

"받으세요."

운아영이 홍문을 건네는 데도 풍유승은 물끄러미 바라보기만 했다.

"조부님이 그러시더군요. 진짜 검을 사랑하는 사람인 것 같다고. 저도 그렇게 생각해요. 날이 잘 서 있더군요. 금방 벼린 것처럼."

조부님? 저쪽에서 물에 발을 담그고 있는 풍채 좋은 노인인가? 아니면 옆의 나무 아래서 젊은 서생하고 담소를 나누고 있는 작은 노인?

언뜻 검을 건네준 여인의 눈이 나무 아래를 향한다.

"저분이 그러셨소?"

풍유승의 힘없는 말에 운아영은 고개를 끄덕였다.

"너무 과분한 칭찬이오. 그대도 보지 않았소. 처참하게 패해 널브러진 내 모습을."

운아영을 따라온 두충이 별걸 다 걱정한다는 투로 말했다.

"그럴 수도 있지 뭘 그러슈. 승패는 병가지상사라는 말도 있는데."

"큭, 글쎄……."

풍유승이 힘없이 자조의 웃음을 지을 때였다. 누군가가 물었다.

"누구에게 당하신 겁니까?"

유태청에게 풍유승을 치료할 때 행한 진기요상법에 대해 가르침을 받고 있던 진용이었다.

"젊은 사람이었소."

"당한 무공이 흑암수라는 것은 알고 계셨습니까?"

"흑암… 흑암수?! 쿨룩, 쿨룩!"

고개를 갸웃거리던 풍유승이 갑자기 눈을 부릅뜨고는 마른기침을 토해냈다.

"겨우 혈맥만 안정시킨 것이니 너무 격동하면 몸에 안 좋습니다. 마음을 가라앉히시지요."

진용의 말에도 풍유승의 붉게 달아오른 얼굴은 쉽게 가라앉지 않았다.

어쩐지 죽음보다 더한 고통이 있었다. 정신을 잃어가면서도 정신을 잃는 것이 다행이라는 생각이 들 정도였으니……. 그런데 이제 보니 그런 고통의 원인이 암흑마련의 마공, 흑암수에 있었던가 보다. 하지만 믿기가 힘든 말이었다.

흑암수라니, 흑암수가 언제 사라진 마공인데…….

"정말…… 흑암… 수였단… 말이오?"

사도굉이 냇가에 발을 담근 채 홍얼거리다 고개를 돌렸다.

"그 사람 참, 고 공자가 그렇다면 그런 거지. 다 죽어가는 사람이 살린 사람을 못 믿겠다는 거야, 뭐야?"

자신을 살린 게 저 젊은이라고?

놀란 표정의 풍유승에게 진용이 다시 물었다.

"귀하에게 손을 쓴 사람이 누군지 혹시 아십니까?"

"처음 보는 자였소. 으음…… 이름이… 한… 구양이라 했던가?"

"한구양?!"

이번에는 풍유승과 석무심과 사공하를 제외한 모두가 동시에 눈을 동그랗게 떴다.

"아는…… 자요?"

풍유승이 힘겨운 가운데서도 얼떨떨한 표정을 지으며 물었다. 진용은 미간을 찌푸린 상태로 고개를 저었다.

"잘은 모릅니다. 그저 한 번 봤을 뿐이지요."

사실 모두가 마찬가지였다. 그저 길 지나다 마주친 사람이 그가 아니던가.

"한구양이라……."

하지만 사도굉만은 마치 어려운 수수께끼를 마주 한 사람처럼 심각한 표정으로 한구양의 이름을 되뇌었다.

"뭐 생각나는 거라도 있수?"

정광이 그런 사도굉에게 물었다.

"그리 중요한 것은 아닌데…… 자꾸 오죽장이라는 말이 걸려서 말이지."

"한구양이라는 그 도우의 집이라던 그곳 말이오?"

"응. 언젠가 그 비슷한 말을 들어본 것 같거든."

"흠, 잘 생각해 보시구랴. 어쩌면 그곳에 암흑마련의 후예들이 떼거지로 모여 있을지도 모르니까."

풍유승은 암흑마련이라는 말을 아무렇지도 않게 하는 정광을 쳐다보았다.

암흑마련. 참으로 놀라운 이름이 아닌가!

한데 이상하다. 우락부락하게 생긴 도장도 그렇지만, 아무도 암흑마련이라는 이름에 놀라는 이가 없다.

'대체 이 사람들이 누구기에……?'

第六章

패도(霸道)

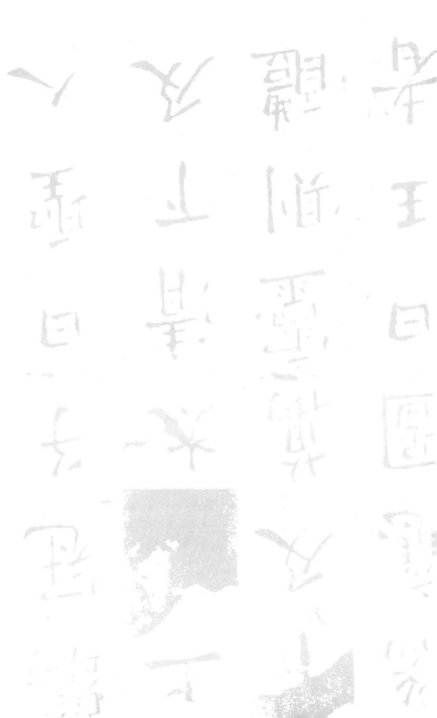

1

　무양의 동쪽 외곽, 각상산을 등에 지고 한 채의 장원이 웅
장하게 서 있었다.

　무양 일대의 제일부호이자 천제성의 지부인 웅천산장이었
다.

　새털구름을 불태우며 태양이 붉게 물들어갈 무렵이었다.
웅천산장을 향해 곧게 뻗은 관도에 몇 사람이 들어섰다. 풍유
승을 무양의 의원에게 맡기고 곧장 웅천산장을 찾아온 진용
일행이었다.

　관도의 양편에는 하늘을 향해 치솟은 백양나무와 아름드
리 소나무가 어우러져 한결 웅천산장의 웅장함을 더해주고

있었다.

웅천산장(雄天山莊).

오 장 넓이의 커다란 정문 위에 내걸린 현판은 백 장 떨어진 곳에서도 확연히 읽을 수 있을 정도로 컸다. 검은 바탕에 금빛으로 빛나는 글씨만도 한 글자의 크기가 족히 사방 열 자는 되어 보였다.

"겁나게 크군. 돈깨나 발랐겠어."

사도굉이 아니꼬운 말투로 말했다. 정광이 코웃음을 쳤다.

"흥! 그래도 구룡상방의 현판보다는 작은 것 같은데?"

"황궁의 현판에 비하면 저건 현판도 아니네요, 뭐."

두충이 가소롭다는 듯 말했다.

"황궁은 빼야지."

"황궁의 현판은 현판 아니우?"

애들처럼 현판 크기를 가지고 다툼 아닌 다툼을 벌인다. 그 모습에 유태청이 피식 웃음을 지었다. 운아영도 혀를 찼다.

"쯔쯔, 애들도 아니고……."

그때 진용이 조용히 중얼거렸다.

"우리 고가장 현판도 색칠 좀 해야 하는데……."

이십여 장으로 가까워지자 웅천산장의 정문을 지키던 무사들 중 두 명이 기세등등하니 진용 일행을 향해 다가왔다.

"무슨 일로 오셨습니까?"

무서운 것 없는 정광이 대답했다.

"무슨 일로 오기는, 볼일이 있어서 왔지. 문 좀 열어주겠나? 어르신들 좀 들어가게."

무사의 눈썹이 역팔자로 휘어졌다.

"감히 여기가 어딘 줄 알고 문을 열라 마라 하는 것이냐?!"

"젠장, 개나 소나 '감히' 라는 말을 달고 사는군."

중얼거리듯 한 말이지만 면전에서 했으니 못 들었을 리 없다.

챙!

무사가 검을 빼 들었다. 정광이 눈을 부라렸다.

빡!

뭐가 어떻게 된 건지 파악할 사이도 없이 무사의 몸이 뻣뻣이 선 채 뒤로 넘어갔다.

"어디서 행패냐!"

다른 무사가 소리를 질렀다. 동료를 부르기 위함이었다.

아니나 다를까, 정문 옆쪽에 난 작은 문이 열리더니 기다렸다는 듯 대여섯 명의 무사가 쏟아져 나왔다.

"무슨 일이야? 누가 감히 행패를 부린단 말이냐?"

역시 개나 소나 '감히' 다.

"제대로 한번 해보자 이거지?"

정광이 어깨를 펴고 한 걸음 나섰다. 그제야 석무심이 다급하게 나섰다.

"우리는 정천무맹에서 왔소. 시끄러워지는 건 원치 않으니 책임자를 불러주시오."

"정천무맹? 정천무맹에서 온 사람이면 아무나 패도 되나?"

무사들 중 수장으로 보이는 자가 눈살을 찌푸리며 나섰다.

그때였다.

"막으면 다 눕혀 버려요. 죽지 않을 정도로 패서."

사람들의 고개가 홱 돌아갔다.

목소리의 주인은 진용이었다.

그답지 않은 폭급한 명령에 모두가 입만 뻐끔거렸다. 정광 마저도.

"고, 고 공자?"

석무심이 황당한 표정으로 진용을 바라보았다. 그러나 진용의 눈은 웅천산장의 대문을 향해 있었다.

"대문이야 부수고 들어가면 되니까."

"이곳이 어딘 줄 알고 망발이냐!"

수장으로 보이는 무사가 앞으로 나섰다. 하지만 정광의 손이 먼저였다. 허락이 떨어진 이상 망설일 것도 없었다. 자신의 이상과 딱 맞아떨어지는 말이 아닌가 말이다.

"비켜, 이놈아!"

횡!

정광의 주먹이 대경해 물러서는 무사의 이마를 스치고 지나간다.

"어쭈?"

주욱 앞으로 미끄러진 정광의 주먹이 다시 허공을 갈랐다.

뻑!

호박 깨지는 소리가 나더니 무사의 신형이 훌훌 날아간다. 정광은 스윽 다른 무사들을 훑어봤다.

너무 갑작스런 상황. 대들 생각도 못하고 무사들이 주춤거리며 물러선다.

"이놈들, 다! 이 도사님 거다. 다른 사람은 손 대지마!"

정광이 히죽 웃으며, 흔들흔들 무사들을 향해 다가갔다. 그동안 쌓인 화를 풀 절호의 기회였다. 더구나 진용이 먼저 패도 좋다고 하지 않았는가.

'으흥! 이놈들 잘 만났다!'

끼이익!

그때 거대한 정문이 육중한 소음을 내며 열렸다. 정광의 고개가 정문을 향해 돌아갔다. 다급한 표정으로.

'어? 아직 나오면 안 되는데.'

하지만 상황은 정광의 편을 들어주지 않았다. 문이 반도 열리기 전이었다. 백의를 걸친 중년인이 정문을 나섰다. 그는 흔들거리며 웅천장의 무사들에게 다가가는 정광을 보더니 슬며시 웃음 띤 표정으로 말했다.

"엉덩이가 가벼운 도사님이시군. 아무래도 도사님은 산속에서 수양을 더 닦으셔야 할 것 같소이다."

순간, 정광의 얼굴이 하얗게 굳었다. 그러더니 점차 붉게
달아올랐다.

엉덩이? 엉덩이라고? 저놈이 분명 엉덩이라고 했지?

"으아아! 너 이리와!"

                    *   *   *

백리양이 보고를 받은 것은 이각 전이었다.

"유 노사 어른과 고진용이라는 서생이 일곱 명의 일행을 이끌
고 무양에 들어섰습니다. 곧바로 본 산장으로 오실 것 같습니다."

짐작하고 있던 일이었다. 그들의 행적은 정천무맹을 떠나
면서부터 하루에 두 번씩 보고를 받고 있었으니까.

보고를 받자마자 백리양은 직접 마중을 나왔다.

위지홍이 침이 마르게 칭찬한 서생이 누군지 궁금하기도
했고, 그를 대적할 사람이 천제성에서 다섯을 넘지 않을 거라
는 말에 자존심이 상한 때문이기도 했다.

'흥! 일개 나이 어린 서생을 내가 감당할 수 없다고?'

그는 천제성의 서열 구위였던 것이다.

그러나 그 무엇보다도 그가 직접 나온 것은, 그의 형님이자

천제성의 수장인 백리성의 명령이 있었기 때문이다.

"네가 직접 이곳으로 모셔라. 다른 자가 접촉할 수 없게 말이다."

일단 수하들에게는 그들이 산장에 도착할 때까지 놔두라고 하고 자신은 그들이 도착하기를 기다렸다. 그리고 마침내 그들이 왔다.

그는 상황을 지켜봤다. 설사 저들이 자신의 존재를 알아도 상관은 없었다. 상대를 파악할 시간 정도는 벌 수 있을 테니까.

유태청이 어떻게 생각할지 조금 마음에 걸리긴 했지만, 잃는 것보다는 얻는 게 더 많을 거라 생각했다. 앞으로 벌어질 일에 대비하기 위해서라도.

멋도 모르고 정문을 지키던 무사들이 그들에게 대들었다.

백리양은 눈짓으로 여섯 명의 무사를 더 내보냈다.

와자지껄한 소음이 일고, 맑은 목소리가 들려오더니 홍에 겨운 굵은 목소리가 들려온다.

"이놈들, 다! 이 도사님 거다! 다른 사람은 손 대지마!"

백리양은 피식 웃음이 나왔다. 위지홍이 말한 사람 중 성질이 지랄 맞은 도사가 하나 있다고 했다. 정광이라고 했던가?

'그냥 놔둘까? 수하들을 상하게 하면 그걸 빌미로 유리한

상황을 만들 수도 있을 것 같은데 말이야. 후후후……'

그때 전음이 들렸다.

"분명히 말하지만, 지금부터 일어난 일은 책임 못 집니다."

역시 알고 있었군. 나설 때가 된 건가?

그가 손을 저었다. 손짓에 수하들이 문을 열었다. 도사가 보였다. 도사를 보며 점잖게 입을 열었다. 조금 비꼬아서. 이제 천제성의 고수들이 나왔으니 고개를 숙이겠지, 하는 생각으로.

한데, 의외의 반응이다. 선불 맞은 멧돼지가 따로 없다.

'대체 왜 저런 반응을 보이는 거지?'

"안 와? 안 오면 내가 간다!"

정광의 신형이 빨랫줄처럼 죽 늘어졌다.

순간 백리양의 얼굴이 굳어졌다.

'빠르다!'

미처 말대꾸할 시간도 없었다. 검을 빼 들 시간은 더더욱 없었다.

그는 급한 대로 뒤로 두 걸음 물러섰다. 그러자 뒤에 서 있던 두 명의 수하가 대경하며 그의 앞을 막아섰다.

콰광!

굉음이 일었다. 정광이 튕겨지고, 손을 나눈 두 사람도 튕겨졌다.

그제야 사도굉과 비류명과 사마조양도 정광의 옆으로 달려갔다.

정광이 손을 들어 그들을 막았다.

"막지 마! 막으면 그날로 나와 웬수 지는 거야!"

백리양은 어이가 없어 멍하니 정광을 바라보았다.

뭐 저런 도사가 다 있어? 자신의 말이 그렇게 듣기 싫었나?

한편으로는 놀라움을 금치 못했다.

천제성 비천검단의 고수들. 자신의 수하긴 하지만 자신이라 해도 둘을 상대로 승부를 장담할 수 없을 정도의 고수들이 바로 저들이다.

'둘이 손을 쓰고도 밀려? 저따위 말코도사에게?'

문제는 그것이 아니다. 반쯤 미친 도사가 다시 달려들려 한다.

그는 싸늘히 굳은 표정으로 옆구리에 매달린 검을 잡아갔다. 비록 뽑지는 못했지만.

힘이 탁 풀리게 하는 음성. 진용이 절대음의 능력을 써서 입을 연 것이다.

"싸워도 나중에 싸우세요."

그 말을 듣는 순간, 백리양은 물먹은 솜처럼 늘어지는 신체 반응에 등골이 오싹해졌다.

'뭐, 뭐지? 왜 이렇게 힘이 빠지지? 저자가 독을 썼나?

반면에 정광의 고개는 목이 부러지지 않나 걱정이 될 정도로 빠르게 돌아갔다. 진용을 바라보는 눈빛에 불길을 담고서.

"저놈이 엉.덩.이.라고 했는데도?"

'후, 괜히 그 말을 해서…….'

어이가 없었지만 겉으로 표현은 하지 않고 부드럽게 말했다.

"예, 오늘만 날이 아니니까요. 나중에 해도 되잖아요."

정광의 눈에 담긴 불길이 서서히 누그러졌다.

"나중에? 정말?"

진용은 조용히 고개를 끄덕이고는 백리양을 바라보았다.

"어떻습니까? 나중에 이분 도장님과 비무를 약속해 주시면 조용히 마무리될 것 같은데요."

백리양의 얼굴이 살짝 일그러졌다. 일이 요상하게 꼬인다.

내가 상대하고 싶은 것은 바로 너야! 내가 왜 저 미친 도사하고 싸워야 되는데!

"아니면 그냥 지금 싸우시던가요."

젠장, 그럴 수는 없다. 사람들이 모여들고 있었다.

아마 지금쯤은 형님도 알고 계실지 모른다. 일이 잘못되면 욕만 배부르게 얻어먹을 게 분명하다. 물론 욕먹는 것으로 끝나지 않을지도 모르고.

'끄응! 제기랄! 이게 무슨 꼴이야!'

"좋… 소. 그대 말대로 나중에 시간을 내지."

그는 하는 수 없이 고개를 끄덕였다. 그리고 정광을 한 번 노려본 뒤, 유태청을 향해 허리를 숙였다.

"숙부님 앞에서 못난 꼴을 보인 것 같습니다. 송구하옵니다."

"됐다. 말버릇은 예나 지금이나 변하지 않은 것 같구나."

제기랄! 예전에 뭐가 어땠는데요?

"안으로 드시지요. 형님께서 기다리고 계십니다."

유태청이 고개를 끄덕이며 진용을 바라보았다.

"가세. 저 아이가 말을 좀 꼬아서 하는 버릇이 있어서 그렇지, 본성은 나쁘지 않은 아이네."

아, 아이? 저도 이제 사십이 넘었단 말입니다, 숙부님!

백리양의 얼굴이 와락 일그러졌다. 언뜻 자신 대신 정광과 손을 나누었던 비천검단의 두 사람이 웃는 듯 보인다.

게다가 뒤에서 들리는 말. 말. 말…….

"그러니까 알고 있었단 말이네?"

"알고도 장난 친 거죠, 뭐."

"장난칠 말이 따로 있지, 도장님한테 엉… 소리를 하나 그래?"

"두. 충!"

앞서가는 백리양의 눈빛이 새파랗게 빛났다.

'건방진 놈들! 어디 두고 보자. 조금만 있으면 살려달라고 애원할 놈들이……!'

웅천산장은 겉에서 보던 것보다 훨씬 넓었다. 무려 백여 장을 걸어 들어가서야 겨우 중앙 본전으로 보이는 커다란 대전 앞에 도착할 수 있었다.

천웅전.

거대한 대전은 단청을 칠한 지 얼마 되지 않은 듯했다. 그래선지, 아니면 다른 이유 때문인지 건물이 차갑게 느껴졌다.

진용은 심각한 표정으로 전체적인 넓이를 가늠해 봤다. 아무리 웅천산장이 무양의 제일 거부라 해도 장원이 지나치게 컸다.

'일개 지부를 이렇게 크게 만든 이유가 뭘까?'

삼백이 아니라 삼천 무사라 해도 기거할 수 있을 정도다. 그리고 실제로 진용의 판단에 의하면, 이곳에 기거하고 있는 무사가 족히 일천은 되는 듯했다.

본래 기거하는 무사가 칠백이었을 리는 없을 터였다. 그렇다면 정천무맹이 몰랐을 리가 없었을 테니까.

결론은 간단했다. 삼백의 무사만 파견되었다는 말은 거짓말이었다.

왜 그런 거짓 정보를 퍼뜨렸을까? 단순히 적의 판단을 흐리게 하기 위해서?

진용의 눈이 깊어졌다. 의문이 꼬리를 물었다.

그사이 천웅전에 도착했다. 걸음을 멈춘 백리양이 고소하다는 표정으로 정광을 바라보며 입을 열었다.

"이곳에는 유 숙부님과 고 공자, 두 분만 들어가실 수 있습니다."

정광과 사도굉이 눈을 부라렸다.

"뭐야? 우리는 왜 못 들어가는데?"

"그야 이곳의 주인이신 형님께서 그리 명령을 내리셨기 때문이지요."

주인이 안 된다는 데 어쩌랴. 하지만 때로는 일반적인 생각과 반대되는 생각을 가진 사람도 있는 법.

"그럼, 주인을 만나 따져 봐야겠군."

정광이 불퉁거리며 말했다. 백리양의 눈매가 가늘어졌다.

"따진다? 지금 그 말씀, 천제성에 정식으로 따지겠다는 말로 해석해도 되겠습니까?"

백리양의 옆에 있던 자들도 싸늘한 기운을 내뿜으며 정광을 노려보았다. 노려보는 거라면 어느 누구에게도 지고 싶지 않은 사람이 정광이다.

"못할 게 뭐 있는데?"

일촉즉발. 결국 또 진용이 나섰다. 지금은 싸울 때가 아니었다.

"도장님, 다른 분들과 함께 가서 쉬고 계셔요."

정광의 볼이 부풀어 올랐다. 진용이 재빨리 백리양에게 물었다.

"술과 음식을 준비해 주실 수 있습니까? 미처 식사를 하지 못하고 와서……."

"물론이오. 이곳의 술과 음식은 어디 내놔도 빠지지 않소. 더구나 술은……."

백리양이 미처 말을 끝마치기도 전에 정광이 말했다.

"뭐, 하는 수 없지. 그럼 우리는 가서 쉬고 있을 테니까 들어갔다 오게. 유 선배님도 오랜만에 조카 분들 만나 반가울 텐데 천천히 이야기 나누고 오시구려. 사도 선배, 갑시다. 뭐 해? 너희들도 빨리 와."

"어디로……?"

두충이 어물거리며 물었다. 정광이 한결 부드러워진 눈으로 백리양을 바라보았다.

"이봐, 백리 아무개, 어디로 가야 하지?"

백리양은 질끈 입술을 깨물었다. 안 된다고 할 때는 그렇게 대들더니, 술과 음식이라는 말에 언제 그랬냐는 표정이다. 침까지 흘리면서.

자신의 말이 음식만도 못했던 걸까?

"이봐! 저분들 객방으로 모셔다 드려!"

백리양이 빽 소리쳤다.

거대한 천웅전 안으로 들어가자 한 사람이 태사의에서 몸을 일으켰다. 대전 안에는 오직 그만이 있었다.

맘씨 좋은 이웃집 아저씨. 그것이 진용이 본 백리성의 첫인 상이었다. 또한 그래서 더욱 무서운 사람으로 보였다.

'저 사람이 천제성의 제검전주 백리성?'

키는 그다지 커 보이지 않았다. 그러나 진용이 지금까지 만난 사람 중 유태청을 뺀다면 가장 강해 보이는 사람이었다. 남궁창훈보다도.

진용의 가슴이 떨릴 정도였다.

'대단한 사람! 십천존만이 최강이 아니라는 유 어르신의 말씀은 틀린 게 아니었어.'

십천존을 정식으로 만나보지는 못했다. 그러나 유태청을 보고 짐작할 수는 있었다.

저자. 결코 십천존에 뒤떨어지는 자가 아니다!

"숙부님과 고 공자를 모시고 왔습니다, 형님."

"수고했다. 이제 나가서 볼일을 보거라."

"예. 그럼 숙부님, 편안히 이야기 나누십시오."

백리양이 공손히 고개를 숙이고는 밖으로 나갔다. 그러자 십천존에 못지않은 자, 백리성이 조용히 웃으며 고개를 숙였다.

"조카가 숙부님을 뵙습니다."

"오랜만이군. 허허, 벌써 할아버지가 다 되었어."

"얼마 전에 외손자가 태어났지요."

백리성의 대꾸에 유태청은 만감이 교차하는 표정으로 고개를 끄덕였다.

"그래, 벌써 그렇게 되었어. 벌써……."

그때 하늘거리는 백의 궁장을 입은 여인이 실버들 같은 허리를 낭창거리며 들어왔다. 그녀는 달그락거리는 소리조차 없이 찻잔을 내려놓더니 맑은 향기가 나는 차를 조심스럽게 따랐다.

그녀가 뒷걸음질로 나가고 이런저런 사소한 이야기를 나눈 지 일각이 지났을 무렵, 백리성이 입가의 웃음을 지우며 조용히 말했다.

"그동안 많은 일이 있었다 들었습니다. 이제는 편히 쉬십시오. 마침 이곳은 숙부님이 쉬시기에 부족함이 없는 곳입니다."

"음……."

유태청의 눈빛이 흔들렸다. 언뜻 들으면 나이 먹은 숙부를 염려하는 조카의 따뜻한 말이었다. 하지만 그 내면에 담긴 뜻은 결코 그런 뜻이 아닌 듯했다.

'쓸데없는 일에 관여하지 말고 조용히 쉬어라' 라고 들린 것이다.

유태청이 백리성의 말뜻을 음미하며 마음을 가다듬는 사이, 진용은 깊게 가라앉은 눈으로 식은 찻잔에서 퍼지는 향기를 음미했다.

하지만 머릿속에서는 다른 생각이 빠르게 돌고 있었다.

'벽, 천장……. 놀라운 자들이군. 세르탄?'

'어.'

'몇 명인지 알겠어?'

'글쎄, 몇 명이 숨어 있긴 한데, 정확히는 모르겠어.'

세르탄도 모른다?

진용의 표정이 굳어졌다. 처음 있는 일이었다. 근접한 자들의 기운을 정확히 집어내지 못하다니.

"실피나……."

진용은 찻잔을 잡아가며 지나가듯이 실피나를 불러냈다.

백리성이 스치듯 바라봤지만 그뿐이었다. 하긴 그가 어찌 짐작이나 할 수 있을까?

속으로 웃는 진용의 앞에 실피나가 모습을 드러냈다.

―주인아, 불렀어?

"응. 주위에 숨어 있는 사람이 몇이나 되는지 알아봐."

―잠깐만 기다려. 금방 알아볼게.

실피나가 한줄기 바람이 되어 사라졌다. 진용은 조용히 찻잔을 입으로 가져가며 실피나가 돌아오기만을 기다렸다.

딸깍, 진용이 찻잔을 내려놓았을 때다. 유태청이 찻잔을 입에서 떼고는 조용히 입을 열었다.

"나는 쉬기 위해 이곳에 온 것이 아니다."

"하오면 어인 일로 찾아오셨는지요?"

백리성은 조용히 물으며 진용을 바라보고는 다시 유태청을 직시했다.

유태청은 흔들리는 눈빛을 가라앉히고 지나가듯이 물었다.

"백리 형이 허락했더냐?"

백리성은 바로 대답하지 않고 잠시 숨을 골랐다.

"무엇을 말씀하시는 건지요?"

"천혈교를 공격하는 일 말이다."

"천제성은 협의를 숭앙하는 무사들이 모인 곳입니다. 누구의 허락이 아니더라도, 마의 준동을 보면 당연히 나서는 게 옳지 않겠습니까?"

유태청에 이마에 꿈틀, 주름이 졌다.

"단순히 그 일을 말하는 것이 아니다. 문제는 그로 인해 파생될 피해 정도는 생각하고 움직여야 하지 않겠느냐는 뜻이다. 설마 백리 형이 그걸 모르지는 않을 텐데?"

"아버님은 상관없는 일입니다."

이마에 진 주름이 두어 개 더 늘어났다.

"그러니까, 네 단독으로 행사하는 일이란 말이더냐?"

"조카에게는 천제성의 무사들을 움직일 수 있는 권한이 있습니다. 그러니 잘못된 일이 아닙니다, 숙부님."

"권한이라…… 그럼 내 한 가지 부탁을 하마."

"말씀하시지요."

"공격을 늦추어라. 얼마간만이라도."

"이유가 있는지요?"

"종남을 비롯해 구파의 하부 세력들이 당했다. 그 바람에 정천무맹이 서두르고 있어. 아직 적이 누군지도 잘 모르면서 말이다. 그런 마당에 천제성이 천혈교와 싸우면, 그들 역시 앞뒤 가리지 않고 싸움에 뛰어들 것이다. 쓸데없이 많은 피가 흐를 거야."

"피를 보는 게 두려워 마인들을 놔둔다면, 훗날 더 많은 피가 흐르게 될 것입니다."

"놔두라는 게 아니다. 조금 늦추라는 거지. 지나친 피는 결코 바람직하지 않아. 백리 형도 천제성이 원성 듣는 걸 바라지 않을 거다."

"숙부님께서 잘못 알고 계시는 것이 많은 것 같군요."

백리성의 목소리가 디욱 나직하게 흘러나왔다. 여전히 침착한 목소리였지만, 옆에서 말없이 듣고만 있던 진용은 머리끝이 쭈뼛 서는 기분이었다.

마침 실피나가 돌아왔다.

─주인아, 다섯이야. 싸움 잘하게 생긴 인간 다섯이 숨어 있어.

순간 백리성이 다시 돌아본다. 묘한 눈빛이다.

'설마 실피나를 감지한 것인가? 아! 기의 파동!'

외부라면 신경 쓰이지도 않을 만큼 미미한 기운이다. 그러나 이곳은 단절된 내부. 아마 감각이 훨씬 더 예민하게 작용할 터였다.

"들어가 있어, 실피나."

진용은 황급히 실피나를 돌려보냈다. 실피나가 불만 섞인 표정으로 사라졌다. 그제야 백리성의 묘한 눈빛도 제 눈빛으로 돌아왔다.

상황을 알 리 없는 유태청은 심각한 표정으로 백리성의 말을 곱씹었다.

"잘못 알고 있다?"

"그렇습니다. 이 일은…… 천제성주의 권한으로 하는 것입니다."

잠시간, 유태청은 말문을 열지 못하고 백리성을 뚫어지게 바라보았다. 그러다 겨우 입을 열었다.

"그 말뜻은……?"

백리성이 대답했다. 나직한 목소리에는 이미 온기가 사라져 있었다.

"제가, 천제성의 성주라는 말입니다."

쿵! 심장이 떨어질 정도로 놀라운 말이었다.

벌떡! 유태청이 몸을 일으켰다. 그의 전신에서 하얀 기운이 뭉클거리며 흘러나왔다. 그가 떨리는 목소리로 백리성을 다그쳤다.

"네, 네가 감히!"

그때였다. 스스스……..

개미가 기어가는 듯한 소음이 대전의 벽을 타고 흐르는가 싶더니, 다섯 명의 중년인이 백리성의 뒤에 나타났다. 그들의 얼굴은 눈만 내놓은 채 아래는 면사에 가려져 있었고, 가슴에는 각각 천(天), 지(池), 수(水), 풍(風), 운(雲)이라는 글자가 새겨져 있었다.

어찌나 은밀한지, 진용조차 그들이 움직이고 나서야 몇 명인지를 알 수 있을 정도였다.

'실피나의 말대로 다섯이군.'

백리성이 고개를 저으며 말했다.

"숙부님께선 또 잘못 생각하셨습니다."

"뭐라? 내가 잘못 생각했다?! 아직 백리 형이 너에게 성주의 자리를 물려주지 않은 것으로 알고 있거늘, 너는 성주의 권한으로 이번 일을 행사했다고 했다. 그래도 내가 잘못 생각했단 말이냐?!"

"그렇습니다. 잘못 아셨습니다."

잘못 생각하고 있다더니, 이제는 잘못 알았다?

유태청이 격렬하게 떨리는 표정을 추스르며 다시 물었다.

"뭘 잘못 알았단 말이냐?"

백리성이 말했다. 아무런 감정이 없는 말투로.

"아버님은 이미 저에게 성주의 자리를 물려주셨습니다. 벌써 삼 년이 되었지요. 다만 이유가 있어 아무에게도 심지어

가족들에게조차 말을 하지 않았을 뿐."

"나는…… 믿을 수 없다."

"믿고 안 믿고는 숙부님의 마음입니다. 하나 그렇다고 사실이 바뀌지는 않습니다."

유태청이 갑자기 경악한 표정으로 백리성의 뒤를 바라보았다. 그는 백리성의 뒤에 서 있는 자들의 정체를 그제야 깨달은 것이다.

"설마, 천강오령위(天剛五令衛)?"

"그렇습니다. 천제성의 성주를 호위하는 천강오령위입니다. 이제 믿으시겠습니까?"

그때 진용이 입을 열었다.

"한 가지 궁금한 것이 있습니다만……?"

백리성이 기이한 눈빛으로 진용을 바라보았다.

"무엇이 궁금하단 말인가?"

"천제성이 왜 그동안의 방침을 바꿔 강호사에 적극 나서는 거지요?"

백리성이 조용히 웃었다.

"금의위의 천호라 들었네. 관에서 강호의 일에 끼어드는 것보다는 덜 이상한 일이 아니겠는가?"

"제가 강호의 일에 끼어든 것은 역모 사건 때문이지요. 역모에는 강호든, 뭐든 이 땅에 살고 있는 사람이라면 어느 누구도 피해갈 수 없으니까요."

백리성의 얼굴에 처음으로 표정다운 표정이 드러났다.

"본 성은 역모와 아무 상관이 없네. 오히려 천혈교가 역모와 관계가 있다고 들었지."

위지홍에게 들었겠지. 하지만 그렇다고 해서 완전히 피해 갈 수는 없을걸?

"천제성의 휘하 문파 중에 백인검문이 있다 들었지요."

"흠, 그런 곳이 있기는 하지. 하나, 그리 깊은 관계는 아니라네. 왜, 그곳이 역모와 관련이라도 있는가?"

"그런 정보가 있었지요. 해서 확인해 볼 생각입니다."

"허허허, 그거야 자네 맘대로 하게. 그건 그렇고, 처음에 한 말에 대해 대답을 해주지. 왜 나서느냐고 했던가? 그 이유는 간단하네."

백리성이 아무런 감정도 없는 눈으로 유태청과 진용을 번갈아 보고는 천천히 말을 이었다.

"더 이상은 누구도 우리 천제성을 얕보는 일이 없게끔 하기 위해서네. 힘을 보여서라도."

"으음, 패도(覇道)를 걷겠다는 말이냐?"

유태청이 무겁게 깔린 목소리를 뱉어냈다.

"그 길을 가야 한다면, 망설이지 않을 생각입니다."

단호한 말투.

"내가, 이 유태청이, 그동안 너를 잘못 알았구나."

"제가 그랬지요. 숙부께선 잘못 알고 계신 것이 많다고 말입니다."

살얼음이 흐르는 사이로 진용이 끼어들었다.

"왜 천혈교에 대해 알리지 않은 거지요? 제가 알기로는 이미 수년 전부터 천제성이 천혈교에 대해 알고 있는 것으로 알고 있습니다만."

"꼭 알릴 필요가 있을까? 우리 힘만으로도 충분한데 말이야. 그리고 고인 물이 썩으면 한꺼번에 쓸어내야 하는 법일세. 잘못하면 깨끗한 물까지 더러워지거든."

"하긴, 천제성의 힘을 누가 막겠습니까? 하나 그로 인해 피해를 볼 사람들에 대해선 생각해 보셨습니까?"

"그런 일에는 어느 정도 희생이 따르는 법일세."

"흠, 이상하군요. 그토록 자신있다면 왜 혈혈구마의 힘을 알고서도 유 어르신이 계신 곳에 소수만 보내신 겁니까?"

"글쎄, 군이 그것까지 대답할 의무는 없을 것 같군."

"혹시 그곳에 간 사람들이 대협의 뜻에 반하던 사람들이 아닙니까?"

"지나친 상상은 정신 건강에 좋지 않다네. 그들도 내 사람들이라네."

"그럼 위지 대협을 지금 불러줄 수 있습니까? 물어보고자 하는 게 있는데 말입니다."

"미안하지만, 그럴 수는 없네. 그는 그대가 관여할 수 없는 어떤 일에 연루되어서 옥에 갇혀 있다네."

"대협의 뜻에 반해서가 아니고요?"

"만일 그런 일이 생긴다면, 나는 그를 옥에 가둘 것이네. 하나 분명히 말하지만, 그는 그런 일로 갇힌 것이 아니네."

"대단한 신념이군요."

이미 굳어버린 신념이었다. 누가 말한다고 해서 들을 사람이 아니었다. 더구나 백리성은 천하제일 천제성의 전권을 쥔 자.

어깨를 한번 으쓱거린 진용은 유태청을 바라보았다.

"가시지요. 어차피 더 이상 말한다고 해서 들으실 것 같지도 않은데……."

한데 이상하다. 유태청의 표정이 암담하다.

왜 저런 표정이지? 실망해서 그런가? 아니면 조카가 자신을 무시해서? 어차피 실패할지 모른다 생각하지 않았나?

그래도 얻은 이익은 있지 않은가. 천제성의 성주가 바뀌었다는 것을 알았으니까.

하지만 유태청의 속마음은 진용과 달랐다. 그는 기억 저 깊은 곳에서 오래전에 들었던 한 가지 이야기가 생각났던 것이다.

"나를, 우리를…… 죽일 생각이냐?"

뜻밖의 말에 진용이 의아한 표정을 지었다.

"설마?"

"천강오령위에 대해 이야기를 들은 적이 있네."

언뜻 입을 다물고 있는 백리성의 눈 깊은 곳에서 하얀 빛이 번뜩이는 것처럼 느껴졌다. 위험 신호가 뇌리를 자극했다.

유태청이 말을 이었다.

"천강오령위는 천제성의 비밀 호위. 그러니 천강오령위의 정체는 천제성의 일급비밀이라 할 수 있지. 다시 말해, 천강오령위를 본 외인들은 누구도 살 수 없다는 말이네."

진용의 표정이 굳어졌다.

그래서 백리양이 밖으로 나갔던 것인가? 그래서 십절검존이 왔는데도 아무도 없었던 것인가? 백리성은 처음부터 두 사람을 죽일 생각을 가지고 있었던 것인가?

"저를 너무 막돼먹은 놈으로 보시는군요. 아무리 완고한 법도 때가 되면 바뀌게 되어 있지요. 어차피 천하에 본 성의 위용을 드러내기로 했으니, 그 법도 바꿀 생각입니다. 하나……."

백리성이 말을 하며 한 걸음 물러섰다. 그러자 뒤에 서 있던 천강오령위가 앞으로 나섰다. 백리성이 말을 이었다.

"완전히 바꿀 수는 없으니, 천강오령위의 합공에서 벗어나는 사람은 살려줄 생각입니다."

과연 천강오령위의 합공에서 벗어날 수 있는 사람이 몇이나 될까?

진용은 무저갱처럼 깊어진 눈으로 천강오령위를 쓸어보았다.

'셋도 상대하기 힘들겠는데, 다섯의 합공을 받아내야 한다고?'

"뭔가 목적이 있는 것 같은데……. 뭡니까, 이러는 이유가? 아예 그냥 죽이겠다고 하시지."

백리성의 눈 깊은 곳에서 번뜩이던 하얀 빛은 이제 서리처럼 차갑게 굳어 그의 눈가에 드리워져 있었다.

그가 말했다.

"아버님께서 원하시니까. 어쩌면 조금 전의 질문에 대한 답도 될지 모르겠군."

유태청이 눈을 크게 떴다. 격하게 떨리는 노안에는 금방이라도 터져 버릴 듯 실핏줄이 사방으로 번져 갔다.

"왜, 왜? 말도 안 되는 소리!"

백리 형이 그럴 리가 없어!

친형제처럼 오십 년을 지내온 그가 나를 죽이려 한다니!

어림없는 거짓말! 분명해! 이놈이 나를 죽이려고 거짓말을 하는 것이야!

"네놈이 감히 나를 기만하다니!"

백리성은 대답을 하지 않고 손을 들어 앞으로 내렸다.

천강오령위가 두 사람을 향해 다가갔다. 그제야 그가 말했다.

"아버님은 평생 어머니를 사랑하지 않으셨지요. 아마 그 이유는, 숙부께서 더 잘 아실 겁니다."

유태청이 아연한 눈으로 허공을 바라보았다.

"설마…… 백리 형이… 설청을……?"

백리성이 다시 한 걸음을 더 물러섰다.

"이제 시작하지요."

그의 말이 떨어지는 순간, 갑자기 가공할 기운이 두 사람을 향해 밀려들었다.

진용과 유태청은 동시에 내력을 쏟아냈다.

콰과과광!

일곱 사람의 내력이 충돌하자 탁자고, 의자고, 모든 것이 부서져 흩날렸다. 벽에 걸려 있던 천 조각조차도 가루로 변해 먼지로 화해 버렸다.

"철… 벽?"

진용은 뒤로 튕겨진 채 놀란 눈으로 대전의 벽을 바라보았다. 석회가 두 치가량 깎여 나가자 시커먼 벽이 드러났다. 철벽이었다.

한데 조금도 우그러진 곳이 없다. 대체 얼마나 두꺼운 걸까?

그러고 보니 창문도 닫혀 있다. 빛 한 점 들어오지 않는 창문. 아무래도 창문 역시 철판으로 막아놓은 듯하다.

들어올 때 느꼈던 차가운 느낌은 그래서였던가?

진용의 눈이 서서히 굳어졌다.

일순간 백리성의 입가에 조소가 스쳤다.

"이곳은 철저히 격리된 곳이지. 암습을 막기 위해 설치했는데, 거꾸로 쓸 줄은 몰랐군."

"으으음……."

옆에서 들리는 유태청의 신음. 마음이 조급해진 진용은 빠르게 사방을 둘러보았다.

어느새 무기를 뽑아 든 천강오령위가 오행의 방위에서 다가오고 있었다.

하나하나가 엄청난 고수들이다. 예상했던 대로 둘을 상대할 수 있을까 싶을 정도의 고수들. 셋이면 자신이 없다.

과연 성주의 최후를 지키기 위한 고수라 하더니 빈말이 아니다. 게다가 자신조차 승리를 장담할 수 없는 백리성이 과연 가만있을까?

그때 문득 뇌리를 스치는 생각.

'아차! 밖에 있는 사람들!'

진용의 마음을 알아챘는지 백리성이 말했다.

"내가 원하는 사람은 숙부뿐이네. 자네와는 싸우고 싶지 않아."

나와 싸우고 싶지 않은 게 아니라, 황궁과 적대하고 싶지 않은 거겠지!

"별로 고맙지 않군요. 유 어르신을 놔두고는 저도 갈 수 없습니다."

"자네는 나를 막다른 골목으로 몰려고 하는군."

"흥! 내가 이곳에 온 것을 아무도 모를 거라 생각하십니까? 설마 황궁을 상대로 싸워보겠다는 생각을 하시는 건 아니겠지요?"

백리성이 처음으로 비릿한 미소를 머금었다.

"자네는 자네 자신을 대단한 사람으로 생각하는 모양이군. 나에게도 금의위 한 사람의 죽음쯤은 무마할 수 있는 힘이 있다네."

"동창의 힘을 이용해서 말입니까?"

"글쎄, 어찌 생각하든 그것만 알아두게."

"하하하하!"

진용이 갑자기 대소를 터뜨렸다. 백리성의 비릿하던 미소가 살소로 바뀌었다. 진용이 눈을 부릅뜨고 백리성을 쏘아보았다.

"동창 따위의 힘을 믿고 나를 어찌해 보겠다?"

이제는 진용의 입가에 비릿한 미소가 맺혔다.

"내가 누군 줄 알고 귀하가 감히 죽이겠다고 한단 말이오!"

말투도 바뀌었다. 갑작스런 변화에 한기가 서려 있던 백리성의 눈빛이 찰나간 흔들렸다.

'저놈이 뭘 믿고 저러지? 천호장이라는 지위에 겁먹을 본좌가 아니거늘. 그게 뭐 그리 대단하다고!'

진용은 백리성을 쏘아보며 이를 지그시 깨물었다. 등줄기로 식은땀이 흐르는 듯했다. 그래도 비릿한 미소를 지우지는 않았다.

오히려 눈에 마안의 능력마저 끌어올렸다. 비록 제대로 된 능력을 발휘할 수는 없을 테지만 일단은 최선을 다하고 볼일 이다.

진용이 코웃음 치며 다시 소리쳤다.

"흥! 천자의 명을 받고 나온 나를 죽이겠다?!"

백리성의 얼굴이 움찔 흔들렸다. 진용이 한 번 더 충격을 가했다.

"천자를 대리해 명을 수행하는 수천호령사를 죽여놓고 동창 따위로 무마하겠다고?! 하하하하! 정말 어이가 없는 말이 군!"

수천호령사?!

백리성의 얼굴이 썩은 땡감을 씹은 듯 와락 일그러졌다. 마안의 능력에 충격적인 말이 복합적으로 작용하자 심경이 크게 흔들린 것이다.

"무슨… 말도 안 되는……."

어차피 이판사판이다. 조부처럼 가까이 했던 분이 죽을지도 모르는데, 지위가, 임무가, 비밀이 무슨 소용이란 말인가!

진용은 품속에서 수천호령패를 꺼내 들고 절대음의 능력마저 끌어올렸다. 연속된 능력의 시전으로 얼굴이 붉게 달아올랐다.

"말도 안 되긴! 본인이 바로 수천호령사다! 무릎을 꿇어라!"

백리성의 전신에 떨림이 일었다. 천장을 뚫고 날벼락이 정수리에 떨어진 듯 부르르 떠는 그의 눈이 한껏 커져 있다.

"감히 항거하겠다는 것인가!"

진용이 마지막 일성을 내지르고 불타는 눈으로 백리성을 노려보았다.

백리성이 이를 악문 채 수천호령패를 바라보고 있었다.

한데 그의 상태가 조금 이상하다. 가늘게 떨리는 몸. 반쯤 감기는 눈. 이마에 맺힌 땀방울.

순간적으로 어떤 생각이 뇌리를 스쳤다. 때마침 세르탄이 질린 목소리로 말했다.

'지독한 인간! 내공으로 시르가 펼친 능력을 해소하려 하다니!'

'뭐야?'

진용은 마음이 조급해졌다. 촌각이 일 년처럼 느껴졌다. 마안과 절대음도 통하지 않는 상대라니. 아무리 자신이 익힌 단계가 낮다고 해도 결코 인간이 버텨낼 수 없는 능력이거늘!

그때였다.

"하마터면 당할 뻔했어. 사술을 쓰다니 말이야."

마침내 백리성이 정신을 가다듬고 입을 열었다. 그는 진용의 눈을 피하며 뒤로 물러섰다.

나락으로 떨어질 것 같은 느낌. 겨우 해소하긴 했지만, 다시는 당하고 싶지 않은 느낌이었다. 아직도 등에선 식은땀이 흐르고 있었다.

백리성은 가슴 깊은 곳에서 끓어오른 은근한 분노에 입술을 깨물었다. 사술에 당할 뻔한 자신에게도 화가 났고, 감히 자신을 그런 상태로 몰고 간 진용에게도 화가 났다.

"사술을 쓰는 수천호령사라…… 죽여도 나중에 할 말이 있을 것 같군. 후후후, 그대가 그렇게 원한다면, 그대도 내기에 끼워주지. 시작해라!"

명이 떨어지자마자 천강오령위의 몸에서 강맹한 기운이 회오리쳤다. 일순간, 거대한 강기의 회오리가 두 사람의 몸을 휘감았다.

그때 유태청의 전음이 들려왔다.

"고 공자, 나는 어차피 가망이 없네. 하니 자네라도 빠져나가게!"

"어르신!"

"내가 검을 펼칠 수 있는 것은 세 번뿐이야. 자네는 그 후에 움직이게. 그리고 살아나가거든, 아영이를 구해주게나."

미처 대답할 시간도 없었다. 빠르게 말을 마친 유태청이 꺼내 든 천유를 양손으로 잡고 눈을 반쯤 감았다.

언뜻 그의 전신에서 하얀 빛이 폭발하는 것처럼 느껴진 것도 그때였다.

백리성이 그 빛의 의미를 알았는지 대경하며 소리쳤다.

"모두 공격해!"

천강오령위가 일시에 번개처럼 달려들었다.

다섯 줄기의 강기가 나선을 그리며 유태청과 진용을 향해 휘몰아쳤다.

"어르신!"

진용이 비감에 젖어 소리쳤다.

유태청이 쓰고자 하는 방법을 아는 까닭이었다.

그는 선천진기를 모조리 끌어올린 것이다. 그의 말대로 세 번의 검을 쓰고 나면, 그는 살아도 산 것이 아닐 것이다. 껍데기만 남은 몸이 될 테니까.

분노가 진용의 이성을 집어삼켰다. 구양 할아버지와 다름없이 진정 조부처럼 생각해 온 분이거늘. 그런 분이 스스로 죽음을 택했다. 자신을 살리기 위해서!

"으아아! 모두 죽여 버리겠다!"

그의 손에서 올올이 푸른 강기가 실처럼 일어났다.

하지만 그보다 먼저 유태청의 천유에서 백색 검강이 폭발하듯이 뻗어나갔다.

대라탄천(大羅彈天)!

고오오오……. 후우웅!

진용이 뇌전을 떨칠 시간조차 없었다.

백색검강이 천강오령위가 펼친 강기의 회오리를 갈기갈기 찢어발겼다.

"물러서라!"

백리성이 대경해 소리치고는 유태청을 향해 양손을 휘둘 렀다. 웅혼한 황금빛 장력이 그의 손바닥에서 쏟아진다.

천제성의 삼대신공 중 하나. 천추금황장(千秋金晃掌)이다.

그제야 진용도 두 손 가득 뭉친 뇌전을 떨치고, 유태청도 천유를 빙글 휘돌렀다.

천망회(天罔回)!

시퍼런 뇌전이 번쩍이는 가운데, 백색 검강이 황금빛 강기 를 끌어들인 채 휘돌았다.

찰나의 순간이었다. 휘황한 빛이 사방으로 퍼져 나갔다.

빛의 광란! 찬란한 폭풍이 대전을 휩쓸었다!

고오오오! 콰과과광!

"끄억!"

"컥!"

쥐어짜는 신음 소리가 터져 나옴과 동시, 천강오령위가 달 려들 때보다 더 빠르게 튕겨졌다. 그중 수(水)령위와 운(雲)령 위가 튕겨진 그대로 널브러져 버렸다.

숭숭 뚫린 옷 사이에서 솟구치는 피분수. 자욱한 혈향. 비 릿한 살풍경이 눈앞에 펼쳐졌다.

쿵! 쿵! 와직!

백리성 역시 견딜 수 없는지 청석 바닥을 으깨며 뒤로 물러 섰다. 그는 창백한 얼굴로 유태청을 노려보았다.

하얗게 탈색된 입술 사이로 핏물을 꾸역꾸역 넘기는 유태청. 그러나 표정만큼은 담담하기만 하다.

백리성의 말이 떨려 나왔다.

"과연, 십절검존! 회복하기 힘들 정도의 부상을 당했다더니, 거짓이었습니까?"

대답 대신 느릿하게 들어 올려지는 천유.

유태청이 그 어느 때보다 편안한 표정으로 말했다. 입에서는 여전히 선혈이 흘러나오고 있었다.

"한 번 더 받아봐라, 어리석은 놈!"

"안 돼!"

진용이 놀라 소리쳤다.

천유가 힘겹게 들린 순간, 번쩍! 천유에서 뿜어진 하얀 빛이 대전을 하얗게 물들였다.

대라무연(大羅無然)!

유태청이 말년에 얻은 초식이었다. 그의 최후를 장식하려는 듯 천지를 밝게 비춘다!

진용은 입술을 질끈 깨물었다.

세 번째. 마지막이다! 유태청의 모든 것!

제기랄! 제기랄!

으스러져라 움켜쥔 주먹이 바르르 떨렸다.

'용서하지 않겠다! 백리성!'

비릿한 핏물이 입 안에 고였다.

가슴이 터져 흐르는 피였다.

'오늘의 이 일을 두고두고 후회하게 만들 것이다!'

진용은 두 손에 뇌전의 능력을 끌어올린 채 앞으로 뛰쳐나갔다.

백리성과 천강오령위 중 셋이 아연한 표정으로 자신들의 무기를 치켜들고 있었다.

빛이 뻗어나가는 곳에선 소리도 없이 모든 것이 부서진다.

뻗어나가는 빛 사이로 진용의 신형이 환영처럼 흩어져 스며들었다.

천강오령위 중 하나가 그를 막았다. 지(地)령위였다.

뇌전으로 인해 더욱 커 보이는 진용의 손이 허공에서 그를 향해 떨쳐졌다.

쩌저저적!

시퍼런 뇌전이 빛의 바다를 가르며 뻗었다.

오직 한 사람만을 향해!

한 놈씩 죽인다! 어디 받을 테면 받아봐라!

그때 풍(風)령위가 옆에서 달려들었다.

진용은 그를 쳐다보지도 않았다.

쳐내는 손을 멈추지도 않았다.

측면의 공격을 도외시한 채 쳐낸 일격!

생각지도 못했던 일인 듯 지(地)령위는 해쓱하니 질린 안색으로 반 토막만 남은 검을 들어 뇌전을 맞받아쳤다.

콰광!

찰나였다. 지(地)령위가 비명도 지르지 못한 채 뒤로 튕겨졌다. 튕겨진 그의 한쪽 팔이 피안개로 화해 사라진다.

동시에 진용의 신형이 팽그르르 돌며 넷으로 나누어졌다. 아슬아슬하게 스치는 검강. 옷자락이 찢겨지며 어깨에서 피가 튀었다.

측면을 공격한 풍(風)령위가 다시 검강이 서린 검을 치켜들고 진용을 향해 쇄도했다.

"막는 자는, 죽인다 했다!"

진용이 분노의 일성을 내지르며 양손을 휘저었다.

하늘과 땅이 뒤틀리며 시퍼런 벼락 십여 줄기가 전면을 쓸어간다.

콰콰콰쾅!

천웅전을 뒤흔드는 굉음!

뇌전과 검강이 정면으로 부딪쳤다.

"윽……."

"크윽!"

철벽에서 부서져 내린 석회 가루가 뭉게구름처럼 피어오른다. 뭉게구름이 진용과 풍령위를 집어삼켰다.

두 사람을 집어삼키고도 모자랐는지, 뭉게구름은 유태청과 백리성과 천령위에게 밀려갔다.

그 순간이었다!

백리성의 쌍장에서 다시 한 번 황금빛 강기가 피어올랐다.

천령위도 검과 한 몸이 되어 유태청을 향해 신형을 날렸다.

상대는 십절검존이다. 여유를 부린다는 것은 생각할 수도 없는 일. 그런 만큼 전력을 다한 공격이었다.

일순간 대라무연과 천추금황장과 천령위의 검강이 정면으로 부딪쳤다.

콰우우웅!

대전이 터져 나갈 것처럼 흔들렸다.

뭉게구름도 그 여파에 사방으로 밀려났다.

쾅!

"커억!"

진용은 풍령위의 가슴에 일장을 후려치고는 재빨리 물러서서 뒤를 돌아다보았다.

두 발이 단단하기 그지없는 청석에 박혀 있어 키가 반 자가량 줄어든 유태청이 보인다.

반대쪽에선 대여섯 걸음 물러선 백리성이 눈을 부릅뜬 채 이를 악 다물고 있고, 나동그라진 천령위가 재빨리 몸을 일으키고 있다.

진용은 억눌린 목소리로 유태청을 불렀다.

"어르신! 괜찮습니까?"

"가게나. 어서…… 가."

유태청은 나직이 진용을 재촉하고, 천유를 중단에 올린 채 천천히 눈을 감았다.

범접할 수 없는 거대한 무언가가 그에게서 느껴졌다.

그것은 무위, 무상.

남은 것이 없으니 잃을 것도 없었다. 곧 아무것도 없음이었다.

젠장! 이럴 수는 없어! 이래서는 안 되는 거야!

"어르신!"

언뜻 유태청의 입꼬리가 올라가는 듯 보인다. 웃음이다.

어서 가게나! 다른 사람들을 구해야 하지 않겠는가? 그런 말을 하는 듯하다.

"크윽!"

진용은 슬픔을 억누르고 천천히 돌아섰다.

이곳에서 유태청의 몸을 끌어안고 한없이 머물 수는 없었다. 유태청이 바라는 바 또한 그러했다. 그래서 더 화가 났다. 돌아서서는 안 되거늘, 돌아서지 않을 수 없는 상황인 것이다.

불길이 피어나야 할 눈에선 눈물이 흘렀다. 너무도 깊어 끝도 보이지 않는 곳에서 새어 나온 눈물이었다.

진용은 그 상태 그대로 앞을 주시했다.

뿌연 먼지조차 대전 안에서 흐르는 기운의 무게에 짓눌려 이제 모든 것이 확연히 보일 정도로 가라앉아 있었다.

정확한 상황을 알 리 없는 천령위는 달려들지 못하고 눈치만 보고 있다. 백리성조차 눈을 부릅뜬 채 바라만 보고 있다.

절호의 기회!

진용은 지팡이를 빼 들어 지팡이를 든 손으로는 불의 마법을, 나머지 한 손에는 뇌전의 능력을 동시에 끌어올려 봤다.

마법은 중단전의 내력을, 뇌전의 능력은 하단전의 내력을 사용했다. 두 기운을 동시에 끌어올린 것은 처음이었지만 생각보다 그리 큰 이질감은 없었다.

'좋아! 아주 좋아! 싹 태워 버려!'

세르탄이 감탄하며 외쳤다.

진용은 거기에 분노의 힘마저 더했다.

순간, 지팡이 끝에서 눈부신 화광이 뿜어지더니 반경 일 장을 시뻘겋게 물들였다. 찰나간의 일이었다.

백리성과 천령위의 눈길이 진용에게로 옮겨졌다.

진용의 입에서 나직하면서도 대기를 짓누르는 목소리가 흘러나온 것은 바로 그때였다.

"하늘이 분노하니 세상을 태우도다! 화룡격(火龍擊)!"

시동어가 흘러나온 순간!

시뻘건 화룡이 용틀임을 하며 지팡이에서 솟아오르고, 새파란 번개가 왼손에서 넘실거렸다.

"뭐, 뭐야? 막아!"

경악한 백리성이 다급히 소리쳤다. 근엄함은 이미 사라져 있었다. 하지만 때늦은 명령이었다.

콰우우우!

화룡은 천지를 울리는 용음을 터뜨리며 시위를 떠난 화살처럼 대전의 문을 향해 날아갔다.

백리성과 천령위를 칠 수도 있었다. 그러나 자신 혼자만으로는 승부를 장담할 수가 없다.

설령 이긴다 해도 심각한 부상을 입을 건 자명한 일. 그래선 아무 소용이 없다. 그럼 밖에 있는 사람들도 죽을 테니까.

한시가 급한 상황. 우선은 나가고 본다!

쾅!

굉음! 천웅전이 무너질 듯이 뒤흔들렸다.

한 치 두께의 철문이 움푹 파였다.

동시에 화르르르, 사방으로 퍼져 나가는 화룡의 파편이 벽마저 시뻘겋게 달구어 버렸다.

그 뒤를 곧바로 강력한 뇌전이 강타했다.

쩌저저적!

철문이 시퍼런 뇌전을 따라 깨어져 나간다.

가히 가공할 광경!

백리성과 천령위는 진용에게 달려들다 말고 경악한 얼굴로 동작을 멈추었다.

"저건…… 뭐야?"

두 사람이야 놀라든 말든 진용은 이를 악물고 다시 한 번 지팡이를 앞으로 뻗었다.

'한 번만 더하면 무너뜨릴 수 있다!'

중단전에서 폭발한 힘이 지팡이로 몰렸다.

"하늘의 불! 천화의 힘! 염화탄!"

또다시 가공할 열기가 대전 안을 후끈 달궜다.

화아아악…… 콰광!

마침내 깨진 문틈이 벌어지며 터져 나갔다.

백리성과 천령위는 눈을 부릅뜨고 바라보기만 했다.

진용이 빠져나가는 것은 상관하지 않겠다는 듯이. 유태청
만 잡으면 된다는 것처럼.

그사이 진용은 풍혼을 최대한 펼쳐 깨어진 문틈으로 빨려
들 듯이 빠져나갔다.

그제야 알 수 있었다. 왜 그들이 지켜보기만 했는지. 왜 자
신을 막지 않았는지.

천웅전의 앞, 청석이 깔린 광장에 수백 명에 달하는 무사들
이 서 있었다. 문이 열리기만을 기다리며.

젠장!

짐작을 못한 것은 아니다. 죽이려 작정한 이상 빠져나가도
록 그냥 두지는 않을 테니까. 그러나 막상 눈앞에 대하자 절
로 이가 갈렸다.

"흥! 천제성의 성주가 약속도 지키지 않는 사람이었던
가?!"

뒤따라 대전을 나온 백리성이 느긋한 표정으로 말했다.

"글쎄, 약속은 지켜야겠지. 하지만 아직 끝난 것은 아

니……."

바로 그때였다!

콰아앙!

갑작스럽게 터진 엄청난 굉음이 그의 말을 삼켜 버렸다.

진용의 눈빛이 기이하게 변했다.

'폭음! 혹시?'

백리성을 비롯한 천제성의 모두가 대경한 표정을 지은 채, 굉음이 터진 곳을 바라본다. 진용도 고개를 돌려 그곳을 바라보았다. 백리성과는 조금 다른 뜻이 담긴 눈빛이었다.

우르르르릉!

사 장 높이의 이층 건물이 힘없이 무너져 내리고 있었다. 그사이에서 터져 나오는 누군가의 외침!

"개새끼들! 다 덤벼! 다 죽여 버리겠어!"

두충이었다. 이어 정광의 목소리도 들렸다.

"두가야! 조금만 움직이면 던져 버려! 어디서 먹는데 건드리고 있어! 개 같은 도우들이!"

졸지에 개새끼가 된 무사들이 주춤거리며 물러선다.

물러서는 그들을 따라 모습을 드러내는 사람들.

두충이 양손에 벽력탄을 들고 있었다.

정광도, 사도굉도, 벽력탄을 하나씩 들고 있었다.

한발한발 전진하던 정광은 진용을 발견하고는 지옥에서 부처라도 만난 것처럼 반가운 목소리로 소리쳤다.

"고 공자! 이놈들이 우리를 죽이려고 한다네!"

두충도 소리쳤다.

"이 개새끼들이 비겁하게 공격하는 바람에 비 형과 사공 대협이 크게 다쳤습니다, 고 공자님!"

그 이유에 대해선 누구보다도 진용이 잘 알고 있는 일.

때마침 진용과 그들 사이에 있는 무사들이 당황하며 주춤거렸다. 진용은 이때라는 듯 일행을 향해 신형을 날렸다.

뒤늦게 몇 사람이 막으려 하자 백리성이 손을 들어 제지했다.

"그냥 놔두어라."

그러자 단숨에 이십여 장의 거리가 단축되더니 진용의 신형이 정광과 두충 사이에 내려섰다.

진용은 내려서자마자 운아영을 바라보았다. 입을 여는데 목소리가 살짝 떨려 나왔다.

"유 노사께서…… 당하셨습니다."

운아영이 창백해진 얼굴로 놀라 소리쳤다.

"뭐라고요?! 할아버지가요? 그게 정말인가요?"

진용은 천천히 고개를 끄덕이며 안타까운 눈빛으로 운아영을 바라보았다.

덩치가 커다란 운아영이 눈물을 글썽거린다. 움켜진 두 손이 부들부들 떨리고 있다. 그러면서도 격정을 최대한 자제하고 있었다.

"우리를 죽이려고 하기에 고 공자와 할아버지에게 무슨 일이 생겼을지도 모른다 생각은 했었는데……."

그녀는 눈물을 글썽거리면서 진용이 빠져나온 천웅전을 향해 고개를 홱 돌렸다. 그런 그녀의 눈에선 어느새 차가운 냉기가 흐르고 있었다.

강한 여인이다. 슬픔을 안으로 삭일 줄 아는 여인.

차가운 눈물을 흘리며 그녀가 말했다.

"할아버지는…… 돌아가셨나요?"

"아직은……."

그때 문득 스치는 생각에 진용은 백리성을 직시했다.

'그래! 잘하면…….'

눈이 마주치자 백리성이 먼저 말했다.

"도망갈 수는 없다. 그대의 지위를 생각해서 순순히 항복한다면, 목숨은 보전시켜 주지."

진용은 코웃음을 치며 하얗게 웃었다.

"흥! 별 웃기는 말을 다 들어보겠군. 누가 누굴 걱정해 주는 거지?"

한쪽에 서 있던 백리양이 소리쳤다.

"목숨을 살려주겠다는데 말이 많구나!"

"입 닥쳐!"

진용의 일갈에 백리양이 입만 뻥긋거렸다.

"너…… 네놈이……."

"그대 따위가 끼어들 일이 아니다! 입 다물고 있지 않으면 저 문처럼 태워 죽여 버리겠다!"

"……!"

창백한 얼굴의 백리양은 이제 입도 뻥긋하지 못했다. 다리가 후들후들 떨렸다. 그제야 커다랗게 뻥 뚫린 철문이 눈에 가득 찬 것이다.

어떻게 저런 일이!

진용은 그를 상관하지 않고 백리성을 향해 소리쳤다.

"누가 누굴 위할지, 이제부터 따져 봐야겠지!"

그러고는 고개를 돌려 두충을 바라보았다.

"두 위사! 가진 벽력탄 중 몇 개를 썼지?"

갑작스런 질문에 두충이 황급히 답했다.

"세 개요."

"그럼 스무 알 중 열일곱 개가 남았군."

"그게…… 예. 맞습니다, 고 공자. 두 개를 괜히 써서……."

역시 잔머리가 빠르게 돌아가는 두충이었다. 덕분에 벽력탄은 열 개가 늘었다. 보따리가 크니 의심할 건더기도 없을 것이다.

진용은 여전히 차갑게 가라앉은 눈으로 씩 웃으며 백리성에게 말했다.

"벽력탄이 열일곱 개 남았다는데, 어때? 나와 우리 일행도 한가락 하는 사람들인데, 거기에 열일곱 개의 벽력탄이면 한 번 해볼 만하겠는데 말이지?"

진용의 계획을 눈치 챈 정광과 사도굉이 큰소리로 떠들었다.

"고 공자, 그냥 싹 쓸어버리자고! 누가 죽는지 한 번 보게!"

"하나에 건물 하나씩이면 오늘부로 웅천산장은 사라지겠군! 잘하면 수백 명을 저승길의 동반자로 삼을 수 있겠어. 크크크……."

"수백 명이 죽으면 제아무리 천제성이라도 더 이상 힘자랑하기가 힘들 텐데, 다른 곳에서 가만 놔둘지 몰라? 삼존맹, 천혈교……. 아마 벌 떼처럼 달려들걸? 우히히!"

정광이 히죽거리며 말을 받았다. 말 그대로 협박이었다.

다 부숴주마! 수백 명은 죽을 것이다! 그럼 천제성도 무사할 수 없을걸!

백리성의 안색이 조금씩 일그러지기 시작했다.

감히 자신을 상대로 협박을 하다니! 죽일 놈들!

문제는 허언이 아니라는 것이다.

벽력탄의 위력은 모두를 겁먹게 하기에 충분했다. 하나의 폭발로 건물 하나가 내려앉지를 않았는가 말이다.

게다가 저 서생의 괴이한 술법은 자신조차도 감당할 수 있을지 자신할 수가 없었다.

"아버님, 놈들을 놓아주면 안 됩니다! 소문이 나면 천하가 저희에게서 등을 돌릴 겁니다."

백리군청이 재빨리 나섰다. 하지만 백리성의 미간은 펴질 줄 몰랐다.

진용은 그것이 갈등이라 생각했다. 백리성의 생각이 어느 쪽으로 기우느냐에 따라 자신들의 목숨이 달린 갈등.

진용이 목소리를 누그러뜨리고 갈등의 추를 흔들었다.

"유 어르신을 넘겨줘. 그럼 우리는 조용히 물러갈 테니까. 그리고 내 장담하거니와 황궁은 오늘의 일을 따지지 않을 거야. 당신도 약속을 어기지 않은 셈이니 그 또한 좋은 일이겠지."

백리성의 눈빛이 흔들린다. 추가 한쪽으로 기울었다.

"설마 다 죽어가는 유 어르신의 몸과 천제성의 미래를 바꿀 생각은 아니겠지?"

파르르, 반쯤 감긴 백리성의 눈빛이 더욱 거세게 흔들렸다.

'이미 죽은 몸이나 다름없는 유태청은 문제가 아니다. 문제는 바로 저놈! 저놈만큼은 꼭 죽여야 하거늘!'

그러나 위험 부담이 너무나 컸다. 황궁의 반격도 반격이지만, 놈들로 인해 엄청난 피해를 입으면 당장 모든 것이 수포로 돌아간다.

그리고 무엇보다도, 그분이 노할 것이다. 분명히!

그때 머릿속을 울리는 듯한 전음이 백리성의 고막을 파고들었다.

"놈들을 놓아주어라. 유태청도 넘겨주고."

홉! 설마……?

"이미 죽은 거와 다름없더구나. 그 정도면 됐다. 더구나 유태청이 저들의 걸음을 늦출 것이니, 차후에 일을 도모해도 될 일이다."

천리전성의 전음. 맙소사!

'언제 아버님이 오셨단 말인가?

아버님? 그럼 천무제 백리자천!

백리성은 보일 듯 말 듯 일그러진 표정으로 진용을 노려보았다. 그는 차마 떨어지지 않는 입을 여는 듯한 목소리로 천천히 명을 내렸다.

"그대가 가서 유 노사를 안아 들고 오게."

천령위가 흠칫하며 고개를 들었다.

진용이 입을 열어 천령위의 행동을 막았다.

"잠깐! 그분은 우리 쪽 사람이 모셔 올 거다! 운 소저, 가셔서 어르신을 모셔 오세요."

운아영이 부르르 몸을 떨고는 앞으로 나섰다. 누가 막아도 상관이 없다는 듯 거침없는 태도였다.

천령위가 백리성을 바라보았다. 백리성의 고개가 끄덕여졌다.

"그들이 데려가도록 놔두게나."

"아버님!"

백리군청이 소리쳤다. 하지만 그로선 백리성의 노한 눈빛을 받아낼 배짱이 없었다.

"네가 아비의 결정에 토를 달겠다는 말이더냐?".

"어찌…… 소자가……."

"그럼 내 말을 따르도록 하거라."

빙 둘러선 자들 중 백리성의 결정에 불만을 가진 자들이 더러 있었다. 그러나 누구도 나서지 못했다. 적유조차도.

백리성은 적유와 눈이 마주치자 전음을 보냈다.

"적유, 아버님이 오셨다. 무조건 내 말에 따르도록 하고 수하들에게 함부로 움직이지 말라 전하라."

적유의 눈빛이 격랑을 일으켰다. 순간적으로 마기가 번뜩였다. 하지만 백리성은 미처 적유의 그 눈빛을 보지 못하고 눈을 돌렸다.

운아영이 유태청을 안고 나왔다. 그녀의 눈에선 굵은 눈물이 줄기를 이루며 흘러내리고 있었다.

그녀는 깨문 입술에서 흐르는 피를 닦을 생각도 하지 않고 백리성을 돌아보았다.

"언제고, 이 빚을 꼭 갚고 말 거야. 두고 봐!"

더 이상 천제성의 무사들을 자극할 필요는 없었다. 진용은 조용히 입을 열어 운아영을 물러서게 했다.

"갑시다, 운 소저. 어르신의 몸을 치료하려면 한시가 급합니다."

숨이 거의 끊어져 있었다. 맥박도 희미하기만 했다. 그래도 희망을 버릴 수는 없었다.

그녀는 고개를 끄덕이고는 거침없이 걸음을 옮겼다.

두충이 재빨리 그녀의 옆에 섰다.

"비켜! 던지기 전에!"

2

탐스런 백염이 가슴까지 내려온 노인은 황폐하게 변해 버
린 천웅전 한가운데 서 있었다. 그는 끌끌 혀를 차며 사방을
둘러보았다.

"돈깨나 들여서 지었다더니, 확실하게 부서졌군."

"면목없습니다, 아버님."

"됐다. 내가 봐도 살아날 가망성이 없으니 그 일에 대해서
는 추궁하지 않겠다. 기왕이면 그의 시신까지 확보했으면 했
는데……. 음, 어쩔 수 없지."

"미처 그 서생의 능력을 생각지 못해서……. 더구나 놈들
에게 황궁에서 반출이 엄금되어 있는 벽력탄까지 있을 줄은
미처 몰랐습니다."

백리자천의 노안에 기이한 광망이 스쳤다.

"금의위의 천호라 했던가?"

백리성이 머뭇거리며 입을 열었다.

"그렇사옵니다. 하옵고…… 수천호령사라 했습니다."

백리자천의 이마가 꿈틀거렸다.

"수천호령사? 그 고진용이라는 젊은 서생 놈이?"

"놈이 이 일을 따지지 않겠다고 하기는 했지만, 믿을 수 없는 게 사람인지라……."

"그럼 그냥 믿어라."

"예?"

"그리되면 좋은 일이고, 아니더라도 그만이다. 비록 그가 수천호령사라 해도 어차피 그 한 사람이 뭐라 한다 해서 움직일 황궁도 아니니까. 어디 우리는 놀고만 있다더냐?"

"알겠사옵니다."

백리자천은 그 일에 대해선 할 말이 끝났다는 듯 몸을 돌렸다.

"우선은 천혈교를 치는 데만 주력해라. 구양무경의 움직임이 심상치 않아. 아무래도 뭔가 꿍꿍이속이 있는 것 같다."

백리성이 눈을 치켜떴다.

"구양무경이 말입니까?"

"그래. 생각 같아서는 놈의 속을 알기 위해 한 번 건드려 봤으면 싶지만, 지금은 상황이 좋지 않다. 거기다 흥미롭게도 놈이 고진용이라는 서생 놈을 죽이려고 하는 것 같더군."

"저도 그 이야기는 들었습니다. 벌써 많은 고수들이 유태청과 고진용의 술법에 죽었다 합니다."

"후후후, 구양무경이 속 좀 타겠군."

"잘만 이용하면 두 마리 토끼를 잡을 수 있을지도 모르겠습니다, 아버님."

백리자천은 잠시 생각을 하는 듯하더니 고개를 끄덕였다.

"두 마리 토끼라…… 그것도 좋겠지. 다만 너무 많은 사람을 투입해서 천혈교를 치는 일에 지장이 돼서는 안 될 것이다."

"명심하겠습니다, 아버님."

백리성이 고개를 숙이자 백리자천이 허공을 바라보았다.

"이번 일을 반대한 사람들이 있다 들었다. 어찌할 생각이냐?"

"대세에 따르지 않는 자들은 없느니만 못하다는 것이 소자의 생각입니다."

"흠, 그래? 좋다. 네가 잘할 거라 믿고 맡겨두겠다."

그제야 백리성은 궁금해하던 한 가지 질문을 조심스레 던졌다.

"하온데, 소식도 없이 어인 일로 나오셨는지요?"

백리자천의 가늘게 뜬 눈에 깊은 회상이 스쳐 지나갔다. 백리성은 의아한 표정으로 그런 자신의 아버지를 바라보았다.

"죽기 전에 매듭지을 일이 있어서 나왔다. 나에 대해선 너무 신경 쓸 것 없다. 천강오호법과 함께할 것이니 말이다. 이번 일이 끝나면 나는 본성에서 나오지 않을 셈이야. 후후후, 유태청이 그 시작이라 할 수 있지."

순간 백리성의 눈빛이 표나지 않을 정도로 흔들렸다.

천강오호법. 전대의 천강오령위를 말함이다. 각자가 자신과 비견될 고수들.

부친이 움직였다면 당연히 그들도 움직였을 것이다. 하지만 굳이 그들이 아니어도 백리성은 부친의 안전에 신경 쓸 생각이 없었다.

'아버님, 당신은 너무 강하십니다. 지나칠 정도로. 마주서면 숨도 못 쉴 정도로 강한 아버지를 둔 아들의 마음을 아십니까? 저는…… 오래전부터 그게 싫었지요. 아버지 앞에서 숨도 못 쉬는 제 자신이……. 그래서 이제는 그리 살지 않으려 합니다. 굳이 용서해 달라고는 하지 않겠습니다. 죄송합니다.'

第七章
잃은 것과 얻은 것

1

진용은 실피나를 불러내 뒤를 살펴보게 했다.

비류명과 사공하는 서문조양과 석무심이 업고 달렸다.

운아영은 유태청을 내놓지 않으려 했지만, 힘이 달리자 어쩔 수 없음을 알고 정광에게 내어주었다.

정광은 불평 한마디 하지 않고 유태청을 안고 달렸다.

진용도 마냥 좋은 상황은 아니었다. 천웅전을 뚫고 나오기 위해 고위급 마법과 뇌전의 능력을 한꺼번에 쓰면서 대부분의 내력을 소모한 터였다.

다행이라면 신수백타 자체가 동공(動功)이어서 달려가면서도 조금씩 내력을 찾을 수 있다는 것이었다, 더디기는 했지만. 그래도 그게 어딘가.

진용은 운아영이 유태청의 상태를 살펴보자고 하는 것도 뒤로 미루고 달리기만 했다.

일단은 웅천산장에서 멀리 떨어지는 것이 중요했다. 따라잡히면 그나마 유태청을 살릴 마지막 기회도 사라질 테니까.

대신 진용과 정광과 사도굉이 돌아가며 유태청의 몸에 진기를 불어 넣어 맥을 유지시켰다.

삼십여 리 정도 달렸을 때다. 진용은 조금 뒤로 처져서 실피나를 불렀다. 처져서 따라오던 실피나가 휘리릭 날아왔다.

"실피나, 너는 흔적을 남기면서 저쪽으로 날아갔다가 되돌아와. 꼭 우리가 지나간 것처럼 말이야. 무슨 말인지 알았지?"

─어. 알았어!

실피나가 날아가자, 진용은 일행의 뒤를 쫓아 신형을 날렸다.

사실 실피나에게 큰 기대를 걸지는 않았다. 잠시만이라도 추적자들의 눈을 속일 수 있으면 된다. 그것만으로도 위험을 반으로 줄일 수 있을 테니까.

진용은 뒤를 따르면서 눈에 띄는 흔적을 최대한 지웠다. 그러면서 중간중간 샛길이 보이면 오히려 그곳에 사람이 지나간 듯한 흔적들을 남겼다.

추적자들이 흔적을 보고 뒤를 쫓는다면, 족히 배 이상의 시간이 걸리리라.

한 시진이 지나서야 실피나가 진용을 찾아왔다.

―주인아! 확실하게 흔적을 남겨놓고 왔어!

그 말을 듣고도 그러려니 했는데, 실피나가 제대로 임무를 수행했는지 시간이 흘러도 추적대가 쫓아오는 기미는 보이지 않았다.

하지만 그는 생각도 못하고 있었다.

실피나가 남겨 놓은 흔적으로 인해 어떤 결과가 빚어졌는지.

2

"단주! 흔적을 찾을 수가 없습니다."

비천검단을 이끌고 진용 일행을 추적하던 백리양은 수하의 보고에 눈살을 찌푸렸다.

"뭐야? 한두 놈도 아니고 부상자까지 낀 자들을 찾지 못하다니, 그게 말이 되는 소린가?"

"그게 아니고, 아예 숲이 통째로 뭉개져 있어서……."

"뭐? 그게 무슨 소린가?"

다급히 능선 위로 올라간 백리양은 눈을 휘둥그렇게 떴다.

계곡의 숲이 완전히 초토화되어 있었다. 엄청난 태풍이 그곳만 휩쓸기라도 한 것마냥 나무들이 쓰러져 있어 지나가기조차 쉽지가 않아 보였다.

"대체…… 어떻게 된 거야?"

"일단 반대쪽으로 수하들을 보내기는 했습니다만, 아무래도 시간이 걸리지 않을까 싶습니다."

말 그대로였다. 난장판이 된 숲에서 사람이 지나간 흔적을 찾기는 백사장에 떨어진 바늘을 찾는 거와도 같았다.

그렇다고 숲의 계곡을 빙 둘러 가며 흔적을 찾으려다 보면 시간이 얼마나 걸릴지 몰랐다.

"제기랄! 일단 비룡단에 알리고, 놈들의 행방을 찾는 대로 연락을 취하라고 해!"

멀리서 분노하고 있는 백리양을 바라보고 있는 눈이 있었다. 그도 어이가 없기는 마찬가지였다. 하지만 그는 백리양과 달리 숲 건너편을 바라보며 조용히 입을 열었다.

"차라리 잘 되었는지도 모르겠군. 후후후, 아직 백리양이 우리의 존재를 알아서는 좋을 게 없을 테니까 말이야."

그는 뒤를 돌아보지도 않고 나직이 명을 내렸다.

"혈편복, 광혼단을 이끌고 놈들을 추격하라. 만일 삼존맹의 놈들이 보이거든 함께 쓸어버려."

"그.리.합.지.요, 적. 대.형. 클.클.클! 가.자, 미.친. 마.귀. 들.아!"

한 마리 거대한 박쥐가 앞장서자, 그 뒤를 따라 다섯의 흑의복면인이 말없이 움직였다.

그들이었다. 광혼단의 악마들!

3

일행은 석양 무렵이 되어서야 걸음을 멈췄다.

진용과 사도굉을 뺀 모두가 지쳐 있었다. 그중에서도 두충은 혀를 빼물고 곧 쓰러지기 직전이었다.

진용이 동굴을 하나 발견하고 쉬어 가기로 하자, 두충은 십 년 전에 돌아가신 할아버지가 살아 돌아오기라도 한 것마냥 반가워했다.

동굴은 그리 깊지 않았다. 그저 하룻밤 쉬어 가기에 그리 불편해 보이지 않을 정도였다.

진용은 사람들이 동굴 안의 자갈들을 치울 동안 조금 떨어진 곳에서 부드러운 풀을 한 아름 뜯어와 바닥에 깔았다. 유태청을 위해서였다.

"이곳에 눕히세요."

진용은 정광이 유태청을 눕히자 맥을 짚어보았다.

비류명과 사공하는 외상이었기에 그리 염려할 바가 아니었다. 가지고 있는 금창약만으로도 시간이 지나면 충분히 나을 상처였다.

문제는 유태청이었다.

맥은 여전히 가느다랗게 뛰고 있었다. 끊어지지 않는 것이 다행일 정도였다.

그로부터 반 시진, 진용은 유태청에게서 배운 진기요상법으로 유태청의 전신 혈도를 어루만졌다. 하지만 유태청의 상태는 조금도 나아질 줄을 몰랐다.

사실 선천진기가 사라진 유태청의 몸은 바람 앞의 등불과도 같았다. 모두가 알고 있는 사실이었다. 인정하기가 싫었을 뿐.

정광이 석무심과 먹을 것을 구하러 간 사이에도 진용은 끊임없이 유태청의 몸에 기운을 불어넣었다. 실오라기 같은 희망을 걸고서.

이각가량이 지나고, 진용이 잠시 쉬기 위해 진기요상결을 멈추었을 때다. 세르탄이 말했다.

'시르, 건곤흡정진혼결을 거꾸로 해보면 어떨까?'

진용의 몸이 부르르 떨렸다. 갑작스런 말, 생각지도 못한 의견이었지만 진용은 뇌리에 벼락이라도 맞은 것 같은 충격에 휩싸였다.

거꾸로! 그러니까 건곤흡정진혼결을 반대로 해서 진기를 집어넣는다? 지금까지처럼 치료 목적으로 단순히 넣어 돌리는 것이 아니고, 마치 격체전력으로 진기를 넘기듯이?

될까? 잘못하면 도리어 죽음만 앞당기는 일이 될 텐데?

'시르가 익힌 건곤흡정진혼결과 비슷한 능력이 마계에도

있거든. 지옥제혼이라고. 그런데 그 능력을 전개하면 펼친 자의 능력이 닿는 곳에 있는 모든 사물을 그 능력자의 의지대로 움직일 수가 있다고 들었어. 뭐, 정확한 방법은 알 수 없지만 내가 들은 대로라면 자신의 능력을 다른 사물에 전이시켜서 그 혼을 다스린다고 했던 것 같아.'

능력을 나누어주고 마음대로 움직인다?

믿을 수 없는 말이다. 아니, 마계니까 가능한 일인지도 몰랐다.

물론 그리만 된다면 유태청의 목숨만은 건질 수 있을 것이다.

그러나 그렇다고 해서 문제가 없는 것은 아니었다. 능력자의 의지대로 움직인다는 것은, 다시 말해 정신적인 종속을 의미했다.

제정신이 아닌 유태청. 과연 옳은 일일까?

진용은 고개를 저었다. 아무리 목숨을 살리는 일이 급해도 그건 아니었다. 그건 살아도 산 것이 아닌 것이다.

그때 문득 한 가지 방법이 떠올랐다. 건곤흡정진혼결에는 흡정결만이 있는 것이 아니다.

'어쩌면 세르탄의 생각이 전혀 쓸모없는 것만은 아닐지도 모르겠군.'

완전히 살릴 수는 없다. 대신 자신의 기운을 심어 생명을 연장시킬 수는 있지 않을까? 제대로 된 치료를 받을 때까지만이라도.

그래, 해보자. 어차피 다른 방법도 없잖아?

"운 낭자, 저에게 한 가지 방법이 있는데 조금 위험합니다. 자칫하면 그나마 이어져 있던 어르신의 맥이 끊길지도 모릅니다. 그래도 괜찮다면 시행해 보고 싶습니다만."

기도하는 마음으로 진용의 치료를 바라만 보고 있던 운아영은 힘없이 고개를 저으며 말했다.

"이미 고 공자가 아니었다면 돌아가셨을 분이에요. 설사 잘못된다 해도 조부님께서는 원망하지 않으실 거예요. 굳이 저에게 허락을 얻을 필요가 없어요. 해보는 데까지 해보세요."

"좋습니다. 진인사대천명이라 했으니, 최선을 다해보지요."

진용은 유태청의 몸을 뒤집어 눕히고는 명문혈에 손을 얹었다.

건곤흡정진혼결의 주요 요결은 흡(吸)에 있었다. 그러나 이제 반대로 출(出)을 해야 했다.

조심스러울 수밖에 없었다. 그럼에도 진용이 하기로 결정한 것에는 이유가 있었다.

요결 중에 이해할 수 없었던, 그러면서도 그다지 중요하지 않은 듯해서 마음에 두지 않았던 구결이 갑자기 떠올랐기 때문이었다.

바로 반출결이 그것이었다.

아무리 정(正)이 있으면 반(反)이 있다지만, 흡정결에 반출결은 너무 극과 극이어서 감히 시험한다는 것 자체가 두려웠었다.

하나를 얻고, 둘을 얻으면, 그 너머에 새로운 뭔가가 있어 다시 하나로 돌아간다. 돌고 도는 사이 새로운 뭔가가 만들어진다.

그것이 흡정결의 요지였다. 반출결은 그 이후에 행하는 요결이다.

쌓이면 내보내고 또 쌓이면 내보낸다. 그사이 새로운 뭔가가 쌓인다.

어떻게 하라는 것일까. 단순히 내보내는 게 아니라 나의 것을 나누어 주위의 기운을 동화시키라는 것일까?

지금까지는 살기를 쏟아내는 방법을 말하는 것이 아닐까 생각했었다. 그런데 꼭 그것만이 아닌 듯하다.

더구나 단순한 듯 보이지만 자신의 진신내력을 쏟아내는 이상 자칫 위험을 자초할 수가 있다.

그러나 유태청을 살릴 수만 있다면, 진용으로선 약간의 위험 정도는 감수할 용의가 있었다.

진용은 한참 동안 눈을 감은 채 건곤흡정진혼결을 되새김질하며 자신이 잘못 알고 있는 것은 아닌지 몇 번이나 요결을 살펴봤다.

그러다 이각여가 지났을 즈음, 결심이 서자 진용은 천천히 유태청의 명문혈을 통해 유태청의 기운을 빨아들이기 시작했다.

4

"광혼단이 뒤를 쫓고 있습니다."

"삼존맹의 움직임은?"

"아직 확인된 움직임은 없습니다만, 그들이 순순히 포기하지는 않을 거라 생각합니다."

"아무래도 그러겠지. 당하고만 있을 구양무경이 아니니까."

"그럼……."

"일단 광혼단으로 하여금 뒤만 쫓게 하고, 그들과의 직접적인 충돌은 피하라 하게."

"어부지리를 노릴 생각이십니까?"

"그게 최선이겠지. 하지만 쉽지는 않을 거야. 구양무경은 쉬운 사람이 아니거든."

백리성은 뒷짐 진 손을 풀며 적유를 돌아다보았다.

"구양무경이 십절검존을 암습하려다 거꾸로 당했다는 소문을 퍼뜨리게."

적유의 눈에서 음산한 빛이 스치듯 번뜩였다.

"십절검존에겐 의외로 친구들이 많습니다. 아마 강호가 들썩거릴 겁니다."

"그럼 마음이 다급해지겠지. 그는 자존심이 강한 사람이니까. 아마 그는 무리를 해서라도 빨리 일을 매듭지으려 할 거네."

"서두르면 감각이 둔해지는 법이지요."

"후후후, 본좌가 바라는 것이 바로 그거야. 말려들면 말려드는 대로 어부지리를 얻을 수 있어서 좋고, 말려들지 않는다 해도 삼존맹의 위신이 추락할 테니, 우리가 손해 볼 것은 없다네. 나중의 거래를 위해서라도 말이야."

"즉시 소문을 퍼뜨리겠습니다, 성주. 한데, 그 괴이한 사술을 쓰는 고진용이라는 자는 어찌할 생각이십니까?'

황촛불을 향해 고개를 돌린 백리성의 입술이 살짝 이지러졌다. 자존심에 작은 상처를 남긴 고진용에 대한 분노였다.

"당연히 제거해야겠지. 물론 삼존맹이 죽인 것으로 해서 말이야."

5

아침 햇살이 동굴을 환하게 밝힐 때까지 아무런 일도 일어나지 않았다. 실피나가 제대로 일을 처리한 듯 추적의 낌새도 더 이상 없었다.

진용은 동굴 입구에 서서 쏟아져 들어오는 황금빛 햇살을 가슴에 안고 중얼거렸다.

"역시 건곤흡정진혼결에는 내가 미처 모르고 있던 것이 있었어."

희미한 떨림이 있는 목소리, 희열이 섞인 목소리였다. 유태청이 아직 정신을 차리지 못하고 있는 것을 생각한다면, 조금은 기이하게 보이는 모습이었다.

하지만 그럴 만한 이유가 있었다.

밤새 반출결과 흡정결이 스무 번도 넘게 반복되었다. 덕분에 꺼져 가던 불씨를 살려놓기는 했다. 비록 정신을 차릴 정도로 완벽한 불꽃은 아니었지만.

한데 우습지 않게도 오히려 진용이 망외의 소득을 올렸다. 육성의 경지에 올라 있던 건곤천단심법이 단숨에 팔성의 경지까지 올라선 것이다. 그야말로 생각지도 못했던 일이었다.

그런데 더 기가 막힌 것은 그 원인이 바로 유태청의 비어버린 몸 때문이라는 것이다. 절대의 경지를 깨달은 유태청의 몸이 기억하고 있는 본능 말이다.

반출결과 흡정결이 열 번 정도 반복되었을 때다. 진용은 기이한 생각이 들었다. 쏟아 부은 기운이 자신이 이끌지 않았는데도 일정한 길을 따라 흐르기 시작한 것이다.

그것은 생전 처음 가보는 길이었다. 호기심이 일었다. 그래서 나중에는 그저 기운을 불어 넣고 거두어들이기만 했을 뿐, 움직임은 유태청의 본능에 자신이 불어 넣은 기운이 가는 대로 맡겨두었다.

그렇게 무아지경에 가깝게 운용하던 건곤흡정진혼결을 진용은 어스름이 어둠을 몰아낼 때가 되어서야 멈추었다.

그리고 그제야 알 수 있었다. 그것이 무엇을 뜻하는 것인지.

그는 자신도 모르게 유태청의 깨달음을 얻은 데다 건곤흡정진혼결의 부작용을 막을 방법마저 알게 된 것이다.

진용이 희열에 몸을 떤 것은 바로 그 때문이었다.

"훗! 건곤흡정진혼결은 흡정만을 위한 구결이 아니었거늘, 멍청하게도 내 자신이 붙인 이름에 얽매여 그리 생각했었어. 멍청하게 말이지."

'그럼 이제 건곤흡정진혼결로 흡정해도 부작용이 없는 걸까?'

세르탄도 기분이 좋은지 들뜬 목소리로 물었다.

'완전히 없어지는 것은 아니겠지만, 그렇다고 이전처럼 정신을 통제하지 못할 정도까지는 아닐 거야.'

'와! 좋았어! 진짜 멋진데?!'

'그런데 왜 세르탄이 좋아하는 거지?'

'어? 어, 그야…… 시르가 좋아하니까, 나도 기분이 좋아서…….'

음, 그런 이유가 아닌 것 같은데?

'더구나 이제 방법을 알았으니 시르 아버지를 만나도 걱정 없을 것 아니겠어?'

말이야 틀린 말은 아니지만, 아무리 봐도 다른 이유가 있는 것 같다. 대체 뭘 숨기고 있는 걸까.

진용이 아무런 말도 하지 않고 세르탄과 이어진 념(念)의 통로를 차단한 채 생각에 잠겨 있자, 세르탄이 서둘러 입을 열었다.

'시르, 사람들 다 깨어났다. 놈들이 쫓아오기 전에 어서 떠나야지.'

좋아, 오늘은 그냥 넘어가지. 하지만 얼마 남지 않았어, 엉뚱한 세르탄. 아마 솔직히 털어놓는 게 좋을 거야.

그때 뒤에서 부스럭거리는 소리가 들렸다. 여전히 햇살을 가슴에 안은 진용은 그들을 돌아보며 희미한 웃음을 지었다.

사람들이 일어서고 있었다. 밤새 운기에 전념해서인지 일어선 그들의 얼굴에 활기가 돈다. 비록 창백함이 완전히 가시지는 않았지만, 비류명과 서문조양도 눈빛만큼은 예전처럼 차갑게 가라앉아 있었다. 운아영만이 한숨도 자지 않고 유태청의 곁에 머물러 있을 뿐.

진용은 정광의 옆에서 입을 떡 벌린 채 기지개를 켜는 사도굉을 향해 물었다.

"강호에서 가장 뛰어난 의원이 누굽니까?"

만세를 부르다 말고 사도굉은 한 사람의 이름을 되뇌였다.

"그야, 천의(天醫) 궁화진이지."

"그분이 어디 사는지 아십니까?"

"물론 알지. 한데 자네, 설마 그를 찾아가겠다는 말은 아니 겠지?"

"급한 대로 유 어르신의 몸에 진기를 심어 선천진기를 대체하긴 했습니다만, 서둘러 치료를 하지 않으면 위험한 상황입니다. 바로 출발하죠."

사도굉은 눈을 동그랗게 뜨고 고개를 갸웃거렸다.

"서둘러야 한다면 너무 먼데… 성도에 살거든."

"…성도면, 사천성의 성도 말입니까?"

"아마 아무리 빨리 가도 보름은 걸릴 거네."

사도굉은 그래도 가겠냐는 뜻이 담긴 눈으로 진용을 뚫어지게 바라보았다. 진용이 어색한 표정을 지으며 다시 물었다.

"가까운데 사시는 분은 없습니까?"

사도굉이 골똘히 생각을 하더니 묘한 표정으로 진용을 바라보았다.

"사실 궁화진에 못지않은 사람이 한 사람 있긴 한데…….도와줄지는 나도 장담할 수 없네."

"누굽니까?"

"오담이라고, 괴팍한데다 오기가 세고, 단 하나 있는 자기 친구를 발가락의 때보다도 못하게 생각하는 돼먹지 않은 늙은이가 멀지 않은 곳에 있네. 강호인들은 그를 생사괴의라고 부르지."

석무심과 사공하가 놀란 눈을 크게 뜨고 사도굉을 바라보았다. 아마도 오담이라는 의원을 아는 눈치였다.

진용은 그들의 눈빛을 보고 오담이라는 의원이 제법 유명하다는 것을 알 수 있었다. 그렇다면 한시가 급했다.

"그럼 그를 찾아가죠. 아무리 괴팍하고 못된 의원이라 해도 설마 죽어가는 사람을 못 본 척하지는 않겠지요. 한데, 그를 잘 아십니까?"

사도굉이 잔뜩 못마땅한 표정으로 입을 열었다.

"그 못된 놈이 내 친구야."

그럼 발가락에 낀 때보다도 못한 사람은?

6

웃음도 나오지 않았다.

어쩌다 일이 이 지경이 되었는지 어이가 없을 지경이다.

무영천귀의 일대가 엽시랑만 남고 전멸한 데다, 척천단의 절정고수 네 명이 죽었다.

어디 그뿐인가? 암혼대가 암군과 함께 완벽하게 소멸되었다. 그리고 이제는 천은단의 고수들을 비롯해 만붕이로 중 한 사람마저 죽었다.

누가 믿을까. 단지 한 사람을 처리하기 위해 이토록 많은 피해가 났다는 것을.

"너무 많은 피해가 났사옵니다, 주군."

구양무경은 말없이 고개도 들지 못한 채 엎드려 있는 공은수를 바라보았다. 그러더니 한참 만에야 느릿하게 입을 열었다. 암울하게 가라앉아 있던 눈빛이 제 색깔을 찾은 뒤였다.

"백리성이 제 아비 몰래 감추고 있던 괴물들을 선보였다고?"

"그렇사옵니다. 천자 이호의 연락에 의하면, 그 괴물들을 움직인 자는 적유라 하옵니다."

"흠, 적유라……."

"하온데 생각보다 훨씬 강했던 듯싶습니다."

구양무경의 입가로 가느다란 웃음이 맺혔다.

"아무리 강해도 제정신이 없는 놈들이야. 그 정도의 놈들은 겁날 게 없어. 한데 놈들이 고진용의 행방을 알려왔다고?"

"그렇사옵니다. 자신들이 아닌 것처럼 가장했지만 분명 천제성에서 흘러나온 정보라는 것이 천자 사호의 전언이옵니다."

"훗! 지나친 친절이군. 우리를 치겠다고 강호에 나온 놈들이 정보를 건네? 웃기는 일이야."

"하온데 이해할 수 없는 것이 왜 그들이 유태청과 고진용을 적대시하느냐 하는 것입니다, 주군. 유태청은 백리자천의 친구가 아닙니까?"

구양무경이 버릇처럼 탁자를 손가락으로 치며 말했다.

"세상에는 이해할 수 없는 일이 많은 법, 너무 깊게 생각할 것 없다. 그들에겐 그들만의 사정이 있는 법이고, 우리에겐 우리만의 사정이 있는 법이니까. 그런데 말이야, 문제는 우리가 거절할 수 없다는 거야."

"하오면 놈들의 수작에 장단을 맞춰줄 생각이시온지요?"

"장단을 맞춰주긴 하되 당장은 아니다. 놈들의 정확한 뜻을 알기 전까지 일단은 지켜보도록 해라."

천자조가 전해온 소식이지 틀린 정보는 아닐 것이다. 그러나 무작정 따르기에는 왠지 석연치 않은 점이 있었다. 아무리 급해도 바늘귀에 실을 묶어 쓸 수는 없는 일.

더구나 고진용 하나를 죽이기 위해 더 이상의 피해가 나는 것은 바람직하지 않았다. 아직 해야 할 일이 산더미처럼 쌓여 있는 이상은.

그래서 좀 더 시간을 두고 지켜보기로 했다. 완벽을 기하기 위해 최대한 피해를 줄여야 하니까.

하지만 구양무경은 자신이 신중을 기하기 위해 미룬 이 며칠 때문에 훗날 땅을 칠 일이 있을 거라고는 감히 상상도 하지 못한 채 다른 일을 생각했다.

"그건 그렇고, 천자 삼호의 일이 어떻게 되었는지 모르겠군."

공은수의 어깨가 바르르 떨렸다.

"곧 염천마곡에서 좋은 소식이 올 것이옵니다, 주군."

구양무경이 여전히 웃는 낯으로 입을 열었다.

"그 일이 끝나면 천인효를 불러들여라. 기세를 타야만 일이 보다 쉽게 흘러가는 법이야."

"조, 존명!"

7

"꺼져!"

"미쳤냐! 여기까지 와서 가게?"

살벌한 눈빛을 줄기줄기 뿜어내는, 두 노인의 결말이 나지 않는 기세 싸움에 사람들은 각자 자리를 잡고 주저앉았다.

일각 전 일행은 생사원(生死院)이라는 현판이 달린 고색창연한 자그마한 장원에 도착했다. 그런데 의원이 분명한 것 같은데도 드나드는 사람이 없었다. 괴이한 일이었다.

"사람이 없어서 이상한가? 이상할 것 없어. 이곳을 찾아오는 사람은 가뭄에 콩 나는 것보다 더 적으니까. 어떤 놈이 살아 나가는 사람보다 죽어 나가는 사람이 많은 이곳에 병을 고치겠다고 오겠나?"

사람들이 멍하니 바라보자 사도굉이 말을 이었다.

"사실 그게 오담이라는 놈의 잘못만은 아니야. 죽기 전의 환자가 아니면 아예 손도 안 대니 아예 다 죽은 놈들만 데리고 오거든. 그러니 자연 죽어 나가는 놈이 많을 수밖에."

─죽기 직전의 환자가 아니면 치료를 하지 않는다. 치료하다 죽어도 책임을 묻지 마라.

그것이 생사괴의라는 오담이 내건 치료 조건이란다.

해괴한 조건이었지만, 그래도 일 년에 몇 명은 그를 찾아왔고, 희한하게도 그중에 반은 살아서 생사원을 나섰다고 한다. 말 그대로 생사가 반반인 곳이 생사원이라는 사도굉의 설명이었다.

그제야 이해했다는 듯 사람들이 고개를 주억거리자, 사도굉은 쾅! 문을 세차게 열고 들어가 커다랗게 소리쳤다.

"오가야!"

여운이 사라지기도 전이었다.

벌컥! 방문이 거세게 열리더니, 꾀죄죄한 데다 키마저 사도굉의 가슴팍밖에 닿지 않는 노인이 턱 밑의 염소수염을 휘날리며 튀어나왔다. 오면서 사도굉의 설명을 지겹도록 들었던 일행은 따로 듣지 않고도 그가 바로 오담이라는 것을 알 수 있었다.

오담은 사도굉을 보더니 발작하듯이 소리를 질렀다.

"다시는 오지 말랬지! 안 꺼져?!"

"삼 년 만에 온 친구에게 그게 할 소리냐, 이놈아?"

"친구? 흥! 그래, 친구라는 놈이 단 하나 있는 삼촌과 조카

사이를 갈라서게 만드냐?!"

"갈라서게 하긴 누가 갈라서게 했다는 거냐? 그거야 순전히 네놈이 내 말을 듣지 않아서 그런 거지! 더구나 그게 언제적 이야기냐? 벌써 십 년이 넘었다, 십 년이. 그리고 이제는 네 조카 놈도 마음 풀었잖아. 그런데 왜 내가 욕을 먹어야 하냐, 못된 놈아!"

"물건 키우는 재주는 없다고 했는데도, 네놈이 헛소문을 내는 바람에 조카가 삐친 거잖아! 자기 물건만 안 키워준다고! 뭐? 오담이 물건 키우는데 도사라고? 내가 그 바람에 몰려 온 사람들 때문에 얼마나 고생했는지 알기나 하냐?"

"솔직히 말해봐! 못한 거냐, 안 한 거냐?"

"그거야…… 좌우간 너 때문이야! 보기 싫으니까, 꺼져!"

진용은 더 이상 두 노인의 쓸데없는 기세 싸움을 두고만 볼 수가 없었다. 두 사람이야 하루 종일, 아니, 한 달 내내 그러든 말든 상관하고 싶지 않았다. 하지만 유태청의 몸은 한시가 급한 상태였다.

동굴을 떠나 이곳까지 오는데 걸린 시간은 사흘. 매일 밤 진용이 건곤흡정진혼결로 진기를 다스려 맥을 유지하기는 했으나, 여전히 정신을 차리지 못해 언제 불꽃이 꺼질지 몰라서 불안한 상황이었다.

그나마 생각 외로 적들의 공격을 받지 않았기에 사흘 만에 천 리를 이동해 목적지에 도착할 수 있었던 것이다.

그렇게 시간을 아껴 도착했는데, 기세 싸움으로 시간을 소비한다는 것이 말이 되는가 말이다.

참지 못한 진용이 나서려 할 때다. 운아영이 벌떡 일어서더니 사도굉과 오담 사이로 걸어갔다. 초췌해진 그녀의 얼굴에 박힌 커다란 눈에선 불길이 일고 있었다.

그러자 축 늘어져 있던 두충이 만년산삼이라도 먹은 것마냥 후다닥 일어서서 운아영의 뒤를 따랐다.

사도굉과 오담의 옆으로 다가간 운아영이 빽 소리쳤다.

"계속 그러고 계실 건가요?! 환자를 봐주지 않을 거예요?!"

오담은 눈도 돌리지 않고 코웃음을 쳤다.

"흥! 나는 저놈이 데려온 환자는 봐줄 생각이 없다! 돌아가!"

끝내 운아영의 감정이 폭발해 버렸다.

"의원이 환자를 봐주지 않겠다고요?"

챙!

그녀의 장검이 새파란 빛을 발하며 뽑혔다.

넉 자 길이의, 보기만 해도 살벌하게 느껴지는 장검을 빼든 그녀는 좌우를 훑어보더니 그러잖아도 바람이 불면 쓰러질 것 같은 건물을 향해 걸어갔다.

입술을 깨물며 그녀가 말했다.

"어디 집이 다 부서지고 나서도 그런 말을 하는가 보죠."

꿈쩍도 않던 오담이 움찔하며 그녀를 곁눈질했다.

그때 두충이 말했다.

"벽력탄 하나 줄까? 아예 콩가루를 만들어 버리고 다른 의원을 찾아가자고."

말하면서 시커먼 구슬, 벽력탄을 내밀었다.

오담의 눈이 두충의 손에 박혔다.

벽력탄? 어디선가 들어본 듯한 물건이다. 왠지 불길한 느낌이 드는 물건.

정광이 그의 기억을 끄집어 내주었다.

"두가야, 금의위가 민초들의 집을 벽력탄으로 날려 버렸다는 말이 도독의 귀에 들어가면 그날로 너 끝장이다."

이제 생각났다. 하나면 고루거각도 박살 낸다는 무시무시한 물건이 벽력탄이다! 거기다 뭐? 금의위?

대체 이것들은 또 뭐 하는 물건들이야?

"그거 없어도 충분하니까 물러서! 결정해요! 할아버지를 봐주겠어요, 아니면 집이 다 부서지길 기다리겠어요!"

"내가 그따위 협박에 겁먹을 줄 아느냐?"

오기라면 누구에게도 지지 않는 오담이었다. 여자의 한마디에 기죽을 수는 없었다.

"그래요? 좋아요! 어디 누가 이기나 두고 봐요!"

운아영이 검을 높이 들고는 오담을 향해 소리쳤다. 누구도 그녀를 말리는 사람은 없었다. 오히려 흥미진진한 표정으로 쳐다볼 뿐이다.

오담은 일그러진 얼굴로 사도굉을 노려보았다.

"악귀 같은 놈! 친구가 조용히 사는 꼴은 죽어도 못 보는 놈! 진짜 징그럽다. 네놈 꼴 보기 싫어서라도 내가 일찍 죽어야 하는데……."

"헹! 징그러운 건 나도 마찬가지야, 이놈아! 십절검존만 아니었으면, 내가 미쳤다고 이곳에 왔겠냐? 욕먹는 게 취미도 아닌데!"

오담은 화가 난 와중에도 눈살을 찌푸리며 물었다.

"십절검존이 저 환자를 이곳에 보냈다고?"

"미친 놈! 눈구멍이 대가리 속에 바람 들어가라고 뚫려 있는 건 줄 아나, 보면 몰라? 저 환자가 바로 십절검존이란 말이다!"

사도굉의 비웃음은 들은 척도 하지 않고, 오담은 유태청을 바라보았다. 순간 그의 입술 끝이 묘하게 비틀렸다.

저 환자가 십절검존이라고? 저렇게 형편없이 당한 늙은이가 뭐? 십절검존?!

'흥! 미친 놈! 내가 그런 말에 속을 줄 알았나 보지?

그때!

우르릉! 갑자기 건물이 비명을 지르며 흔들렸다.

급히 고개를 돌린 오담의 안색이 창백해졌다.

"보기보다 뼈대가 제법 튼튼한데요?"

진용이 굵은 손가락을 기둥에 쑤셔 박고는 건물을 통째로 흔들고 있었다.

우수수, 세월만큼 켜켜이 쌓인 먼지 덩어리가 들보에서 떨어져 내리고, 기왓장이 들썩이며 안간힘으로 버틴다. 조금만 더 흔들면 아예 통째로 주저앉을 판이다.

"그만!"

오담은 빽 고함을 지르고는 부들부들 몸을 떨었다. 환자가 십절검존이든 아니든 그것이 문제가 아니었다. 설사 천자라 해도 환자는 그저 환자일 뿐이니까.

하지만 이백 년간 조상 대대로 살아온 집이 미친놈들에게 무너지는 것만은 막아야 했다.

무지막지한 놈들! 진짜로 집을 부수려 하다니!

그는 사도굉을 보고 이를 갈았다.

"웬수 같은 노오옴! 환자를 데리고 들어와!"

오담이 고집을 굽히자, 정광이 유태청을 안아 들고서 재빨리 오담의 뒤를 따라 안으로 들어갔다. 둘 사이가 석 자 가까이까지 줄어들 즈음, 정광이 넌지시 물었다.

"정말 물건 키우는 재주가 있소?"

오담이 정광의 아래를 슬쩍 바라보며 말했다.

"왜? 잘라내고 큰 걸로 바꿔줘?"

"묻지도 못하나? 거참, 그 도우, 성질 뭣 같네."

오담은 머리가 지끈거렸다.

'젠장! 늙은 놈이나 젊은 놈이나! 계집이나 도사나! 다 미친놈들이잖아!

8

미치지 않은 이상 어찌 이 일을 믿을 수 있을까?

영호광은 믿을 수 없는 눈으로 자신의 가슴을 바라보았다. 한 자루 꼬챙이 같은 검이 자신의 가슴을 뚫고 앞으로 튀어나와 있었다.

검끝에서 혈조를 따라 핏물이 방울져 떨어진다. 혈루시독으로 인해 시커멓게 변색된 핏물이.

"네, 네가 어찌……?"

힘겹게 고개를 돌린 그는 자신의 뒤에 조용히 서 있는 중년인을 떨리는 눈으로 응시했다.

자식이 없는 자신에겐 자식과도 같은 제자가 바로 그였다.

등이 가려울 때 긁어줄 수 있는 사람도 오직 그뿐이었다. 그래서 그에게만큼은 자신의 모든 것을 맡겨놓은 터였다. 오늘 역시도…….

그런데 그런 자식 같은 제자가 자신에게 독이든 차를 먹이고, 검을 가슴에 꽂았다. 하늘이 무너져도 이보다 더 충격적일 것 같지가 않았다.

그 충격이 그를 더욱더 깊은 나락으로 떨어뜨렸다.

"나의 모든 것이…… 너의 것이거늘……. 무엇이… 부족해서……?"

중년인은 차가운 표정으로 이를 악물고 말했다.

"그러게 왜 초하를 욕심내셨습니까?"

"무, 무슨……?"

"그리고 욕심을 내셨으면 그냥 얻으실 것이지, 죽이기는
왜 죽였습니까?"

영호광의 눈빛이 격렬하게 떨렸다.

"그… 때문이었… 더냐? 어떻게… 아, 알았느냐?"

"죽기 며칠 전 저에게 편지를 썼더군요. 차마 전해주지는
못하고 숨겨놓았지만. 우연히 편지를 발견한 그녀의 시비가
편지에 적힌 이름을 보고 저에게 전해주었지요. 자신이 죽을
지도 모르고 말입니다."

"크큭! 그런……."

"그걸 보고 조사를 해봤습니다. 범인을 찾은 것은 일 년이
지날 무렵이었지요."

"일…… 년?"

"저는 범인을 찾고 미칠 것 같았지만, 그래도 십 년을 기다
렸습니다. 힘이 없다는 것을 절실히 알고 있었으니까요. 그런
데 마침 누군가가 도와주겠다고 하더군요. 그래서 지난 삼
년, 완벽한 준비를 하고 오늘 같은 날이 오기만을 기다렸지
요. 천하에서 가장 강한 십천존 중의 한 분을 죽이는 것이 쉬
운 일은 아니니까요."

"누가……?"

"아마 사부님께서도 짐작하고 있을 테니, 굳이 그자의 이름을 말씀드리지는 않겠습니다."

영호광의 눈이 튀어나올 듯이 커졌다. 시뻘게진 눈은 그의 이마에 난 붉은 점과 함께 어울려 마치 세 개의 붉은 눈처럼 보였다.

"그, 그…… 인가? 구양…… 무경?"

"역시 사부님이십니다. 맞습니다, 그였습니다. 그는 저에게 사랑하는 사람의 원수를 갚는 대가로 나중에 자신을 도와 달라 하더군요. 결코 마다할 조건이 아니었지요."

"어리석은……."

"저를 어리석게 만든 것은 사부님이십니다. 그러게 왜 제자의 여자를 넘보고, 그도 모자라 죽이신 겁니까?"

그의 말투가 점점 격해졌다. 눈에서는 불길이 일었다.

"그녀의 뱃속에선 저의 아이가 자라고 있었단 말입니다!"

그가 손에 잡힌 검을 갑자기 뒤틀었다. 천하에서 가장 날카롭다는 단혼혈이 옆으로 그어졌다.

보검이 아니고는 흠집도 나지 않는다는 영호광의 몸이 가로로 길게 갈라진다.

쏟아지는 시커먼 핏물!

이미 혈루시독으로 인해 고통조차 사라진 영호광은 혼신을 다해 입을 벌렸다.

"그녀가 아, 아이를……? 아, 아니…… 네가 잘못 알았……."

"그녀가 말했지요. 저만 알고 있으라고 하면서! 그녀가 얼마나 즐거워했는지 아십니까?! 예?! 아시느냔 말입니다!"

촤악!

끝내 단혼혈이 영호광의 몸을 가르며 빠져나왔다.

그러자 더 이상 버티지 못한 영호광의 몸이 앞으로 꼬꾸라졌다. 꼬꾸라지면서도 그는 안간힘으로 입을 열었다. 도저히 이대로 죽을 수는 없다는 듯.

"그…… 녀… 는…… 구양… 무경이……. 음… 모…….''

선우청은 흠칫 쓰러진 영호광을 바라보았다. 영호광이 쓰러지고, 분노가 조금씩 가라앉자 그제야 영호광의 말이 자꾸만 귀에 거슬린 것이다.

무슨 뜻이지? 그녀가 구양무경과 무슨 관계가 있다는 말이지? 음모라니?

그는 다급히 무릎을 꿇고 눈빛이 꺼져 가는 영호광의 몸을 뒤집었다. 악취를 풍기는 내장이 옆으로 흘러나왔다. 하지만 그는 아랑곳하지 않고 황급히 물었다.

"사부! 그게 무슨 말이오? 음모라니? 그녀가 구양무경과 무슨 관계란 말이오?"

다른 사람이라면 백 번도 더 죽었을 상황이었다. 하지만 그는 십천존의 일인인 염마존 영호광이었다. 혈루시독도, 단혼

혈도 그의 의지를 멈추게 하지는 못했다.

영호광이 마지막 떠나가려는 혼을 붙잡고 입을 열었다.

"그……녀…… 구양…… 간(諫)…… 그래…… 죽인……."

선우청은 믿을 수 없다는 듯 눈을 부릅떴다.

"그게… 무슨 말…… 어찌 그녀가……."

정신을 차릴 수 없었다. 믿기에는 너무 충격적인 말이었다.

그가 멍하니 영호광의 시신을 바라보고 있는데, 덜컹! 방문이 열렸다.

"사형!"

갑자기 경악성이 터져 나오더니, 한 사람이 날듯이 뛰어들어 왔다. 그를 뒤따라 들어온 자들이 방 안의 광경을 보고는 놀라 소리쳤다.

"곡주께서 돌아가셨다!"

"소곡주, 어떻게 된 일입니까?!"

선우청은 대답할 정신이 없었다. 머릿속에선 헝클어진 실타래가 아직도 풀리지 않고 있었다.

그때 맨 먼저 방으로 들어온 자가 그의 옆으로 다가왔다. 그는 경악한 눈으로 선우청의 손을 바라보고는 급히 뒤로 물러섰다.

"네놈이 감히 사형을 해치다니! 염왕사혼은 이놈을 죽여라! 이놈이 곡주님을 시해했다!"

그제야 선우청이 멍한 표정으로 입을 열었다.

"그래, 내가 죽였어. 사부님을 내 손으로……."

챙! 차창!

방 안으로 들어온 자들이 일제히 무기를 뽑아 들었다. 그들의 눈앞에 있는 사람은 조금 전까지의 소곡주가 아니었다. 오직 곡주를 살해한 범인일 뿐.

"배덕한 놈! 목을 내놔라!"

선우청은 앞을 바라보았다. 사숙인 사중광이 분노한 표정으로 검을 쳐들고 있다. 한데 자신을 바라보는 그의 눈빛이 웃고 있지를 않은가.

언뜻 그의 입가에도 희미한 웃음이 떠올랐다.

'다 끝났어. 이제야 알겠군. 사숙, 당신이 왜 염왕사혼을 데리고 나갔는지. 단지 내 일을 돕기 위해서라 생각했거늘……. 크크큭…….'

순간, 머릿속이 하얗게 비어버렸다.

서걱! 시퍼런 검광이 번뜩이더니 그의 머리가 둥실 떠오른 것이다.

충격적인 사건은 전격적으로 처리됐다.

소곡주 선우청은 그 자리에서 참살되었다. 그리고 임시로 영호광의 사제이자 염천마곡의 이인자인 염혼신마 사중광이 곡주로 추대되었다.

사중광은 마치 준비하고 있었던 듯 빠르게 염천마곡의 휘하 조직들을 접수했다. 말을 듣지 않으면 힘으로.

와중에 그를 반대하던 몇 사람이 사라졌지만, 며칠이 지나자 아무도 신경 쓰지 않았다. 그저 사중광을 곡주로 모시기 싫어 떠났으려니 추측할 뿐.

그렇게 열흘이 지나자 염천마곡은 완전히 사중광의 수중에 들어왔다.

그제야 사중광은 한 통의 편지를 전서구에 매달아 날려 보냈다.

천자 삼호, 임무 완수.

9

유태청에 대한 치료는 생각보다 시간이 걸리는 일이었다.

"기다려! 하루아침에 멀쩡해질 몸이 아니니까!"

오담의 말이 아니더라도 익히 짐작하고 있던 일이었다. 자신이 전력을 기울여 진기를 주입했는데도 깨어나지 않은 사람이 아니던가.

그렇다고 마냥 기다릴 수는 없는 일. 진용은 다음날부터 실피나를 이용해 정기적으로 주위를 정탐했다. 그리고 급변하고 있는 강호의 상황을 알기 위해서 일단은 석무심에게 정천무맹과 연락을 취하도록 하고, 자신은 금의위의 비선과 풍림당에 연락을 취했다.

다행히 하루가 지나기도 전에 풍림당이 그들을 찾아왔다. 다음날에는 정천무맹이, 그리고 그 이틀 뒤에는 금의위의 백호 하나가 자신을 찾아왔다.

덕분에 앉아서도 강호의 소식을 눈앞에서 보듯이 알게 되었다.

그런데 닷새째 되던 날, 실피나가 수상한 자들을 찾아내고는 방정을 떨며 날아왔다.

그럴 만도 했다. 실피나의 말에 의하면 수상한 자들 중에는 전에 보았던 흑의복면인이 다섯이나 끼어 있었던 것이다.

다섯이면 혼자서 상대하기에는 벅찬 상대가 분명했다. 보름 전보다 한 단계 강해진 자신이라 해도. 더구나 자신이 없는 사이 다른 자들이 생사원을 노린다면 위험천만이었다.

그래도 하는 수 없었다. 당장은 떠날 수 없는 상황. 어떻게든 적들을 상대하지 않으면 지원군이 올 터였다. 그러면 더 어려워진다.

진용은 정광과 사도굉에게 생사원을 맡기고 밖으로 나섰다. 그들이라면 어떤 적이라도 잠시 막을 수는 있을 테니까. 그사이 전력을 다해 속전속결로 적을 물리치는 수밖에.

한데 괴이하게도 진용이 그들을 상대하기 위해 생사원을 나서자, 그들은 멀찌감치 물러가 버렸다. 진용은 굳이 위험을 감수하면서까지 그들을 쫓을 생각이 없었기에 그들이 물러났다는 말을 실피나에게 듣자마자 곧바로 생사원으로 돌아와 버렸다.

　다시 사흘이 지났다. 적들은 여전히 가까이 다가오지 않았다. 공격할 의사가 없는 것인지. 기이한 일이었다.

　그러다 이틀이 지나고, 생사원에 들어선 지 열흘째가 되던 날에는 아예 흔적을 감추어 버렸다.

　도대체가 이해할 수 없는 일이었다. 해서 그들이 정말 자신이 생각한 자들이 맞는지 실피나에게 몇 번씩이나 물어봐야만 했다.

　"실피나, 정말 그때 본 그자들이었어? 확실해?"

　─진짜라니까! 내가 뭐 거짓말쟁이 마족인 줄 알아!

　'저, 저, 저! 덜떨어진 정령이 어디서 감히!'

　그러다 실피나의 카랑카랑 성질난 목소리를 들어야만 했고, 세르탄이 방방 뜨는 바람에 머리깨나 아파야 했다.

　그럼 왜 그 괴물들이 공격 한 번 하지 않고 물러갔을까?

　진용은 그 이유를 생각하느라 골머리가 아플 지경이었다. 하지만 아무리 생각해도 결론은 하나였다.

　강호에 무슨 일인가가 일어났다. 그 일이 저들을 물러가게 했을 것이다. 대체 무슨 일일까? 무슨 일인데 저들이 급히 되돌아간 것일까?

다음날 오후, 정천무맹을 통해 지급으로 한 가지 소식이 전해졌다.

삼존맹의 한쪽 기둥인 염천마곡의 주인이 바뀌었습니다. 십천존 중 한 사람인 염마존 영호광이 그의 제자인 선우청에게 살해당했습니다.

진용은 어렴풋이나마 그 일이 적들의 이상한 행동과 연관이 있을 거라 짐작했다.

하지만 설마, 그 일로 인해 백리성이 광혼단을 불러들였다는 것은 꿈에도 생각하지 못했다.

어쨌든 나쁜 일은 아니었다.

적들이 사라지자 진용은 보다 편안한 마음으로 유태청의 치료를 지켜보며 강호의 상황을 주시했다.

석무심과 사공하도 적이 사라졌다는 말에 생사원을 떠나 정천무맹으로 돌아갔다. 아무래도 정천무맹의 급변하는 상황이 마음에 걸린 듯했다.

대신 밀은전의 연락망을 이용해 계속 진용 일행에게 정보를 건네주기로 했다.

밀은전의 연락망만 이용할 수 있다면 두 사람이 있고 없음은 그다지 문제가 되지 않았다. 그들도 그 사실을 잘 알기에 떠났을 터였다.

이제 다시 진용의 일행만이 생사원에 남겨졌다.

어느덧 생사원에 머무른지도 보름이 지났다.

진용은 시간이 나는대로 정광과 함께 고대 문자를 연구했다. 생각지도 않게 생사원에서 지내는 동안 다섯 개의 글자를 밝혀냈다. 의외의 소득에 두 사람은 '애들처럼 장난하냐?'는 사도굉의 놀림에도 아랑곳하지 않고 고대 문자에 파고들었다.

그날도 글자 하나를 놓고 정광과 옥신각신하고 있었다.

진(昮) 자다. 아니다, 진(振) 자다, 하면서.

그때 밖에서 두충의 목소리가 들려왔다. 다급한 목소리였다.

"고 공자님! 유 어르신이 깨어나셨습니다!"

벌떡! 진용과 정광이 동시에 일어서더니 눈 깜짝할 사이에 방 안에서 사라져 버렸다.

밖에 서 있던 두충은 갑자기 바람 두 줄기가 휭 하니 지나가자 그러려니 하며 뒤돌아섰다. 이미 몇 번 소식을 전할 때마다 당한 일이기에 놀랄 것도 없었다.

"사람도 아니라니까. 근데 어째 저 미친 도사의 무공도 더 강해진 것 같잖아? 쳇! 열받게 말이지."

사도굉의 말에 의하면, 자신의 무공도 이제는 제법 틀이 잡히기 시작했다고 했다. 특히 신법만큼은 일류고수에 뒤지지 않을 거라고까지 했다. 정광의 마수를 피하기 위해 자신이 얼마나 피나는 노력을 기울였는지도 모르고.

그런데 아무리 생각해도 정광의 마수를 피하기는 어려울 듯 보인다.

"젠장! 수틀리면 터뜨려 버리지 뭐."

생사원이 발칵 뒤집혔다.

장원에 사람이라고는 오담과 잡일을 거들어주는 할머니를 제외하면 진용 일행뿐이었으니 소란이 일어나면 당연히 진용 일행 때문일 수밖에 없었다.

진용은 방으로 들어가자마자 홍건히 젖어 있는 유태청의 옷을 보고 오담에게 물었다.

"땀을 많이 흘리신 것 같군요. 몸이 정상으로 돌아와서 땀을 흘리신 건가요?"

그런데 이상하다. 오담이 별 웃기지도 않은 소리 들었다는 표정으로 옆을 힐끔거린다. 운아영을 바라보면서.

운아영이 어색하게 웃으며 몸을 일으켰다.

"제가… 울어서……. 새 옷을 가져올게요."

그럼 저게 눈물 때문에? 얼마나 울었기에.

운아영이 나가자 마침 유태청이 눈을 떴다.

"정신이 드십니까, 어르신?"

진용이 다급히 유태청 앞에 다가가 물었다.

"내가…… 살긴 산 건가?"

"예, 어르신."

진용도 눈물이 나오려는 것을 가까스로 참았다.

팽! 두충이 뒤에서 코를 풀며 고개를 돌렸다.

"이놈아! 어르신이 깨어났는데 어디서 코를 풀고 지랄이여!"

쓰윽! 두충을 손가락질하며 정광이 눈을 소맷자락으로 문질렀다. 그래도 붉어진 눈자위는 어쩔 수 없었다.

"아, 제기랄. 눈에 뭐가 들어갔나? 바람 좀 쐬어야겠군. 어험!"

진용이 피식 웃으며 유태청을 바라보았다.

"좀 어떠십니까?"

멍하니 천장을 바라보던 유태청이 희미하게 미소를 지으며 진용을 바라보았다.

"나 때문에 고생했을 자네들을 생각하니 미안한 마음이 드는군."

"살아나셨으니 됐습니다. 미안해하실 것 없습니다."

"여긴 어딘가?"

"남곡에 있는 생사원이라는 곳입니다."

"생사원? 허허, 살아서 나갈 수 있다니, 행운이군."

그도 생사원에 대해 알고 있는 듯 생을 택한 자신의 행운에 즐거워했다.

조용히 두 사람의 이야기를 듣고 있던 오담이 퉁명하게 말했다.

"좋아하실 것 없소이다. 아직 완전히 살았다고 볼 수 없으니까 말이오."

그 말에 진용은 의아한 표정으로 오담을 바라보았다.

"그렇게 쳐다볼 것 없어. 정신이 든 것하고 살아난 것하고는 엄연히 말이 다르니까."

오담이 다시 툭 쏘아붙이고는 유태청의 손목을 잡았다.

"잘해야 삼 년이야. 그것도 내력을 쓰지 않았을 경우지."

삼 년? 삼 년이라니! 겨우 살아났는데, 남은 삶이 단 삼 년이라니.

"정 방법이 없겠습니까?"

오담이 단호하게 고개를 저었다.

"없어."

"허허허, 삼 년이나 덤으로 살게 되었는데 어찌 더 욕심을 낼 수 있겠나? 너무 걱정하지 말게."

"어르신……."

"삼 년이면 내 삶을 정리하는데 결코 짧은 세월이 아니라네."

기이한 일이다. 미소가 옅게 떠오른 유태청의 얼굴이 그 어느 때보다 밝아 보인다.

결코 가식이 아니었다. 살아났다는 기쁨에 들뜬 표정도 아니었다.

그가 편안한 표정으로 물었다.

"천제성에 대해 들은 소식이 있으면 알고 싶군."

사흘이 지나자 유태청이 걸어다닐 수 있을 정도가 되었다. 이제는 더 이상 생사원에 머물러 있을 수가 없었다.

비록 적들이 물러가긴 했지만, 언제까지고 오지 말란 법은 없었다. 그들이 온다면 무공을 쓸 수 없는 유태청으로선 견딜 수 없을 터였다.

석무심과 사공하가 떠나며 정천무맹의 분타에 부탁을 해 놓긴 했지만, 그들이 큰 도움이 되지 않는다는 것은 누구나 알고 있었다.

결국 일행은 들어선 지 이십 일 만에 생사원을 떠나기로 했다. 유태청의 건강을 생각해 미리 마차를 구해놓았기에 떠나기만 하면 되었다.

마부석에는 당연하게도 두충이 앉았다. 운아영과 나란히.

"내가 몰 테니, 두 형은 안으로 들어가서도 되오."

비류명이 마차를 몰겠다고 나섰다.

두충이 웃기지도 않는다는 듯 그를 째려봤다.

"무슨 소리! 마차 운행 경력이 비 형보다는 내가 나으니 내가 그냥 몰겠소."

비류명은 힐끔 운아영을 바라보았다.

"그럼 운 소저는 안에 타고 가시구려. 내 두 형과 함께 마차를 몰겠소."

"그래주실래요?"

두충이 다급해졌다.

"그럼 나도……."

당연히 정광이 나섰다.

"두가야! 안에 너 앉을 자리는 없다. 그냥 거기 있어!"

와락, 얼굴이 구겨진 두충을 향해 운아영이 싱긋 웃었다.

"그래, 두 가가는 그냥 마차를 몰아. 그래도 걸어가는 것보다는 낫잖아."

두. 가.가?! 두충의 입이 쫘악 찢어졌다.

"어? 어, 그건 그렇지! 당연히 걸어가는 것보다야 낫지! 음하하!"

그 바람에 운아영이 안으로 들어가며 중얼거리는 소리를 듣지 못했다.

"엄마 말이 딱 맞다니까. 남자들은 가끔씩 달래주어야 다루기가 훨씬 편해진다고 하더니……."

사도굉은 마차로 다가가며 오담을 향해 손을 흔들었다. 꽤나 정다운 표정을 지으며.

"나 간다!"

하지만 오담은 촌각도 보기 싫다는 듯 손을 홰홰 내저었다.

"제발 좀 빨리 가라! 꼴 보기도 싫으니까!"

"썩을 놈. 꼴 보기 싫다는 놈이 왜 밤에 방문 앞에서 얼쩡 댔던 거냐?"

"그, 그거야 날이 좋아서 바람 좀 쐬러 나왔던 거지! 빨리 가!"

사도굉은 씁쓸한 표정으로 돌아서서는 고개를 쳐들고 구름 한 점 없는 하늘을 올려다봤다.

"걱정 마라. 가지 말래도 갈 거니까. 후우, 이제 가면 다시는 못 보겠구나. 잘 있어라. 내가 죽었다는 소리가 들리거든, 그냥 그러려니 해. 오지 않아도 되니까."

"……."

"그럼, 꼴 보기 싫은 놈은 갈란다. 그리고 혹시 누가 찾아오거든 사실대로 말해. 괜히 똥고집으로 버티지 말고. 우리야 상관없으니까."

터벅, 터벅.

사도굉은 힘없이 마차를 향해 걸음을 옮겼다. 그러자 오담이 휙 몸을 돌리며 소리쳤다.

"칠월 첫째 날이 회갑이다. 오란 소리는 아니니까, 그냥 알고만 있어! 어서 가! 보기 싫으니까!"

마차에 발을 올리던 사도굉이 씨익 웃었다.

'그럼 그렇지, 제까짓 놈이!' 하는 표정이었다.

두 눈에 뿌옇게 낀 안개만 아니라면 악동의 표정이나 다름 없었다.

그가 떨리는 목소리로 작게 한마디를 내뱉었다.

"썩을 놈, 좋은 말로 하면 오죽 좋아?"

진용 일행이 탄 마차가 생사원을 떠나자, 세 군데서 전서구가 날아올랐다.

싸울 적은 없었지만, 보는 눈은 그들을 놓치지 않고 있었던 것이다.

그러나 힘차게 서쪽과 남서쪽으로 날아가던 전서구들은 채 십 리를 벗어나지도 못하고, 각자가 날아가던 방향을 이탈해 한곳으로 밀려갔다. 저항해도 소용이 없을 정도의 강풍 때문이었다.

그러다 결국 일각이 되기도 전에 세 마리가 모두 하나로 뭉쳐지고 말았다.

─오호호호! 얘들아! 나랑 같이 주인에게 가자! 성질이 고약한 주인이니까 얌전해야 돼!

뭉쳐진 세 마리의 전서구가 뒤엉켜서 날아가는 광경은 진풍경이었다. 당하(唐河)에서 사냥을 업으로 삼고 살아가던 장이가 입을 쩍 벌릴 정도로.

"세상에 어찌 저런 일이!"

*   *   *

잠시 쉬는 틈을 이용해 진용은 숲 속으로 들어갔다.

"실피나."

실피나를 부르자 툭, 세 마리의 비둘기가 반쯤 정신을 잃은 채 발 앞으로 떨어졌다.

―얘들이 맞아? 새들이 많아서, 주인 말대로 다리에 통 매단 놈들만 잡아 왔는데.

비둘기들의 발에는 자그마한 통이 매달려 있었다. 전서구가 맞았다. 그런데 이상하다. 두 마리를 예상했는데 세 마리다.

"수고했어. 이제 가서 쉬어."

진용은 실피나를 쉬도록 하고는 세 마리의 다리에 매달린 전서구 통을 떼어냈다.

목표물 이동 중. 지시 바람.

유태청이 살아났음. 지켜본 바에 의하면 무공을 잃은 듯함. 계속 뒤를 따르겠음.

첫 번째는 삼존맹. 그리고 두 번째는 천제성인 듯했다.

진용은 세 번째 전서통을 한참 바라보다가 통속에서 작게 접힌 서신을 천천히 꺼내 들었다. 서신을 펼치는 진용의 표정이 묘하게 변했다.

"이건 어디로 보내는 거지?"

삼존맹과 천제성이 서로 눈치만 보고 있음. 대책이 필요함. 혈신을 위하여.

괴이한 뜻이 담긴 서신이었다.

누군지 모르지만, 이들은 삼존맹과 천제성의 움직임을 정확하게 파악하고 있었다. 덕분에 진용 역시 전에 자신이 품었던 의문에 해답을 얻을 수 있었다.

그리고 또 다른, 자신조차도 믿기 힘든 하나의 가정마저 세울 수 있었다.

제 삼자가 삼존맹과 천제성을 이용하고 있다!

진용은 그 생각을 하자 등줄기로 소름이 돋았다.

누군가! 어느 누가 삼존맹과 천제성을 농락하고 있는 것인가.

천혈교? 정천무맹? 아니다. 제 삼자는 자신조차 짐작할 수 없는 자들이다.

마지막 문장. 혈신을 위하여? 그건 무슨 뜻일까?

손에 들려 있던 서신이 가루가 되어 흩날리는 데도 진용은 눈을 감은 채 보이지 않는 그림자를 잡기 위해 심력을 쏟았다.

그냥 지나칠 수도 있었다. 그러나 아버지를 찾지 못한 지금 그 어떤 가능성도 배제할 수 없었다.

"고 공자!"

그렇게 얼마가 지나고, 숲 밖에서 부르는 소리가 들리고서야 진용은 눈을 뜨고 몸을 돌렸다.

"차근차근 파고들어 가다 보면 보이겠지."

第八章

반풍(反風) 추량

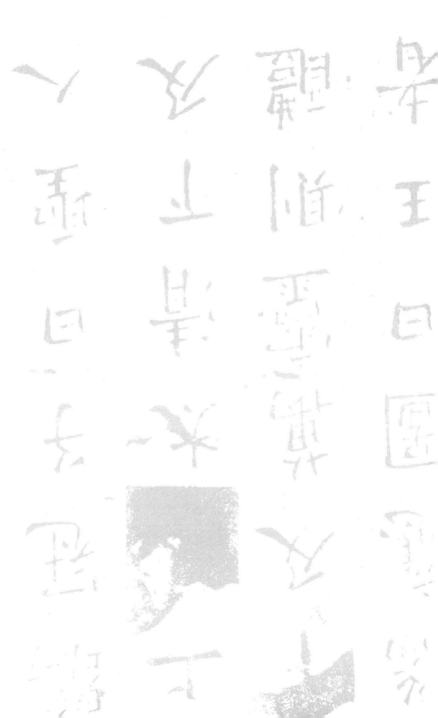

1

따사로운 햇살. 들꽃이 흐드러지게 핀 산야.

진용 일행이 탄 마차는 은은한 향내가 흐르는 들판을 가로질러 천공 높이 떠오르는 태양을 향해 나아갔다.

결정을 내려야 했다. 북으로 올라가 정천무맹으로 갈 것인지, 아니면 천혈교가 있는 신양 쪽으로 갈 것인지.

석무심과 사공하는 떠나기 전, 언제든 정천무맹으로 오라했었다. 나쁜 제안은 아니다. 누가 뭐래도 정천무맹은 당금 무림을 움직이는 가장 커다란 축이니까.

그러나 진용은 바로 그것 때문에 정천무맹이 꺼려졌다.

크다는 것은 그만큼 개인의 목적을 이루기가 힘들었다. 더구나 정천무맹은 구대문파와 오대세가가 연합한 세력인 만큼 이전투구를 벌이는 그들 속으로 들어가면 자칫 자신의 행동에 제약을 받게 될 수가 있었다.

그렇다고 단독으로 움직이기도 쉽지가 않았다. 천혈교는 제쳐 두고라도, 삼존맹과 천제성이 눈엣가시 같은 고진용을 그냥 놔둘 리 없을 테니까. 게다가 암중의 그림자가 어떻게 움직일지 알 수 없는 상황.

그에 반해 자신의 힘은 황궁의 지위와 곁에 있는 몇 명의 고수들이 전부다. 약간이라도 힘이 되어줄지 모르는 백마성은 너무 멀리 있고, 봉황곡은 도와준다는 보장이 없다.

자신이 설령 십천존의 일인과 맞대결할 수 있을 정도의 실력이 되었다고 해도 혼자서는 계란으로 바위 치기라는 계산이 나올 뿐이다.

조금은 답답한 마음이 들었다. 강호는 자신의 생각보다 훨씬 넓고, 벗겨도 벗겨도 여전히 속을 알 수 없는 양파만큼이나 복잡했다.

광량한 들판의 끝이 보일 무렵, 유태청이 조용히 입을 열었다.

"어찌할 생각인가?"

자신의 갈등을 눈치 챈 듯하다. 진용은 황금빛 햇살이 쏟아지는 들판을 바라보다 천천히 입을 열었다.

"저의 목적은 우선적으로 두 가지입니다. 하나는 아버지를 찾는 일이고, 다른 하나는 동창의 수상한 움직임을 알아내 자 칫 황궁에 해가 될지도 모르는 일을 미연에 방지하는 일이지 요. 그 일이 원만하게 처리된다면 그 다음에 구양무경을 칠 생각입니다. 그런데 정천무맹으로 가면 아무래도 그들의 움 직임에 따라갈 수밖에 없을 거라는 생각입니다. 저에겐 그렇 게 허비할 시간이 없습니다."

"하면, 혼자 움직이겠다는 말인가?"

"우선은 그리할 생각입니다. 그렇다고 정천무맹과의 관계 를 끊을 생각은 아닙니다. 다만 자유롭게 움직이면서 서로 도 울 건 돕는 정도로 절충할 생각이지요."

"흠, 하긴⋯⋯. 사실 정천무맹은 생각보다 상당히 배타적 인 세력이지. 아마 개인이 끼어드는 것을 좋아할 사람이 없을 것이네. 그나마 자네의 신분이 있으니 그들도 무시하지는 못 할 것이야."

진용은 공적인 일이라면 몰라도 개인적인 일에 자신의 지 위를 이용하고 싶은 마음은 조금도 없었다. 어차피 황궁이 나 서는 걸 반겨할 무림인들이 아니니까.

그러나 아버지와 관계된 일이라면 달랐다. 아무리 개인적 인 일이라 하더라도 남용하지 않는 한도 내에서 필요한 만큼 자신의 지위를 최대한 이용할 생각이었다.

하지만 그것은 나중의 일이었다. 우선은 강호의 흐름에 따 라가며 그들의 힘을 이용할 방법을 찾는 것이 우선이었다.

"탕마단이 움직이면 천제성이나 삼존맹도 움직이지 않을 수 없을 것입니다. 그들이 천혈교와 손을 잡지 않은 이상은 말입니다. 그 와중이면, 비록 직접적인 참여가 아니더라도 충분히 기회가 생길 거라 생각합니다."

진용이 무거운 마음으로 자신의 생각을 말하자, 유태청은 조심스럽게 자신의 의견을 꺼내놓았다.

"사람들을 모아보면 어떻겠나?"

"사람들을요?"

자신 역시 생각해 보지 않은 것이 아니다. 그러나 사람을 모은다는 것이 어찌 쉬운 일일까.

"그럴 시간이 있을까요?"

"고 공자에겐 많은 수의 무사들보다 최고의 정예가 필요하네. 전에도 말했지만, 늙은이는 힘만으로 세상을 살아가는 것이 아니라네. 내 말이라면 바로 달려올 사람이 몇 있으니, 일단 그들을 불러놓고 다음 생각을 해보도록 하세."

진용은 생기가 도는 유태청을 바라보고는 슬며시 웃음을 지었다.

잠시 잊고 있었다. 그가 십절검존 유태청이라는 것을. 강호인 유태청 말이다.

"제가 깜박했습니다. 어르신께서 천혈교에 본때를 보여주겠다고 하신 것을 말입니다."

"허허허, 남자는 자신이 아무리 어렵더라도 한 번 한 약속

은 목에 칼이 들어와도 지켜야 하는 법이지. 설령 자신과의
약속이라도 말이야."

*　　　　*　　　　*

실피나가 세 마리의 전서구를 잡아들인 것이 의외로 큰 효
과를 발휘했다.

추적자들이 본 파의 연락을 받지 못하자, 작전이 변경된 줄
알고 추적의 고삐를 늦춘 것이다.

그사이 진용 일행은 빠르게 서진하며 흔적을 지워 버렸다.

마차를 세 번이나 갈아타고, 실피나를 앞세워 무사들이 있
는 곳은 최대한 피해서 움직였다. 그 바람에 실피나가 힘들어
죽겠다고 툴툴거렸지만, 진용은 모른 체하고 정찰 임무를 계
속 맡겼다.

그런 한편으로 진용은 마차를 타고 가는 동안, 세르탄을 윽
박질러 끝내 폭공지의 구결을 뺏어냈다.

'세르탄, 시간도 많은데 폭공지나 배워보자고.'

'싫어.'

'이제부터 강적들과 싸울 텐데 쪼잔하게 안 가르쳐 줄 거
야?'

'……'

'하루에 열두 번씩 뒤통수 때리면 누가 손해 볼 거라고 생

각해?'

'비겁하게…….'

'좋은 게 좋은 거라는 말도 있잖아. 나도 이렇게까지 하고 싶지는 않은데, 죽기 싫으니 어쩌겠어?'

'그럼… 폭공지만 가르쳐 주는 걸로 끝내는 거야?'

'물론이지!'

뇌전의 능력 중에서 못 배운 것은 아직 써먹을 만큼 내력이 뒷받침 안 되니까 다음에 배우자고.

$$2$$

방성현령 추진상은 책을 보고 있던 중 누군가가 방문을 두드리자 별다른 생각 없이 입을 열었다.

"무슨 일이냐?"

그는 입을 열고 책장을 넘기다 이상한 생각이 들었다. 방문 두드리는 소리를 잘못 들은 것은 아니다. 아직 그 정도로 귀가 어두워지지는 않았으니까. 그런데 대답이 없다.

어느 놈이 장난하나?

하지만 누가 감히 자신의 거처에 와서 장난을 할까.

아! 하나 있군.

"상아(象兒)냐?"

그는 하루 종일이라도 품에 안고 다니고 싶은 자신의 늦둥이 딸의 이름을 부르며 희미한 웃음을 머금었다. 하지만 방문 쪽에서 들려오는 목소리는 상아의 목소리가 아니었다.

"내 이름은 상아가 아닙니다."

낮게 깔린 남자의 목소리. 추진상은 급히 고개를 들어 방문 쪽을 바라보았다.

방문이 열리는 기척도 없었는데, 한 사람이 방 안에 서 있었다. 약관의 청년. 서생복을 입고서 건 대신 무명끈으로 질끈 머리를 묶은 청년이었다.

'저렇게 입어도 그리 촌티나지 않다니, 괜찮은 옷걸이군.'

흔들리는 촛불에 비친 얼굴은……

'흠, 내 십 년간의 경험으로 봐서, 결코 도둑상은 아닌 것 같은데…….'

얼굴이 조금 길어 보이긴 하지만, 턱의 각이 뚜렷하고 짙은 눈썹에 입술은 남자답게 조금 두터운 편이다. 한마디로 선이 굵은 얼굴이라고나 할까? 더구나 바라보는 눈빛에는 대양(大洋)을 담아놓은 듯 그 깊고 넓음을 짐작할 수가 없다.

오랜만에 보는 좋은 눈이다.

'정말로 좋은 눈이군. 부러울 정도야. 꼭 내 젊을 적 눈 같아.'

저런 사람이 도둑이라면 세상천지에 도둑이 아닌 사람이 없을 것이다. 세상이 미치지만 않았다면 말이다.

그것이 짧은 시간 동안, 그가 진용을 보고 내린 판단이었다. 자신의 판단이 틀렸다면, 누가 자신의 눈을 뽑아버린다 해도 후회하지 않을 수 있을 것 같았다.

"항상 처음 본 사람을 그렇게 뚫어지게 바라봅니까?"

몸집이 작은 추진상이 입가에 가느다란 웃음마저 띤 채 자신을 물끄러미 바라본다. 진용은 이곳에 오기 전에 들었던 방성 사람들의 말이 생각났다.

'특이한 사람이군. 현령 추진상이 몸집은 작아도 가슴은 태산조차 파묻을 수 있을 정도로 크다고 하더니, 어쩌면 사실인지도 모르겠는걸?'

"무슨 일로 오셨나?"

그때 추진상이 물었다. 진용은 빙긋이 웃으며 터벅터벅 걸어가 추진상의 앞자리에 앉았다.

아무리 봐도 맑은 눈을 빼고 나면 별 볼일 없어 보이는 모습이었다. 저런 사람이 갑자기 외인이 들이닥쳤는데도 놀라지 않다니. 저 작은 몸이 다 간(肝)으로 이루어진 걸까?

"저는 고진용이라 합니다. 현령께 도움을 청할 일이 있어서 왔습니다."

고진용?

갑자기 추진상이 묘하게 빛나는 눈으로 진용을 응시했다.

"흠, 고진용이라…… 나는 관리라 그리 많은 돈이 없다네. 게다가 함부로 청탁도 들어주지 않지."

그래서 온 것이라오.

"사람들도 그리 말하더군요. 제가 원하는 것은 딱 하납니다."

"뭔가?"

"현령께서 청빈해서인지 이곳 관사는 그 크기에 비해서 사람이 별로 없더군요. 해서 빈 방을 좀 빌릴까 합니다."

피식, 추진상의 입가에 웃음이 매달렸다

"한밤중에 들어와서 방을 빌려달라? 왜 객점으로 가지 않고? 돈이 없나?"

"돈은 좀 있습니다만, 잠시 피해야 할 눈이 좀 있어서 말이죠."

"방은 하나만 있으면 되나?"

"아닙니다. 일행이 있으니 네 개 정도 필요합니다. 보아하니 뒤채가 비어 있는 것 같더군요. 방도 다섯 개나 되고 말입니다."

"그럼 하루에 다섯 냥이네. 방 하나에 한 냥씩."

갑작스런 말에 진용은 말문이 닫혔다.

"……"

"공돈은 받지 않지만, 정당한 돈은 받는다네. 설마 남의 눈을 의식한다는 사람이 식사를 밖에 나가서 할 생각은 아니겠지? 나는 많은 사람을 다 먹여 살릴 만큼 여유가 없다네."

한마디로 밥은 돈을 내야 준다는 말이다.

진용은 웃음이 나오려는 것을 가까스로 참고 고개를 끄덕였다.

"좋습니다. 하루에 다섯 냥."

"물론 더 내면 더 좋은 음식을 준비해 줄 수도 있네."

"그럼 열 냥으로 하지요. 몸이 아프신 노인과 여인도 끼어 있으니 좀 더 신경을 써주셨으면 합니다."

추진상이 즐거운 웃음을 지으며 말했다.

"하, 하! 이거 잘하면 상아 노리개 사줄 돈은 남을지도 모르겠군. 아예 이 기회에 부업을 본격적으로 해볼까?"

"글쎄요. 현령의 관사에서 지내려 할 사람이 얼마나 있겠습니까?"

쓰윽, 얼굴을 내민 추진상이 천천히 입을 열었다. 말투조차 바뀐 채.

"그거야, 고 천호 같은 분이 자주 들러주면 되지 않겠소?"

일순간, 진용의 얼굴이 굳어졌다.

자신은 이름만 말했을 뿐이다. 한데 추진상은 자신의 정체를 이미 알고 있지 않은가.

하지만 얼굴이 굳은 것도 잠시뿐이었다. 두려울 게 없으니 마음에 거칠 것도 없다.

"훗! 이거 부끄럽군요. 어떻게 아셨습니까?"

추진상이 슬며시 웃으며 말했다.

"풍림당의 추량이 바로 나라오. 풍림당에서 고 천호의 이름을 모르는 사람이 누가 있겠소?"

"추… 량?"

추량. 풍림당주 운가명이 담소를 나누던 중에 말했었다.

"풍림당에도 문제아들이 몇 있습니다. 그중 하나가 반풍(反風) 추량입니다. 좀 괴곽하긴 하지만, 쓸 만한 사람이니 언제고 기회가 있으면 만나보십시오. 그는 지금 방성에 있습니다."

설마 현령 추진상이 그 추량이라니. 미처 생각도 못했던 일이었다. 풍림당의 사람들은 대개가 벼슬을 멀리하는 사람들이라는 선입견 때문이었다.

진용이 멍하니 바라보자 추진상이 얼굴을 찌푸렸다.

"당주께서 말씀하시지 않았소?"

"함자는 들어보았습니다. 하지만 현령께서 풍림당의 문제아라는 반풍 추량일 줄은 미처 몰랐습니다."

"무, 문제아?"

언뜻 진용의 입 언저리에 보일 듯 말 듯 웃음이 걸렸다.

'내가 수천호령사라는 것은 아직 듣지 못했나 보군.'

아마도 운가명이 그것만은 전하지 않은 듯했다. 그랬다면 추진상이 저렇듯 편하게 말을 꺼내지는 않았을 터였다. 차라리 다행이었다. 부담없는 말투가 훨씬 더 나으니까.

슬쩍 장난기가 발동한 진용이 넌지시 말했다.

"당주께서 그러시더군요. 청개구리 같은 성격이니, 도움을 청할 때 조심하라고 말이지요."

"으잉?! 그 양반이 미쳤나! 흥! 걱정 마시오. 내 그 양반 꼴 보기 싫어서라도 고 천호가 해달라는 대로 다 해줄 테니!"

틀린 말은 아니었다. 성격이 괴팍하다더니.

'어쨌든 일은 잘 처리될 것 같군.'

'역시 시르는 사악해!'

'사악한 게 아니고, 상황을 잘 이용할 줄 아는 것뿐이야.'

그때 추진상이 화난 얼굴로 말했다.

"일단 선불로 사흘치 삼십 냥을 주시오, 고 천호."

"……."

"왜? 사흘 안에 갈 거요? 아깝소? 도와주는 건 도와주는 거고, 계산은 확실히 해야 하지 않겠소?"

"그야… 그렇죠."

"뭐, 나도 이러고 싶지 않은데 말이오, 봉… 닭이란 들어왔을 때 잡아야 하는 법이라서 말이지. 험!"

헛기침을 하며 탁자를 톡톡 치는 추진상. 빨리 내놓으라는 추궁이다.

통렬한 일격이었다. 진용을 봉 취급하다니.

"……."

놀린 데 대한 역공인가?

진용은 쓴웃음을 지으며 주섬주섬 품속에서 열 냥짜리 은 자 세 개를 꺼내 주었다.

추진상이 싱글벙글하며 은자를 소맷자락 속에 집어넣었다. 그러면서 찡긋 눈짓을 잊지 않았다.

"잘하면 상아뿐만 아니라, 십 년 만에 마누라 옷고름에도 노리개를 달아줄 수 있을 것 같군 그래. 고맙소, 고 천호."

"별말씀을. 하,하,하."

'끙, 강적을 만났군!'

'킬킬킬! 저 인간은 시르보다 더 사악한 것 같다.'

픽!

그냥 잠들어 있어, 세르탄. 너까지 나서지 말고.

3

달빛조차 구름에 가려지자 천지가 암흑에 짓눌린다.

땅에서는 봄을 맞은 개구리들이 귀청을 찢을 듯이 울어대고, 하늘에선 밤새들의 날갯짓 소리와 박쥐들의 푸드덕거림만이 바람 소리와 어우러져 들려온다.

밤바람을 타고 흐르는 은은한 꽃향기. 새콤한 풀 내음.

봄밤의 정취는 항상 그러했다.

그날도 그들이 나타나기 전까지는 그러했다. 때 아닌 인간들의 기척에, 달빛이 구름 사이로 삐죽 졸린 얼굴을 내밀었을 때까지는.

하지만 황금빛 달빛이 구름 사이로 비치고, 언덕 위에 그들이 나타나자 갑자기 천지가 조용해졌다.

대자연의 흐름이 바뀌는 순간, 개구리가 개굴거리는 소리도, 밤새들의 울음소리도 모두가 멈추어 버렸다. 비록 짧은 순간이었지만.

그때 언덕 위에 한 사람이 올라섰다.

그의 다리에서 뻗은 희미한 그림자가 길게 늘어져 언덕 아래로 굴러간다. 그러다 달빛이 다시 구름에 모습을 감추자 그림자도 사라졌다. 기척도 사라졌다.

그제야 대자연의 수레바퀴는 다시 돌기 시작했다.

개구리들도 울고, 밤새들도 울기 시작했다.

등우광은 귀청을 찢을 듯이 울어대는 개구리 울음소리를 들으며 언덕 아래를 내려다보았다.

수십만 평의 대지 위에 거룡이 누워 있었다.

구석구석에서 타오르고 있는 수백 개의 횃불에 붉게 채색된 거대한 전각군이 가슴을 짓누른다.

"남궁세가……."

가슴이 뛰었다. 차디찬 가슴이 너무 세차게 뛰어 주먹을 움켜쥐어야만 할 정도다.

안휘성의 절대자. 합비에선 황제의 권위보다도 더 강력한 힘을 발휘한다는 대남궁세가.

그러나 그의 가슴이 뛰는 것은 눈앞의 남궁세가 때문이 아니다.

"내가 왔다, 남궁환."

들릴 듯 말 듯한 음성에 묻어 나오는 이름. 치검 남궁환. 바로 그 때문이었다.

"기억하겠지? 내가 남궁세가를 찾는 날, 남궁세가는 피로 뒤덮일 거라 했거늘."

그의 입에서 자신도 모르게 억눌린 목소리가 흘러나왔다.

사람들은 모른다. 남궁세가에 남궁환이 있다는 것을. 그가 있음으로 해서 남궁세가가 대남궁세가라는 것을.

심지어 남궁세가의 사람들조차 잘 모른다. 오히려 미친 놈 취급한다.

웃기는 일이 아닌가! 이십 년 전, 마제라 불리던 자신의 가슴에 검을 꽂은 그를 모르다니. 그러면서도 자신들이 잘나서 대남궁세가인 줄 알다니 말이다.

"홍! 어리석은 놈들. 그가 있다면, 남궁세가는 살 것이고, 없다면 피로 덮인다. 그걸 모른다면 죽어도 싸다."

그는 하얀 머리칼을 휘날리며 고개를 들었다.

달이 보이지 않았다. 어둠이 세상을 지배하고 있었다.

"가자, 가서 남궁세가에 피의 하늘이 도래했음을 보여주자."

그의 뒤에서 무릎을 꿇은 채, 기척조차 죽이고 명을 기다리던 자들이 일어섰다.

개구리들이 다시 울음을 멈추고, 밤새들이 숨을 죽였다.

한순간 마제 등우광을 필두로 언덕 위에서 일백에 달하는 그림자들이 언덕 아래를 향해 날아갔다.

피의 밤이 시작되고 있었다.

4

현령의 관사에서 머무르기로 했다는 말에 사람들은 모두가 어이없다는 표정을 지었다.

그래도 반대하는 사람은 없었다. 그저 한시라도 빨리 가서 편안한 침상에 몸을 눕히고 싶은 마음뿐이었다.

관청과 관사는 담 하나로 분리되어 있었다. 그럼에도 관사에는 오가는 사람이 그리 많지 않았다. 추진상이 번거로움을 싫어하기 때문이었다. 그러다 보니 그 넓은 관사에는 추진상 부부와 딸 상아, 그리고 세 명의 하인뿐이었다.

진용은 그 점이 오히려 마음에 들었다.

관사에는 뒷문이 있었는데, 진용 일행은 마차를 끌고 뒷문을 통해 들어갔다.

밤이 깊었는데도 꼬마 계집아이 하나가 진용 일행이 들어오는 것을 바라보고 있었다. 그 아이는 신기하다는 눈으로 바라보고 있다가, 마차에서 나오던 정광의 우락부락한 눈과 마주치자 쪼르르 뛰어 도망갔다.

"우와! 무섭게 생긴 도사 할아버지다! 꿈에 나타날라."

아이를 보고 싱긋 웃으려던 정광의 표정이 와락 구겨졌다.

"하, 할아버지? 아직 새파란 청춘인데 할아버지라고?"

덥수룩한 수염, 후줄근한 도복. 번뜩이는 눈빛.

마차에서 나온 사람들이 모두 한 번씩은 정광을 쳐다보았다.

'할아버지 맞네, 뭐' 란 눈빛으로.

상아와 정광의 첫 만남은 그렇게 지나갔다.

유태청은 운아영이 보살피도록 했다. 몸이 좋아졌다고 해도 아직은 겨우 걸어다니는데 지장이 없을 정도에 불과했던 것이다.

유태청도 운아영도 반대하지 않았다. 오히려 운아영은 환호하며 고마워했다.

두충만 뾰로통한 입술을 내밀며 바로 옆방에 자기가 머물겠다고 했다가 정광에게 한 대 얻어맞았다.

"이놈아! 그 방이 제일 좋은 방인데, 그 방을 네가 차지하겠다고? 너는…… 나와 같이 지내자."

'내가 미쳤수?! 절대 안 돼!'

하지만 진용이 입을 열자 하는 수 없이 정광과 함께 지내기로 했다.

"그럼, 저와 도장님, 두 위사가 한방을 쓰지요."

진용이 함께 한다면야 저 미친 도사도 함부로 날뛰지 못할 테니까.

그리고 사도굉과 비류명과 서문조양이 한 방을 쓰기로 하고, 나머지 방 두 개는 올 사람들을 위해 남겨놓기로 했다.

첫날 밤, 피곤해선지 사람들의 코를 고는 소리가 방성현령의 관사를 진동시켰다.

"후우, 잠자기는 틀렸군."

진용은 밖으로 나가 마법으로 건물 전체를 감쌌다. 코 고는 소리가 새어나가는 것을 막기 위해서였다.

그리고 자신은 세르탄과 함께 폭공지를 연구하면서 밤을 지새우기로 했다. 물론 세르탄은 절대 그럴 생각이 없었지만.

'이제 자야지, 시르.'

'어째 빠진 것이 있는 것 같아. 다시 한 번 불러봐.'

'또? 벌써 다섯 번째야, 시르.'

'싫으면 다른 것을 말해보던가. 마공지도 좋고, 천공지도 좋고……'

'…그냥 하지 뭐.'

드래곤[龍] 잡아서 날걸로 먹을 놈! 아마 비늘도 시르 이빨에는 끼지 않을 거야!

세르탄은 구시렁거리면서도 한숨이 절로 나왔다. 만날 진용에게 당하고만 살아야 하는 자신이 한심하기만 했다. 자기 나이가 몇인데 이렇게 당해야만 한단 말인가. 그래도 명색이 마계의 대전사였던 자신이…….

그때 문득 스치는 생각.

응? 가만? 나이? 내가 왜 여태 그 생각을 못했지?

좋은 생각이 떠오른 듯 세르탄이 은근한 목소리로 진용에게 물었다.

'시르, 내가 아마 사천 년은 더 잠들어 있었겠지?'

'글쎄, 잘은 몰라도 아마 그랬을걸?'

'그럼, 시르 말대로 천 년에 열 살이라 해도 오십은 넘었겠다, 그지? 안 그래?'

'그렇게 생각할 수도…….'

진용이 인정하는 듯하자 세르탄이 들뜬 어조로 소리쳤다. 이제야 진용을 누를 기회를 잡았다는 듯 자신있게.

'그러니까, 내가 시르의 머릿속에 들어 있다고 해서 함부로 말하지 마란 말이야. 알았어?'

세르탄은 만세라도 부르고 싶었다.

이제 시르에게서 어른 대접을 받을 수 있게 되리라!

왜 진작 이런 생각을 못했지? 멍청하게 말이야!

'내 말 맞지, 시르? 음하하하!'

진용은 잠시 세르탄이 기분을 더 내도록 놔두었다.

시간이 흐르자 서서히 세르탄의 열기가 가라앉는다. 진용은 그제야 조용히 말했다. 한숨까지 쉬어가며.

'후우, 그건 그런데……. 세르탄, 내가 문제 하나 내볼까?'

세르탄은 자신감이 넘치는 말투로 대답했다.

'뭘? 내봐! 마계의 대전사, 세르탄님이 풀어줄 테니까!'

그래, 마음껏 올라가라. 마음껏!

진용이 문제를 냈다.

'내가 말이야……. 열 살 먹었을 적에 돌처럼 굳었는데, 천 년이 지나서 깨어났다고 생각해 봐.'

응? 뭔가 이상하다. 경고가 울린다. 저 영악한 시르가 무슨 뜻으로 하는 말일까? 수상하다, 수상해!

'…그래서?'

'사람들이, 깨어난 나를 열 살 취급할까, 아니면 천열 살 취급할까?'

'그, 그거야…….'

'어려워? 그럼 다시 물을게. 내 자신은 나를 열 살 먹었다고 생각할까, 천열 살 먹었다고 생각할까?'

자신감이 사라진 세르탄이 말을 더듬자 진용이 조금 더 강해진 말투로 말했다.

자, 이제 곤두박질쳐서 떨어져 봐. 기분이 어떤지.

'아마 나는 육체적으로나, 정.신.적.으로나 열 살밖에 되지 않았을 거야. 그지?'

이, 이런! 안 되는데…….

'……'

'그래, 안 그래?! 열 살 맞지?!'

푹, 떨궈진 목소리로 세르탄이 답했다.

'그… 그래.'

제길! 처음부터 말싸움하는 게 아니었는데…….

후회해도 이미 가라앉은 배였다.

진용이 떨궈진 목소리를 꾹꾹 짓눌렀다.

'그러니까, 잔머리 굴리지 마. 알았어?!'

'……'

어디서, 까불고 있어?!

'폭공지, 오늘 끝내 버리자구! 천천히 열 번 정도 계속해서 불러봐!'

기분이 좋은, 아주 유익한 밤이었다.

다음날, 진용은 날이 밝자마자 추진상을 찾아갔다.

"금의위에 연락을 취했으면 합니다."

"아무리 빨라도 보름은 걸릴 것이오."

보름이면 백 오십 냥이군!

추진상의 얼굴에 즐거워하는 빛이 역력하다.

"아마 지금쯤은 정주에 내려와 있을 겁니다. 아마 사나흘 이면 되지 않을까 합니다."

조금 아까워하는 눈빛. 진용은 웃음이 나오려는 것을 참고 다시 말을 이었다.

"그리고 추가로 풍림당의 연락망을 이용할 일이 있습니다. 물론 적절한 대가는 치르겠습니다."

추진상이 정색하고 말했다.

"풍림당은 돈 받고 움직이는 곳이 아니오."

"저는 또 추 현령께서 그러시니 풍림당도 그런 줄 알았지요."

추진상은 어깨를 으쓱하는 진용을 노려보았다. 그러더니 피식 웃으며 말했다.

"한 방 맞았구려."

"다른 대가를 치를 생각도 있습니다. 어쩌면 이미 진행되고 있을지 모르겠지만 말입니다. 도독께서 승낙했으니……."

진용은 풍림당의 사람들 중 상당수가 직언을 서슴지 않다가 옥에 갇혀 있다는 사실을 알고 있었다. 이미 공손각에게 풍림당의 도움에 대해 적은 서신을 보낸 터였다. 어쩌면 지금쯤 적절한 조처가 취해졌을지도 모를 일이었다.

진용의 말에 추진상의 눈이 반짝 빛을 발했다. 며칠 전 북경에서 긴급으로 전해온 소식이 생각난 것이다.

무슨 일인지는 몰라도, 금의위에 갇혔던 동료들 중 죄상이 가벼운 사람들은 풀려났다네.

"금의위에 갇혔던 동료들이 풀려났다 들었는데…… 혹시 그 일, 고 천호와 관계있소?"

진용이 가볍게 웃음을 머금고 은근한 어조로 말했다.

"저는 받은 것만큼 돌려주는 버릇이 있지요. 운 당주께 받은 도움이 적지 않으니 가만있을 수가 있어야지요."

추진상의 표정이 부드럽게 풀렸다. 동료의 어려움을 해소해 준 사람에게 얼굴을 굳힐 사람이 누가 있을까.

그래도 돈 깎아준다는 말은 죽어도 하지 않았다. 아까워서가 아니다. 이미 받은 돈은 다 써버렸다. 그리고 앞으로 얼마나 더 많은 사람이 올지 모르니 받아야 할 돈도 깎아줄 수가 없었다.

대신 더는 안 받기로 했다.

"험, 돈 문제야 개인적인 일이니 그만 하면 됐고……. 일단 고맙다는 말부터 하겠소. 그럼 말해보시오. 누구에게 무슨 연락을 취하고자 하는 것이오?"

역시 강적이었다. 그 정도면 깎아준다는 말 정도는 할 줄 알았는데, 오히려 말도 꺼내지 못하게 못을 박아버린다.

진용은 내심 혀를 내두르며 유태청이 써준 열네 장의 서신을 내밀었다.

"이 이름이 적힌 사람들을 찾아 서신을 전해주십시오."

또다시 중원무림이 들썩였다.

전과는 비교가 되지 않을 정도의 충격파였다.

―남궁세가가 천혈교의 공격을 받았다. 수백 명이 죽거나 다치고, 전각은 밤새 불타올랐다. 천혈교의 마제 등우광이 선두에 서서 남궁세가를 유린했다!

충격파가 중원 전체로 퍼져 나가는데는 며칠 걸리지 않았다. 정천무맹의 총단에는 이틀 만에 알려졌다. 수백 마리의 전서구가 한꺼번에 날아들어 밀은전이 마비될 지경이었다.

남궁창훈은 제갈운문이 급히 들고 온 서신을 펴 든 채 눈을 감았다. 그의 눈 가장자리는 격정을 참지 못해 심하게 떨리고 있었다.

석장진이 침중한 목소리로 입을 열었다.

"봐서 알겠지만, 등우광이 나섰다고 하네."

"마제 등우광……."

"가봐야 하지 않겠나?"

"내가 간다 해서 뭐가 달라지겠나?"

"그래도……."

남궁창훈이 떨림을 가라앉히고 천천히 눈을 떴다.

"탕마단의 현 상황은 어떠한가?"

석장진의 눈도 가늘게 떨렸다. 남궁창훈이 다시 말을 이었다.

"정무총련회의를 소집하겠네."

"맹주."

"비웃겠지? 그래도 상관없네. 후후후후······. 천혈교, 무서운 놈들이야. 이제야 확실히 알겠네. 종남과 다른 두 곳을 공격한 놈들은 천혈교가 아니었어."

석장진이 눈을 부릅떴다. 남궁창훈의 확신에 의아하다는 눈빛이다.

"놈들은 그 일로 인해 본 맹과 천제성의 공격을 받을 상황이 되었는데도 오히려 그 상황을 역이용해 버렸어."

"무슨 말인가?"

옆에 있던 제갈운문이 말했다.

"본 맹을 격동시키려 했다면 처음부터 일을 크게 터뜨렸을 겁니다. 지금처럼. 하지만 종남을 친 자들은 그러지 않았지요. 그런데, 천혈교는 남궁세가를 쳤습니다. 보란 듯이. 자신들은 그따위로 일을 처리하지 않는다는 것을 보여주기라도 하려는 것처럼 말입니다. 그리고 맹주께, 아니, 본 맹에 말을 남겼지요."

그랬다. 등우광은 남궁세가의 현판에 한 장의 서신을 꽂아 놓았다.

우리는 정천무맹 따위를 두려워하지 않는다. 그러나 누명쓰는 것 또한 싫다. 분명히 말하지만, 종남을 비롯해 삼파와 얽힌 일은 우리가 한 일이 아니다.

남궁세가의 본가를 친 자들이다. 굳이 변명할 이유가 없다.

사람들은 천혈교의 말을 믿지 않을 수가 없었다.

결국 또 다른 적이 있다는 말이다.

이번 일로 천혈교가 얻은 이익은 적지 않았다.

자신들의 강함을 보여주었고, 또 다른 적이 있음을 알렸다. 게다가 정천무맹은 확인도 하지 않고 천혈교를 치려한 성질 급한 싸움꾼으로 전락했다.

물론 남궁세가가 당했으니 정천무맹은 공격을 멈추지 않을 것이다. 그러나 또 다른 적에 대한 불안감으로 총공세를 펼칠 수는 없을 터. 천혈교는 남궁세가를 치고도 오히려 정천무맹의 입지를 약화시킨 것이다.

남궁창훈은 전의가 불타올랐다.

네놈들이 감히 본 가를 짓밟다니! 용서치 않으리라!

6

남궁세가에 대한 소식은 방성에도 전해졌다. 진용 일행이 머무른 지 삼 일째 되던 날이었다.

"어찌 생각하나?"

유태청이 물었다.

"남궁 맹주가 어렵게 되었군요."

진용이 곤혹한 표정으로 대답하자 정광이 나섰다.

"뭐가 어렵게 되었다는 말인가? 그냥 놈들을 치면 되지!"

"세상사가 그렇게 쉽게만 되면 무슨 걱정이겠냐? 쯔쯔 쯔……. 단순하기는……."

사도굉이 말도 안 된다는 듯 혀를 찼다. 정광이 눈을 부라리며 혀를 차는 사도굉을 노려보았다. 금방이라도 입을 꿰매버리겠다는 눈빛이다.

"뭘 봐? 얼씨구? 잘하면 치겠다."

두 사람이 투닥거리자, 속으로 한숨을 쉰 진용이 고개를 저으며 말했다.

"그게 쉽지 않다는 말입니다. 지금까지 공격을 늦추자고 해왔는데, 이제 와서 공격하자고 하면 장로들이 비웃을 겁니다. 남들이 당했을 때는 기다리자고 하더니, 자신이 당하니 공격하자고 한다면서요. 더구나 상황을 이해한 자들은 뒤에 또 다른 적이 있다는 것을 알게 되었을 테니 미적거리기까지 할 테고 말입니다."

"젠장! 뭐 그리 복잡해? 그냥 싸우자고 하면 싸우면 되는 것이지."

정광이 다시 툭 말을 내뱉고는 입을 닫았다. 자기의 머리로는 이해 불가능하다는 듯.

유태청이 신중히 입을 열었다.

"어쨌든 남궁 맹주마저 나선 이상 탕마단의 결성은 더욱 빨라질 것이네. 그는 보통 사람이 아니야. 아마 자신의 모든 것을 내보이게 될 터, 장로들도 이제 그를 자신들 마음대로 어찌할 수 있다는 생각은 접어야 될 거네."

진용도 고개를 끄덕였다. 정천무맹주 남궁창훈. 자신이 본 남궁창훈은 결코 구파의 장로들이 상대할 수 있는 사람이 아니었다.

"저도 그렇게 생각합니다. 그래서 더 머리가 아픕니다. 이제 상황이 어떻게 흐를지 감을 잡을 수가 없게 되어버렸어요."

상황이 급박해지면 정보라는 것도 큰 보탬이 되지 않는다. 오히려 방해가 될 수도 있었다. 정보를 받아봤을 때는 이미 상황이 지난 후일 수도 있는 것이다.

"어르신, 모일 수 있는 사람이 얼마나 될 것 같습니까?"

진용의 물음에 유태청은 잠시 생각을 가다듬고 입을 열었다.

"아마 열은 되지 않을까 하네."

열 명으로 무얼 할 수 있을까, 생각할 수도 있는 일이다. 그러나 진용은 그리 생각하지 않았다. 모이는 사람들은 유태청이 인정한 사람들. 일당백이 아니라, 일당천의 고수들이다.

더구나 자신들은 전면전을 하자는 것이 아니지 않은가.

"모이면 바로 움직일까 합니다."

진용의 얼굴에 결연한 표정이 떠올랐다.

조금만 기다려라, 구양무경! 이제 내 차례다!

방을 나서자 바닥에 그림을 그리며 놀고 있는 아이가 보였다. 이제 일곱 살 정도 되어 보이는 계집아이였다. 그 아이가 바로 정광의 호적수, 추예상이었다.

지난 삼 일, 정광은 추예상의 비위를 맞추기 위해 온갖 귀여운(?) 짓을 다했다.

이유는 하나, 할아버지라는 말을 아저씨로 바꾸기 위해서였다.

수염도 싹 밀고, 옷도 빨아 입었다. 머리도 손질하고, 어디서 구했는지 도관은 아니어도 머리띠까지는 둘러맸다.

옛날이야기, 술래잡기는 보통이고, 엉덩이로 글씨 쓰는 놀이까지 하며 같이 놀아주었다. 그렇게 사흘이 지나자 상아는 말을 바꾸었다.

"오! 우리 상아, 놀고 있었네?"

"어? 도사 할아… 아저씨다! 아저씨, 상아랑 놀자!"

"음하하! 그래 뭐 하고 놀까?"

"목마 태워줘."

"그럴까? 좋아! 이리 온!"

두충이 보기에는 꼭 호랑이 등에 올라탄 토끼 같았다. 그래도 두충은 아무런 말도 하지 않았다. 처음에는 목을 잡고 토하는 시늉을 하기도 했고, 미친 도사가 정말로 미쳤나 보다 생각도 했다.

하지만 언제부턴가 둘이 노는 모습을 볼 때마다 희미한 미소가 입가에 걸쳐졌다.

'미친 도사가 제정신을 차려가는가 보군' 하면서.

상아와 함께 있을 때면, 정광의 눈에는 그 어느 때보다 부드러운 눈빛이 떠오르고 있었던 것이다.

두충이 빙그레 웃으며 중얼거렸다.

"저러고 있으니, 꼭 진짜 순진한 소처럼 보이네."

정광이 홱 고개를 돌려 두충을 바라보았다.

두충이 절대 좋은 뜻으로 한 말은 아닐 터.

뭐라? 나를 미련한 소라고?!

그때, 출렁!

갑자기 머리카락이 앞을 가리더니 상아의 귀여운 얼굴이 보인다.

목 위에서 고개를 숙인 상아가 말했다.

"맞아, 도사 아저씨는 소야! 상아는 소가 좋아. 헤헤헤……."

"어? 어. 도사 아저씨는 이제부터 소다. 소! 우허허헝!"

상아의 말이 떨어지자마자 정광이 언제 눈을 부라렸냐는 듯 소 울음소리를 내며 껑충거린다.

두충은 재빨리 몸을 돌리고는 가슴을 쓸어내렸다.

'휴우……. 다행이다. 그런데… 정말 저 도사가 미친 도사 정광 맞아?'

그 모습을 바라보던 진용은 슬그머니 웃음을 지으며 몸을 돌렸다.

정광이 부드러워졌다. 화두를 붙잡고 씨름만 하던 그가 아니다. 그만큼 강해졌다는 말.

'잘하면 진짜 도사가 될지도 모르겠군.'

＊   ＊   ＊

추진상을 통해, 정확히는 풍림당을 통해 금의위에 연락이 취해진 지 닷새, 금의위에서 두 사람이 진용을 찾아왔다.

그중 한 사람은 송시명이었다. 뜻밖의 사람이 찾아오자 진용은 어리둥절한 눈으로 송시명을 바라보았다.

"오랜만이오, 수천호령사."

"진무사(鎭無司)께서 어인 일이십니까?"

"동창의 움직임을 보고받고 도독께서 보내셨소. 아무래도 다른 사람을 보내기에는 마음이 놓이지 않으셨나 보오."

"도독께서는 안녕하십니까?"

"그 양반이야, 여전히 대가 세다오."

"동창이 저 때문에 움직였다는 것은 알고 계시겠지요?"

"물론이오. 그 때문에 도독께서 왕 태감에게 한마디 하셨소. 계속 수작질하면 왕효의 머리를 다 뽑아버리겠다고 말이오."

문득 서신에 적혔던 대머리란 말이 생각나자 웃음이 나왔다.

"하하하! 정말 그리 말했단 말씀입니까?"

"도독께선 지금껏 한 번도 빈말을 한 적이 없다오. 그러니 왕효도 함부로 움직이지 못할 것이오. 그리고……."

송시명이 말을 끌었다. 진용은 의아한 눈으로 송시명을 바라보았다. 눈앞에 있는 사람은 절대 말을 끄는 사람이 아니다. 더구나 심각한 눈빛을 품은 채로는 더욱더.

그가 말했다.

"혹시 초연향이라는 여인을 잘 아시오?"

진용의 표정이 서서히 굳어졌다.

어떻게 초연향을 알고 있는 것이지?

송시명이 초연향이라는 이름을 입에 담았을 때는 그만한 이유가 있을 터였다. 진용은 다급한 마음을 억누르고 나직이 물었다.

"진무사께선 어떻게 그 이름을 아십니까?"

"북경에서 한밤중에 쫓고 쫓기는 추격전이 벌어졌소. 구룡상방에선 추밀단에 이어, 척살대라는 혈룡단까지 풀었소. 그들이 쫓는 사람은 둘. 한 사람은 구룡상방의 하군상, 또 하나는 초연향이라는 여인이라 하오. 육천호가 말하길 하군상과 초연향을 수천호령사가 잘 안다 들었소만……."

그는 말을 하다말고 흠칫, 몸을 떨었다.

진용에게서 흘러나온 기운, 한기가 전신으로 스며들고 있었다.

얼음 구덩이에 빠진 듯 오싹한 기분.

등줄기를 타고 소름이 돋는다.

'맙소사! 이 정도였단 말인가?'

솔직히 자신보다 강할지 모른다는 생각을 안 해본 것은 아니다. 그러나 그 차이란 것이 종이 한 장 차이라 생각했다. 하지만 현실은 그것이 아니다.

항거할 수 없는 기운. 숨이 막힐 지경이다.

손가락 하나 꼼짝할 수가 없다.

"수천… 호… 령사……."

그가 가까스로 입을 열자, 그제야 진용은 자신의 실수를 알아채고 기운을 억눌렀다.

"죄송합니다, 진무사. 좀 더 자세한 이야기를 알 수 있겠습니까? 초 소저는…… 제 여인입니다."

말이 떨려 나왔다. 도저히 진정을 할 수가 없었다.

그런 일이 벌어질지도 모른다 생각은 했었다. 그러나 막상 우려가 현실로 다가오자 그는 자신도 모르게 분노에 휩싸였다.

'하주령! 끝내 네가 나를 분노케 하는구나!'

『마법 서생』6권에 계속…

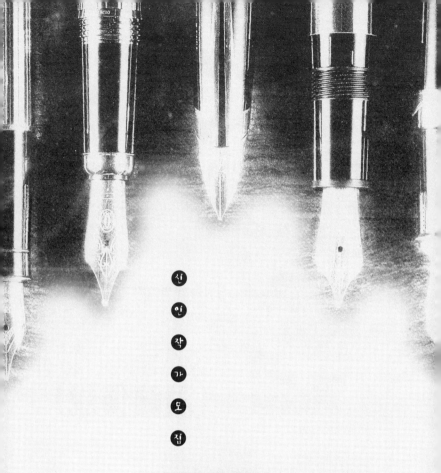

신
인
작
가
모
집

시작이 반이라고 했습니다.
작가의 길에 대한 보이지 않는 벽을 과감히 깨뜨리십시오!
청어람은 작가 지망생 여러분들의
멋진 방향타가 되어드리겠습니다.

저희 도서출판 청어람에서는
소설 신인 작가분들을 모집합니다.
판타지와 무협을 사랑하시는 분들의 많은 참여를 바랍니다.
소정의 원고(A4용지 150매)를 메일이나 우편으로 보내주시면
검토 후 출판 여부를 알려드리겠습니다.

주소:경기도 부천시 원미구 심곡1동 350-1 남성B/D 3F 우편번호420-011
TEL:032-656-4452 · **FAX**:032-656-4453
http://**www.chungeoram.com**
e-mail:chungeoram@chungeoram.com

무한 상상 · 공상 세계, 청어람 신무협&판타지

「표사」,「소환전기」를 뛰어넘는
참신한 재미와 쾌감을 선사한다!

청바지와 박스티 같은 무협 소설!
쉽고 재미있는, 편한 무협을 즐겨라!

『잠룡전설』
(潛龍傳說)

잠룡전설(潛龍傳說) / 황규영 지음

"주유성?
영웅이지. 하늘이 내린 사람이야.
그 사람 게으르다고?
에이, 난 그런 소문 안 믿어.
게으름뱅이가 어떻게 그런 엄청난 일들을 해?"

강호에 내린 희대의 겁난.
하늘은 엄청 센 놈을 영웅이랍시고 내린다.
하지만…….
젠장! 엄청난 게으름뱅이다!!

지금 유전자가 말하는 사랑과 성의 관한 솔직 대담한 진실이 펼쳐집니다!

남편의 후광을 등에 업는 것은 까마귀와 인간뿐…

모두에게 바보 취급받던 독신 암컷이 단번에 인생대역전을 해서
서열 1위인 수컷의 아내 자리를 차지하게 될 수도 있다는 말입니다.
모든 여성이 이상형의 남자와 결혼할 수 있는 것은 아닙니다.
적당한 선에서 타협하여 적당한 사람과 결혼하지요.
하지만 솔직히 말해서 당연히 멋진 남자가 더 좋지 않겠습니까?
따라서 여성은 생각합니다.
'그럼 어떻게 하지? 유전자만이라면 가질 수 있어!'
그리하여 장기계획형이나 단기승부형과 같은 여러 가지 방법의
외도가 생겨나는 것입니다.
물론 모든 여성이 이를 실행에 옮기지는 않습니다.

하지만 기회가 있다면 어떨까요?
다른 조건과 이미 타협을 봤다면?
남편이 사소한 일은 눈치 못 채는 둔한 남자라면?
뭔가 유전자의 음모가 느껴지지 않습니까?

실패를 모르는 남자 선택법!
「내 남자친구는 왼손잡이」 법칙

어째서 여성은 왼손잡이 남성에게 마음이 끌리는 걸까요?

여기서 기억해야 할 것은 몸의 좌우와 뇌의 좌우는 원칙적으로 반대 관계라는 점입니다.
따라서 왼손잡이 남성은 우뇌가 발달했습니다.
발달했다는 사실이 왼손잡이를 통해 반영된 것입니다.

그리고 두 번째로 생각해야 할 것은 우뇌는 남성 호르몬의 일종인 테스토스테론에 의해 발달한다는 점입니다.
요약하자면 왼손잡이 남성은 우뇌가 발달했는데, 그것은 테스토스테론 수치가 높기 때문입니다.
그것은 다름 아닌 생식 능력이 높다는 것을 의미하지요.

「내 남자 친구는 왼손잡이」에 감춰진 의미는… 내 남자 친구는 생식 능력이 높아… 인 것입니다.